The Heels & The Guns

Part III

AF209235

Some Shortstories About Sex & Crime

V o n   G . U .   F u ß

The Heels & The Guns

Part III

Some Shortstories About Sex & Crime

V o n   G . U .   F u ß

© 2024 G.U. Fuß
Herstellung und Verlag:
BoD – Books on Demand, Norderstedt
ISBN: 9783758373930

1 - Painted Heart
01 - Painted Start
02 - Painted Room
03 - Painted Race
04 - Painted Visit
05 - Painted Party
06 - Painted Tulips
07 - Painted Defeat
08 - Painted Stories
09 - Painted Places
10 - Painted Years

2 - Yellow Dude
01 - Yellow Journey
02 - Yellow Mate
03 - Yellow Hurricane
04 - Yellow Mistake
05 - Yellow Return
06 - Yellow Fight
07 - Yellow Time

3 - Blue Magic Carpet
01 - Blue Magic
02 - Blue Carpet
03 - Blue Return
04 - Blue Heaven
05 - Blue Night
06 - Blue Past
07 - Blue War
08 - Blue Battle
09 - Blue Talk
10 - Blue Way

4 - Hellish Wheels
01 - Hellish Girl
02 - Hellish Mission
03 - Hellish Visit
04 - Hellish Mob
05 - Hellish Centerfold
06 - Hellish Party

Vorwort

Dieses Buch ist der dritte Band mit einer Sammlung von Kurzromanen, die ich bisher verfasst habe. Zu meiner eigenen Verwunderung habe ich das Schreiben weitergeführt, ohne es nach fünf Seiten abzubrechen. Wie pflegte der bekannte Literaturkritiker Sepp Herberger zu sagen: „Nach dem Buch ist vor dem Buch." Wenn dieses Buch gedruckt wird, arbeite ich bereits am vierten Band, und da ich meistens an zwei oder drei Geschichten gleichzeitig arbeite, ist reichlich Material vorhanden. Die Arbeitsweise, die Ian Fleming beim Verfassen der James-Bond-Romanen an den Tag legte, würde bei mir zur perfekten literarischen Katastrophe führen. Der schrieb täglich acht Seiten, ohne sie danach noch einmal zu lesen oder zu korrigieren. Jede der Geschichten wurde von mir mehrfach überarbeitet und mein Lektor Bernd Plitzko verhinderte sehr erfolgreich, daß der geneigte Leser herausfindet, wie es um meine Rechtschreibung tatsächlich steht, zumindest, wenn es um die Interpunktion und einige läppische Nebensächlichkeiten wie Dativ oder Genitiv geht.

Weiterhin warte ich darauf, daß der Leser erkennt, daß ich letztendlich bloß die gleiche kleine Geschichte immer wieder und wieder erzähle. Dabei bleibe ich bei meinem Anspruch, mich niemals mit den großen Literaten dieser Welt anzulegen, zu vergleichen oder ihnen nachzueifern. An dieser Stelle kann ich aber die Autoren nennen, die mich beeinflusst haben. Man könnte es als Nachweis zulassen, daß ich zumindest lesen gelernt habe. Die Riege wird angeführt von Tom Clancy, Richard Hooker, Robin Moore, W.E.B. Griffin, Elmore Leonard, Tom Sharpe, Frank Goosen, Philip K. Dick und Frederick Forsyth. Zum Leidwesen meiner Leserschaft, haben diese Autoren nur marginale Spuren bei meiner Schreiberei hinterlassen.

Die Idee zur ersten Geschichte hatte ich beim Lesen einiger kitschiger Liebesromane. Bei Geschichte Nummer zwei habe ich bei drei Filmen die Grundlagen gefunden und neu verwoben. Die Geschichte Blue Magic Carpet entstand bei einem Besuch in Auerbach und die Idee für die vierte Geschichte liegt inzwischen auch für mich im Dunkeln.

1 - Painted Heart

01 - Painted Heart

Im Display des Armaturenbretts, des Kleinwagens von Frederike Römer, leuchteten mehre Warnlichter auf und gingen wieder aus. Mit einem Ruckeln hielt sie auf einem schmalen Parkplatzstreifen vor dem alten Jagdschloss, daß am Standrand lag. Von einem Wäldchen umgeben, wirkte das Schloß mit seiner Gartenanlage, als wenn es 1814 und nicht 2014 wäre. Frederike war mit dem Kurator des Anwesens verabredet, der mit ihr das Schloß begehen wollte. Sie hatte den Auftrag für die Restauration mehrerer Wandgemälde im Schloß erhalten und wollte sich nun die Werke vor Ort anschauen. Ihre Kollegin Ludmilla Novak, die ebenfalls an den Arbeiten beteiligt war, stand bereits auf der zierlichen Steinbrücke, die über den Wassergraben führte. Ludmilla winkte ihr freudig und Frederike ging eilig auf sie zu. Zusammen betraten sie den Vorraum, wo der Kurator mit zwei Angehörigen des Kulturausschusses auf sie warteten. Nach der Vorstellung betraten sie zunächst den gelben Salon, wo ein großes Porträt von Louis XVIII. hing, das einst ein Geschenk an den befreundeten Grafen war. Die beiden Frauen machten sich Notizen über die Schäden und die Materialien, dann wurden mehre Bilder im blauen Saal begutachtet, bis sie schließlich die Bilder in den privaten Gemächern anschauten. Nach Einschätzung der beiden Restauratorinnen würden sie ein Jahr benötigen. Die Herren waren zu dem gleichen Schluß gekommen und versprachen, die Verträge innerhalb einer Woche zuzuschicken.

Draußen im Park sprachen die beiden Freundinnen und Kolleginnen noch über den Auftrag, dann verabschiedete sich Frederike, um ihr defektes Auto zu einer Werkstatt zu bringen. Der Kurator hatte ihr erklärt, daß jenseits des Wäldchens die Brücke über den angrenzenden Kanal lag, die zu dem Stadtteil Stahlfeld führte. Sie bog nach der langen Kiesauffahrt nach links ab und überquerte den Kanal, wo sich das riesige Industrie- und Gewerbegebiet befand. Dort soll auch die Werkstatt sein, die ihr Auto reparieren konnte. Denn ihr Fahrzeug nahm nur unwillig Gas an und schüttelte sie ordentlich durch. Innerhalb kürzester Zeit hatte sie sich hoffnungslos verfahren, als sie endlich fündig wurde. Sie rollte mit letzter Kraft auf den großen umzäunten Hof, auf dem viele Autos standen. Im hinteren Bereich war eine lange Halle mit einer Reihe von Toren, von denen einige offen waren. Sie hielt bei der Halle und stieg aus. Einer der Mechaniker kam aus der Halle auf sie zu.

„Ich glaube, sie haben sich in der Straße geirrt. Einkaufswagen werden hier nicht gewartet. Aber drüben in der Kopernikusstraße wäre der richtige Händler für sie."

Frederike schaute sich verwirrt um. Erst jetzt bemerkte sie, daß die Fahrzeuge auf dem Hof alles alte Autos waren, die viel Chrom und riesige Heckflossen trugen. Es waren alles diese Straßenkreuzer aus den 50er Jahren, große und nutzlose Blechskulpturen, die verschwenderisch Benzin verbrauchten und für einen richtigen verantwortungsbewussten Menschen eine Lächerlichkeit darstellten. Umso mehr empörte sie nun das Grinsen dieses Mechanikers, das sie als überheblich und spöttisch empfand. Ein weiterer Mechaniker gesellte sich dazu.

„Chef, der Olds ist fertig. Machst du die Endabnahme? Dann kann ich die Zündspule vom Buick einbauen. Aber seit wann warten wir diese kleinen Wägelchen für Aldi?"

Der Mann deutete auf ihr Auto und hatte ebenfalls einen abwertenden Gesichtsausdruck.

„Wieso Einkaufswagen von Aldi? Dixi-Klo hat endlich neue Farben im Programm. Gib mir bitte noch ein paar Minuten. Ich komme gleich rüber."

Empört über den despektierlichen Dialog über ihr Auto, sprach sie den ersten Mechaniker an.

„Sind sie der Chef hier?"

„Ich bin der Werkstattleiter."

„Na, da haben sie ja einen feinen Verein. Ist das hier üblich, Kunden zu beleidigen?"

„Erstens sind sie kein Kunde, zweitens ist das ein Fachbetrieb für US-Cars und das steht sogar vorne an der Einfahrt angeschlagen. Drittens sieht es nicht einmal ansatzweise so aus, als ob dieses Ding da aus Detroit, Flint oder Dearborn stammt. Und sie scheinen ausgesprochen humorlos zu sein."

Frederike hatte auf einmal das Gefühl, daß ihr die Luft ausging, denn nun gesellte sich ein Gefühl der Hilflosigkeit dazu. Sie war im Nirgendwo gestrandet und wusste nicht weiter. Ihr war zum Heulen zumute und das musste er ihr angesehen haben.

„Tut mir leid, aber bei diesem Fahrzeug kann ich ihnen nicht helfen. Wir haben kein passendes Diagnosegerät für diese Art von Fahrzeugen und wir kennen uns alle mit der Elektronik für die Motorsteuerung nicht aus. Aber ich kann ihnen das Fahrzeug zu dem zuständigen Fachhändler transportieren."

Er drehte sich um und ging zu einem Abschleppwagen, der mit einer Plattform und einem Kran ausgerüstet war.

Erleichtert sah sie dabei zu, wie er ihr kleines Autochen mit dem Kran auf den Transporter hievte. Dieser Mann war doch freundlicher, als sie dachte. Als er fertig war, kletterte sie mit ins Führerhaus.

„Hätte für mein kleines Auto nicht der Anhänger ausgereicht."

Sie deutete auf eine Transportanhänger, der neben der Hallenmauer stand. Der Mann, der seinen Vornamen gestickt über der Brusttasche seines Arbeitshemd trug, deutete auf den großen Pritschenwagen.

„Sicher, aber wir müssten ihn entweder auf den Anhänger schieben oder mit der Seilwinde raufziehen. Aber bis ich herausgefunden habe, wie man die neumodische Automatik dabei nicht beschädigt, bin ich mit dem Kran auf einem F-650 eher fertig mit aufladen."

Die Fahrt dauerte nur ein paar Minuten und dann hielten sie vor einem Händler an, der ihre Marke führte. Ein elegant gekleideter Verkäufer schaute aus dem Fenster des Showrooms und ging ihnen entgegen. Mit einem arroganten Blick betrachtete er den großen Pick-Up.

„Terence, ihr wollt uns doch nicht auf einmal Konkurrenz machen und eine seriöse Firma werden?"

„Keine Sorge, wir können nur an Autos arbeiten und nicht an unnötig digitalisierten Brotkästen herumstümpern. Diese anspruchslose Arbeit lassen wir lieber euch. Nicht, daß ihr mit etwas sinnvollem überfordert werdet."

Man sah dem Verkäufer seine Abneigung gegenüber Terence sofort an, was dieser mit einem spöttischen Grinsen erwiderte. Er lud den Wagen wieder von seinem

14

Fahrzeug ab und schaute mit einem nun amüsierten Gesichtsausdruck zu, wie ein Mitarbeiter des Service versuchte, den Fehler zu finden. Letztendlich sollten zwei Steuergeräte ausgetauscht werden, die aber erst am nächsten Morgen lieferbar waren. Mit einem Bedauern teilte der aalglatte Verkäufer mit, daß sie keine Fahrzeuge als Ersatz zur Verfügung hätten. Terence sah, wie die Miene der Frau wieder hoffnungslos wurde. Mit einem leisen Stöhnen fasste er sich ein Herz

„Also gut, dann bringe ich sie eben nach Hause. Fahren wir gleich los."

Sie bestiegen wieder beide den Truck und Frederike nannte ihm die Adresse. Mit einem Augenrollen nahm Terence hin, daß das Fahrziel am andern Ende der Stadt lag. Dabei störte ihn die Gesellschaft dieser mehr als merkwürdigen Person am meisten. Sie wirkte eingebildet, hochnäsig und sie gehörte zu dieser links-grün angehauchten selbsternannten Avantgarde. Bevor er sich weiter Gedanken über diese verpeilte und wie eine Trutsche gekleidete Frau machte konnte, klingelte sein Telefon und er drückt auf die Annahmetaste der Freisprecheinrichtung.

„Servus Spider, was gibt es?"

„Hi BUFF, ich wollte bloß wissen, ob ihr Freitag beim Bolzplatz seit?"

„Sicher, wie immer. Brauchst du was?"

„Yep. Ich habe bei meinem Dodge einen Haarriss in der Ansaugspinne. Also brauche ich einen neuen Satz plus Dichtungen."

„Bringen wir dir mit. Halt der übliche Preis."

„Geht in Ordnung. See ya."

Ein blippendes Geräusch aus dem Lautsprecher zeigte an, daß das Gespräch beendet war. Für ein paar Minuten fuhren sie schweigend weiter, dann konnte Frederike ihre Neugierde nicht mehr im Zaum halten.

„Was ist denn der Bolzplatz? Davon habe ich ja noch nie gehört."

„Ein Autotreffen auf dem Parkplatz vor dem Football-Stadion. Das findet dort jeden Freitagabend statt."

Selbst Frederike wusste, daß in dem eher kleinen Stadion kein Fußball, sondern American Football gespielt wurde. Gleich daneben lag die Eishalle, wo das Eishockey-Team der „Polar Bears" in der ersten Liga spielte. Frederike konnte sich noch an die ausgelassene Feier in der Innenstadt erinnern, als die Mannschaft die erste Meisterschaft gewann. Das Football-Team der „Blue Knights" war ebenfalls recht erfolgreich. Sie wusste es aber auch nur, weil selbst der hiesige klassische Musiksender es in den lokalen Nachrichten erwähnte. Beide Sportarten waren in ihren Augen unverständlich, ruppig, rüde und nicht relevant. Der Grund, sich diese Sportereignissen anzuschauen, hatte sich ihr nie erschlossen.

Nach zehn Minuten bog Terence in die Lessingstraße ein, die den nördlichen Teil des Altstadtviertels markierte. Zu Fuß würde sie in zwei Minuten vor dem altehrwürdigen Eckhaus stehen, wo ihre Wohnung zwei Stockwerke oberhalb der ältesten Apotheke der Stadt lag. Dort endlich angekommen, betrat sie ihre gemütliche Wohnung. Das Wohnzimmer war mit einem beigen Sofa sowie Möbeln aus Buchenholz eingerichtet, an den Wanden hingen Bilder von befreundeten Malern, aber Frederike bevorzugte eher die Maler der Renaissance, aber auch moderne Künstler wie Alexander Caldern oder Otto Dix fanden bei ihr gefallen. Sie öffnete ihre Handtasche, um ihr Telefon herauszunehmen, denn sie wollte noch Ludmilla anrufen, um ihr mitzuteilen, daß sie wieder zu Hause war. Aber so sehr sie auch suchte, es war nicht mehr aufzufinden. In der Werkstatt hatte sie es noch in der Hand gehabt, aber nun war es nicht mehr aufzufinden. Bestimmt lag es im Abschleppwagen. Sie holte aus dem Wohnzimmerschrank ihren Laptop und suchte nach der Adresse und der Telefonnummer. Schließlich fand sie die Nummer und rief in der Firma an. Eine Sekretärin nahm den Anruf entgegen und versprach, die Angelegenheit zu prüfen und zurückzurufen. Keine zehn Minuten später meldete sie sich und teilte ihr mit, daß ihr Mobiltelefon tatsächlich im Abschleppwagen lag. Frederike vereinbarte mit ihr, daß sie das Telefon am nächsten Tag abholen würde, wenn sie auch das reparierte Auto aus der Werkstatt holen wollte. Dann plauderte sie noch ein wenig mit Ludmilla, die versprach, ihre Freundin zur Werkstatt zu fahren.

02 - Painted Room

Gegen Mittag des nächsten Tages setzte Ludmilla Frederike beim Händler ab, wo sie ihr Auto wieder in Empfang nahm. Nachdem sie die üppige Rechnung beglichen hatte, fuhr sie zu dem Restaurationsbetrieb, wobei sie sich wieder verfuhr und fast eine Viertelstunde brauchte. Terence war wieder in der Werkstatt und die beiden gingen über die Treppe zu den Wohnungen rauf, die über der Werkstatt lagen. Er hatte das Mobile am Abend aus dem Abschleppwagen geholt und es eingesteckt. Als er dann oben in der Wohnung war, hatte er es auf dem Tisch in seinem Wohnzimmer gelegt. Terence öffnete mit seinem Schlüssel die Tür zu seiner Wohnung und sie betraten sein Reich. Als er die helle Beleuchtung im Flur einschaltete, konnte Frederike sich umsehen. Auf einer Wandseite hing eine Garderobe und auf der anderen Seite zwei beleuchtete Bilder mit Glasfront. Ein Bild war eine Art Schaubild eines Raumschiffs. Sie erkannte die Enterprise, auch wenn dieses Modell anders aussah als in dieser Serie aus dem Fernsehen. Sie hatte sich es nie angeschaut, kannte sie aber aus einer Reihe von Artikel aus Zeitungen und Zeitschriften. Schon als Jugendliche war ihr seichte und belanglose Unterhaltung zuwider. Das andere Bild zeigte einen Mann mit schwarzer Hose und Weste sowie einem weißen Hemd, der neben einem zotteligen, affenartigen Wesen stand, daß mehr als einen Kopf größer war. Es trug einen breiten Gürtel quer über der Brust und sie vermutete, daß diese Figuren zu dieser Serie gehören könnte. Von dem Flur gingen insgesamt fünf Türen ab. Sie betraten gleich den ersten Raum, wo Frederike sich wieder neugierig umschaute, aber sie wurde in ihrer Hoffnung wieder enttäuscht. Zwar stand an der einen Wand ein riesiges Bücherregal, das bis an die Zimmerdecke reichte und voll mit Büchern war. Aber als Bild hing lediglich ein Photo von einem älteren Sportwagen, der wohl in der Wüste geparkt war. Das andere Bild an der gegenüberliegenden Wand musste wohl aus einem Comic entstammen. Ein Mann stand vor mehreren amerikanischen Flaggen und hatte einen grimmigen Blick aufgesetzt. Über seinem Kopf war eine Adlermotiv mit der Aufschrift American Flagg. In einer Vitrine stand ein riesiges Modell eines Cabriolets. Das Auto war metallic-blau mit weißen Längsstreifen und auf einer gravierten Tafel stand: „Shelby Cobra 427 S/C". Natürlich befand sich der unvermeidliche Fernseher im Raum und bei einem weiteren Blick auf das Bücherregal erkannte sie, daß ein Teil des Inhalts keine Bücher, sondern DVD-Hüllen waren. Also war er eher schlicht gestrickt, was sie nicht weiter überraschte. Zwei über Eck stehende schwarze Ledersofas und ein Wohnzimmertisch, auf dem ihr Mobiltelefon lag, vervollständigten den Raum.

„Trinken sie noch einen Espresso mit mir? Ich wollte mir einen machen."

„Sehr freundlich, aber machen sie sich keine Umstände."

„Also ich setze eh einen für mich auf, da wäre eine zweite Tasse kein Problem."

„Nun, dann würde ich sehr gerne eine Tasse mit ihnen trinken."

Während Terence in der Küche lärmte, schaute sie sich die Bücher im Regal genauer an. Es waren viele Autoren aus dem angelsächsischen Raum, wobei ein nicht unerheblicher Teil in englischer Sprache im Regal standen. Zudem waren viele Sachbücher über amerikanische Fahrzeuge, Motorsport, Militär und Geheimdienste vorhanden. Sie war nicht sehr beeindruckt, aber immerhin konnte dieser Mensch mehr lesen als das Programm im Fernsehen. Mehr um die Zeit zu überbrücken als aus Interesse las sie weitere die Titel auf den Buchrücken. Mit Überraschung entdeckte Frederike Bücher von Hermann Hesse, Georg Büchner, James Joyce oder Siegfried Lenz. In einem kleineren Regal neben dem TV-Gerät stand noch das Modell eines weiteren Sportwagens. Sie war sogar etwas stolz, daß sie wusste, welches Auto das war. Ein wenig neugierig nahm sie eine Fernbedienung in die Hand, wobei sie versehentlich eine Taste drückte, worauf die Musikanlage anfing zu spielen. Zu ihrer Freude hörte sie die Brandenburgischen Konzerte von Johann Sebastian Bach. Terence brachte die Kanne sowie die Tassen auf einem Tablett ins Wohnzimmer und schenke zwei Tassen ein.

„Ein hübsches Auto, es ist doch eine Corvette? Noch dazu in diesem schicken blau."

„Eine C 2 Corvette Grand Sports von 1963. Sie sollte der Gegenspieler der Cobra werden."

Er deutete auf das andere Modell, daß sie zuerst gesehen hatte.

„Darüber gibt es doch sogar ein Lied. Wie war das noch, ach ja, es war doch „Little Red Corvette", nicht wahr?"

„Nur das der gute Prince etwas völlig anderes gemeint hat. Er meinte eher das kleine Schmuckkästchen der Frauen."

„Sie meinen etwa... Oh. Ich habe tatsächlich immer geglaubt, es geht dabei um ein Auto."

Frederike musste albern kichern.

„Dabei höre ich auch einmal ganz gerne zeitgenössische Musik, ob sie es glauben oder auch nicht, aber ich freue mich über das Bach Konzert."

„So dann und wann mag ich auch mal Klassik, aber in der Regel mag ich eher Hard Rock und Heavy Metal."

„Das passt doch nicht zusammen, klassische Musik und dieser Rock."

„Finde ich jetzt nicht. Peter Baltes von der Band Accept ist ein großer Liebhaber von Tschaikowsky, war aber Gitarrist bei einer der besten Metal-Bands weltweit. Die haben immer klassische Themen mit in die Lieder komponiert. Selbst Rondo Veneziano hat sich an Motörhead versucht."

Die letzte Bemerkung hatte sich Terence spontan ausgedacht.

„Oh, das ist ja beeindruckend."

Terence musste verschmitzt lächeln, denn Frederike merkte nicht, daß er sie auf die Rolle nahm.

„Sicherlich, aber ich finde Lieder wie Overkill, Stone Dead Forever oder Ace Of Spade verlieren ein wenig auf dem Cembalo an Leichtigkeit und Esprit."

 Für eine Weile schwiegen beide einträchtig und tranken ihren Kaffee.

„Terence, darf ich ihnen eine Frage stellen? Am Telefon wurden sie Bus genannt. Gibt es eine Geschichte zu diesem Spitznamen?"

„Der Spitzname lautet BUFF, nicht Bus. Das steht für Big Ugly Fat Fucker. Es ist eigentlich der Spitznamen für die Boeing B-52 Stratofortress, ein Bomber der amerikanischen Luftwaffe. Ich habe im Laufe der Jahre ein wenig zugelegt."

Sie plauderten weiter über belanglose Dinge, wobei Frederike versuchte, mit ihm zu flirten. Aber Terence blieb bewusst reserviert. Sie war eine schöne Frau und mit dem roten Ton in den braunen Haaren sowie dem schmalen Gesicht hatte sie eine Ähnlichkeit mit der Schauspielerin Andrea Eckert. Er wurde aus dieser Frau nicht schlau, denn sie wirkte sehr blasiert und versuchte immer besonders gestelzt zu reden. Ihr Lächeln war reizvoll, aber sie erinnerte ihn an seine Kunstlehrerin, die auch immer diese Kleider trug. Sie war an sich ganz nett, wirkte aber dabei immer etwas geistig abwesend, als wenn sie über etwas wichtiges nachdachte. Einmal hatte sie sich im Unterricht weit vorgebeugt und durch den weiten Ausschnitt konnte er deutlich sehen, daß sie keinen BH trug und einen Slip konnte er auch nicht erkennen. Vieleicht hatte sie damals einen String getragen. Und er konnte den Namen Frederike nicht ausstehen. Aber er blieb höflich und nach einer halben Stunde verabschiedete sich Frederike. Er brachte sie noch zu ihrem Auto. Mit einem surrenden Geräusch brauste sie vom Firmenhof und fuhr zur Hauptstraße vor, in die sie einbog.

*   *   *

Bis zu ihrer Wohnstraße brauchte sie eine halbe Stunde, bis sie ihr Auto auf den Stellplatz parken konnte. Sie grübelte noch eine Weile über Terence nach und was ihre Gefühle im Inneren mit ihr anstellten. Denn sie war verwirrt und genau das machte ihr Sorgen. In ihr erwachte der Wunsch, ihn wiederzusehen. Dann hatte sie einen Gedankenblitz. Am Freitagabend war er bestimmt bei diesem Autotreffen am Stadion, dann könnte sie ihn zum Essen einladen, um sich bei ihm zu bedanken und bei der Gelegenheit auch versuchen, ihn besser kennenzulernen. Nachdem sie ihren Plan geschmiedet hatte, ging sie in ihre Küche, um sich einen Salat und einen Tee zu machen. In Gedanken ging sie den Inhalt ihres Kleiderschranks durch, denn sie wollte sich für diese Gelegenheit besonders schick machen. Ihr Strickkleid war bestimmt dafür passend.

03 - Painted Race

Frederike ging an den Autos vorbei, wobei sie die vielen Eindrücke kaum verarbeiten konnte. Mit ihrem Auto durfte sie nicht auf das Gelände, bei der Zufahrt meinte man, sprechende Buntglas Container sollten ihren Platz am Rand haben. Aus allen Richtungen hörte sie laute und grässliche Musik, zusätzlich zu dem infernalischen Motorenlärm. Überall blinkten die am Rand der Strecke abgestellten Fahrzeugen. Aber alle diese Autos sahen eher modern aus und hatten mit diesen alten amerikanischen Dinosauriern nichts gemein. Scheinbar in der Mitte des Platzes war eine Stecke markiert worden. Immer wieder fuhren zwei Fahrzeuge ein Rennen gegeneinander, bei dem es wohl darum ging, eine bestimmte gerade Strecke in möglichst schneller Zeit zu durchfahren. Dabei war immer ein infernalisches Motorengeheul zu hören. Frederike war irritiert und kannte sich bei diesem Gewimmel gar nicht mehr aus. Aus lauter Verzweiflung sprach sie eine der Frauen an, die überall herumstanden. Sie trugen fast alle Miniröcke in Kombination mit engen Oberteilen und waren kräftig geschminkt.

„Wissen sie, wo ich Terence von Detroit Motoren finde?"

Die junge Frau schaute sie mit einem spöttischen Grinsen an, dann deutete sie mit dem Finger weiter die Straße rauf.

„Die Ami-Fraktion steht 200 Meter weiter oben. Aber bist du sicher, daß du dich nicht verlaufen hast. Hier gibt es keine Krötenwanderungen und Bäume brauchst du hier auch nicht retten. Es heißt übrigens Detroit Motors, Frau Lehrerin."

Dann wandte sie sich wieder um und fassungslos ging Frederike weiter. Schließlich erkannte sie, daß sich die Art der Fahrzeuge änderte und sie endlich Terence fand. Der stand neben einem älteren Sportwagen, auf dessen Kühlergrill GTX stand und plauderte mit einer ebenfalls sehr aufreizend gekleideten blonden Frau. Sie fühlte Ärger in sich aufsteigen, auch wenn ihr nicht so ganz bewusst war, warum sie dieser Anblick verstimmte. Terence schaute zuerst überrascht, aber dann setzte er ein freches Grinsen auf, so wie der Rest der Gruppe.

„Sie haben sich nicht etwa verlaufen? Zwei Kilometer weiter ist die Volkshochschule. Da gibt es heute einen Strickkurs."

Didi Müller, der in der Stadt als der Felgen-Papst bekannt war, setzte noch einen drauf.

„Um Himmelswillen, Petra Kelly und Inge Meysel sind zusammen auferstanden und als Zombie unterwegs. Schnell, holt das Weihwasser. Oder sollten wir es besser mit einem in Knoblauchöl getränkten Holzkeil versuchen?"

Die Umstehenden lachten laut und Frederike wurde rot vor Scham und Ärger.

„Ich wollte mich noch einmal bei ihnen bedanken, aber anscheinend legen sie keinen Wert auf kultivierten Umgang."

„Und was kultiviert ist, daß legen natürlich sie fest. Nun, dann herzlich willkommen im Hades der bürgerlichen Halbbildung. Übrigens, nur für das Protokoll. 90% der hier Anwesenden gehen tagsüber für ihr Geld arbeiten und allein heute sind mehr Fachleute anwesend als bei den meisten Automessen. Sie sollten sich besser beeilen, dann schaffen sie noch den dritten Akt im Theater."

Petra, die Bürodame von Detroit Motors, nahm schließlich Frederike am Arm und führte sie von der Gruppe fort.

„Sei mir nicht böse, aber mit dem Outfit gewinnst du hier keinen Preis. Ich kann ja nachvollziehen, wenn du hier nicht mit Hotpants auftauchst, aber ein etwas weniger alternativer Hippie-Look wäre angebracht beim nächsten Besuch. Auf jeden Fall musst du dich über die Sprüche nicht wundern. Jeder hier denkt sich seinen Teil und diese Klientel ist hier nicht beliebt."

„Was meinen sie damit? Welche Klientel?"

„Also wenn ich dir das jetzt erklären muss, dann weiß ich auch nicht. Du läufst hier rum wie Jutta Ditfurth in ihren schlimmsten Tagen. Wie eine von diesen spaßbefreiten, moralinsauren Schulabbrecherinnen aus der Regierung."

„Ich wollte mich nur bei Terence bedanken und zu einem gemeinsamen Treffen einladen. Ein Essen bei meinem Lieblingsitaliener. Mir war nicht bewusst, daß hier eine Modeschau stattfindet"

„Hier geht es wie überall auch ums Sehen und gesehen werden. In die Oper geht man ja auch in Abendgarderobe. Und du willst ihn in dieser Aufmachung zu einem Date bitten? Mit diesem Strickliesel-Trutschen Look kommst du bei Terence nicht sonderlich weit. Ein kleiner Tipp, acht Zentimeter ganz unten könnten Wunder bewirken. Und eine enge Bluse sowie Jeans würden den Rest abrunden."

Frederike schaute mit einem enttäuschten Gesichtsausdruck zu Terence. Er war doch einer dieser oberflächlichen Menschen, die weniger an den inneren Werten eines Menschen interessiert waren und mehr Wert auf das Äußerliche legen.

„Ich bitte ihn nicht um ein Rendezvous, sondern möchte mich für seine Hilfe bedanken. Er hat mir bei meinem defekten Auto geholfen, obwohl er es nicht musste."

„Wie du meinst. Aber mit den Kommentaren mußt du heute Abend nun einfach zurechtkommen. Das Leben ist kein Ponyhof und Bullerbü ist weit, weit weg von hier. Aber sage es ihm besser persönlich."

Mit einer Handbewegung winkte Petra in die Richtung von Terence, der sich daraufhin auf den Weg zu ihnen machte.

„Terence, Frederike möchte dir etwas mitteilen. Etwas mehr als sehr Bedeutsames."

Frederike hörte den leichten Spott aus der Stimme heraus.

„Nun, dann teilen sie mir mit, was sie so bedrückt."

„Nun, ich wollte sie zum Abendessen einladen. Als Dankeschön für ihre Hilfe."

„Das wird nicht nötig sein. War ja schnell erledigt."

„Nein, ich möchte sie wirklich gerne einladen. Es war sehr nett von ihnen, mich nach Hause zu bringen und mein Telefon wieder zurückzugeben."

„Ich sagte ja, eine Kleinigkeit und nicht der Rede wert. Das ist in Ordnung. Sie brauchen sich nicht weiter zu bemühen."

Er lächelte sie freundlich an und ging zurück zu seinen Freunden. Mit einem Schulterzucken schloß sich Petra an. Frederike blieb sprachlos zurück, dann ging sie den weiten Weg zurück zum Auto. Wieder musste sie durch das laute

Getümmel, wobei sie das Pech hatte, das Rennen zwischen zwei Street Dragster mitzubekommen. Das Motorengebrüll war nicht zu ertragen. Sie war froh, als sie ihr Auto wiederfand und diese Hölle endlich verlassen konnte. Allerdings war sie so überreizt, daß sie an der nächsten Kreuzung versuchte, ein Ampelrennen mit einem E 500 zu fahren. Sie würgte den Wagen ab, während der Fahrer des Mercedes ihre vermeintliche Herausforderung nicht einmal bemerkt hatte.

04 - Painted Visit

Der Löffel machte in der Tasse mit Tee ein klingelndes Geräusch beim Umrühren, dann nahm Ludmilla einen bedächtigen Schluck und schaute Frederike an, die ihr schräg gegenüber, in dem geblümten Ohrensessel, Platz genommen hatte. Vervollständigt wurde die Runde durch den Pianisten Alain Poison, der auf dem Sofa lümmelte. Als alter Freund durfte er das.

„Nun, dieser Terence scheint keinerlei Interesse an dir zu haben. Das soll vorkommen, wobei du dafür aber auch Verständnis haben solltest. So wie ich das verstanden habe, habt ihr zwei unterschiedliche Interessen und auch unterschiedliche Freundeskreise. Da wird es immer schwierig. Ich kenne dich, du neigst leider immer ein wenig zur Überheblichkeit, wenn du dich nicht in deinen gewohnten Kreisen bewegst."

Frederike wollte zum Protest ansetzten, aber Alain führte das Gespräch fort.

„Du hast es faktisch selber zugegeben. Dieses Autotreffen war nicht dein Fall und dich hat so ziemlich alles gestört. Die laute Musik, die Kleider der Frauen, der Motorenlärm und die Kommentare über dich selber - du hast nicht einen positiven Aspekt erwähnt. Ich verrate dir ein Geheimnis. Ich war letztes Jahr auch einmal dort und auch wenn es laut war, ich war fasziniert. Es war ein wenig wie auf dem Jahrmarkt, aber es war das pralle Leben und die Leute dort sind sehr freundlich. Ich war damals bei den Alfa-Romeo Liebhabern und dort herrschte eine sehr ausgelassene Partystimmung. Man hat mich einfach mitmachen lassen und zum Schluß war ich bei den japanischen Sportwagen. Ich durfte bei einem Beschleunigungsrennen sogar mitfahren. Wenn man sich auf etwas Neues einläßt, erlebt man eine völlig andere Welt."

Eine Stunde später begleitete Alain Ludmilla zu ihrer Wohnung und sie unterhielten sich über Frederike.

„Sag mal Ludmilla, glaubst du, daß Frederike für diesen Terence mehr empfindet?"

„Ich denke ja. Sie wirkt verliebt und da ist etwas Schimmerndes in ihrem Blick. Sie will es nicht zugeben, aber sie hat Schmetterlinge im Bauch."

„Sollen wir etwas unternehmen? Zum Beispiel mal mit diesem Terence reden und ihm die Situation erklären. Wenn er sie doch mag, dann könnte er auf sie zugehen."

„Die Idee ist nicht verkehrt. Frederike hat sicherlich Angst, ihre Gefühle zuzugeben. Ich habe mir die Adresse gemerkt. Wir beide könnten morgen bei ihm vorbeifahren und ihm die ganze Geschichte erklären."

*   *   *

Ludmilla und Alain stiegen aus dem Auto und betraten die Halle der Werkstatt. Einer der Mechaniker zeigte auf die Metalltreppe an der Wand, wo es zu den Büros hinauf ging. Sie stiegen eine Etage höher und Ludmilla sah durch die Scheibe Terence im ersten Büro sitzen. Obwohl die Tür offen stand, klopfte sie an den Türrahmen.

„Hallo, dürften wir sie kurz stören? Wir sind Freunde von Frederike und möchten uns mit ihnen unterhalten."

Terence schaute überrascht von den Unterlagen auf seinem Schreibtisch auf und stand zur Begrüßung auf.

„Nehmen sie bitte Platz. Ich nehme an, sie trinken eine Tasse Kaffee mit. Ich wollte mir gerade einen durchlassen."

„Sehr gerne. Aber wir möchten ihnen keine Umstände bereiten."

Nachdem Terence den Kaffee serviert hatte, begann Ludmilla mit dem Gespräch. Sie erzählte von Frederike und beobachtete dabei sein Gesicht nach einer Reaktion. Aber er verzog keine Miene und schließlich gab er zu, daß Frederike eine interessante Frau war, er sie allerdings auch für hochnäsig hielt.

„Frederike ist nicht überheblich. Sie liebt die Kunst und die klassische Musik, und ist einfach nur stolz auf ihre Ausbildung und ihre Fertigkeiten. Sie möchte in einer kultivierten Umgebung sein und umgibt sich gerne mit ebensolchen Menschen."

„Was will sie dann von mir? In ihren Augen bin ich wohl ein Primat, der nicht ansatzweise mit ihr mithalten kann. Für Frederike ist ihre Bildung höherwertiger als meine. Das sozusagen Sartre über Shelby steht. Daß gibt sie mir bei jeder Gelegenheit zu verstehen. Also warum sollte ich mir ihr ausgehen, geschweige denn ins Bett?"

„Geben sie Frederike einfach die Möglichkeit, ihnen das Gegenteil zu beweisen. Sie ist ausgesprochen liebenswürdig und hilfsbereit."

„Die Beschreibung trifft auch auf meine Großmutter zu."

Alain beugte sich vor, um einen Schluck Kaffee zu trinken.

„Ich denke, sie hat sich in sie verliebt, Herr Gruber. Aber verraten sie mich bitte nicht. Frederike wäre es sehr unangenehm, denn sie spricht nicht gerne über ihr Gefühlsleben. Sie möchte ihr Leben rational und geordnet führen und ihre Gefühle sind etwas, was sie kontrollieren möchte."

„Je mehr sie mir von ihr erzählen, umso weniger habe ich Lust, mich mit dieser Frau abzugeben. Daß sie ein wenig verpeilt ist, das nehme ich ihr nicht übel, aber diese Überheblichkeit packe ich gar nicht."

„Geben sie ihr eine Chance. Am Freitag ist eine Vernissage in der Galerie am Prinz-Eugen-Platz. Begleiten sie doch Frederike und lernen sie ihre Bekannten näher kennen. Ihr Mentor, Professor Schneider wird auch da sein."

„Will sie überhaupt mit mir ausgehen? Ich habe da so meine Zweifel und in dem Kreis könnte ich sie ja blamieren."

Alain notierte eine Telefonnummer auf einen Notizzettel und reichte ihn an Terence weiter.

„Rufen sie Frederike an und fragen sie sie selbst. Ich bin mir sicher, sie wird sehr erfreut sein."

Die drei plauderten noch eine Weile miteinander, dann begleitete Terence die beiden Restauratoren noch bis zu ihrem Auto und schaute dem Auto nach, als dieses den Hof verließ. Er überlegte eine Weile , während sein Blick auf dem Notizzettel ruhte. Zunächst unschlüssig, ging er zurück in die Werkstatt. Schlussendlich entschied er sich, Frederike anzurufen. Zu seiner Überraschung sagte Frederike freudig zu. Sie bat ihn, sie abzuholen und gemeinsam hinzufahren.

05 - Painted Party

Die Feier in dem Atelier von Bernhard, der im Kreise der Restauratoren schlicht Berni genannt wurde, war bereits gut besucht, als Frederike und Terence ankamen. Sie schauten sich kurz um, bis sie Ludmilla entdeckten. Alain stellte Terence Professor Schneider vor, der vor einem Großteil der hier Anwesenden gelehrt hatte, die als Studenten in seinem Hörsaal waren. Der Professor schaute Terence freundlich an, um ihn dann in ein Gespräch über alte Autos zu verwickeln. Wie bei einer Prüfung stellte er ihm mehre Fragen über verschiedene Themen wie Elektrik, Lackierungen oder Einstellungen von Doppelvergasern. Alle ehemaligen Studenten, die dabeistanden, waren überrascht und wunderten sich über das mehr als umfassenden Wissen. Daß der Professor einen Bruder hatte, der einige englische Klassiker sein Eigen nannte, wusste keiner von ihnen. Ebenso hatte er nie einem der Anwesenden erzählt, daß er seinem Bruder öfters bei den Arbeiten an den Fahrzeugen half. Sein Lächeln erhellte sich immer mehr, als Terence ihn mit seinem Fachwissen überzeugte. Amalie, eine seiner früheren Studentinnen, rümpfte dagegen die Nase und flüsterte einer Bekannten zu."

„Was will denn ein Automechaniker hier auf der Vernissage?"

Sie hatte nicht leise genug gesprochen, denn der Professor schaute sie mit strengem Blick an und zeigte auf ein Bild, das neben ihm an der Wand hing.

„Terence, nehmen wir als Beispiel dieses Gemälde an der Wand. Wie würden sie die Farben wieder auffrischen?"

Terence schaute sich das Gemälde eine Weile an, dann schaute er den Professor wieder an.

„Nun, ich müsste mir den Untergrund genauer anschauen, aber die Farbe sieht nach verdünnter Ölfarbe aus. Weiße und gelbe Farbe - ich bräuchte einen Farbenschlüssel, dann könnte ich eine passende Farb-mischung anfertigen. Ob ich aber auf Anhieb die Technik des Malers imitieren kann, wage ich zu bezweifeln."

Daraufhin gab der Gelehrte seiner ehemaligen Studentin mit einem mehr als süffisanten Ton schließlich eine Antwort.

„Herr Gruber macht mit alten Fahrzeugen das gleiche wie sie mit alten Gemälden. Er versucht sie für die Nachwelt zu bewahren. Und er hat von seinem Fachgebiet mehr Ahnung als sie vermuten. Bei der Farbenkunde ist er ihnen bei Weiten überlegen, wenn ich mich so an ihre Studienzeit erinnere. Sie sollten besser von ihren hohen Roß herunterkommen."

Mit einem hochroten Kopf verschwand Amalie zwischen den anderen Gästen, während der Professor sich wieder Terence zuwandte. Der versuchte durch einen Witz die Situation ein wenig zu entschärfen.

„Dabei habe ich mein Wissen über Malerei aus zwanzig Folgen Bob Ross."

Sie sprachen noch lange über Autos und zwischendurch mixte Terence für sich und seinen Gesprächspartner einen Black Russian. Gegen elf Uhr verabschiedet sich der ältere Herr von der Gesellschaft und Terence wurde von Berni in Beschlag genommen, der aber zu sticheln anfing und versuchte, Witze auf Kosten von Terence zu machen. Nach einer Weile hatte er genug und gesellte sich zu Ludmilla sowie Frederike. Einige Zeit später gingen die beiden

Frauen auf die Terrasse, um für einen kurzen Augenblick frische Luft zu schnappen. Als Frederike zusammen mit Ludmilla zurückkam, sahen sie eine kleine Menschentraube im hinteren Bereich des Ateliers, wo Berni sein Werkzeug aufbewahrte. Als die beiden Frauen sich dem Pulk näherten, sahen sie wie Berni und Terence sich gegenüberstanden. Die schwelende Aggression zwischen den beiden Männern entwickelte sich nun zu einem offenen Konflikt. Berni lästerte über Terence und versuchte ihn zu provozieren. Der blieb aber ruhig und beschränkte sich auf einen spöttischen Gesichtsausdruck. Obwohl der bärtige Restaurator und Bildhauer Terence überragte und ihn mit erhobenen Fäusten zum Kampf herausforderte, zeigte dieser eine Gelassenheit, wie sie früher Steve McQueen an den Tag legte.

„Also dann zeig mal wie überragend du bist. Beim Professor bis du ja schon nach fünf Minuten zum Klassenprimus aufgestiegen. Du bist ein kleiner, dummer Schraubenschlüsselartist und warst zudem auch noch bei der Mördertruppe."

„Was meinst du mit Mördertruppe?"

„Du warst doch bei der Bundeswehr. Der große Haufen von Versagern, Schlägern, Säufern und Vergewaltigern. Du warst bestimmt so ein Held, der in der Etappe sinnlose Befehle ausgeführt hat. Stimmt es oder habe ich doch recht?"

Statt einer Antwort schob Terence den rechten Ärmel seines schwarzen Polohemdes hoch. Auf dem Oberarm war ein Fallschirm, der von einem Totenkopf überlagert wurde, tätowiert. Oberhalb war der Spruch „Death From Above" und unterhalb war ein kleiner fünfzackiger Stern zu sehen.

„Was soll das bedeuten? Das du ein ganz harter Kerl bist?"

Die Stimme von Terence wurde rau und der Tonfall bekam einen bösen Einschlag.

„Du hast keine Ahnung, mit wem du dich hier anlegst. Aber leider bist du ja unbelehrbar. Nun gut. Du kannst es gerne versuchen. Aber heule mir hinterher nicht die Ohren voll, ich hätte dich nicht gewarnt."

Berni grinste, dann versuchte er ohne Vorwarnung, Terence mit einem Schwinger zu treffen, aber der wich geschickt aus. Die nächsten zwei Schläge gingen ebenfalls vorbei. Dann änderte Berni seine Taktik und er versuchte wie ein Sumoringer, seinen Gegner platt zu walzen. Dieser reagierte recht sparsam auf den Angriff. Der erste Schlag von Terence traf den Solarplexus von Berni, der folgende Schlag hatte die kurze Rippe zum Ziel. Mit einem Stöhnen sackte der Bildhauer zusammen und blieb mit lautem Jammern zusammengekrümmt auf dem Boden liegen.

„Man sollte Warnungen auch beachten. Das Tattoo habe ich nicht aus Angeberei gezeigt. Ich war bei der Luftlandebrigade 31, mit zwei netten Einsätzen in Afghanistan. Wenn du meine Zeit bei den Fallschirmjägern als Dienst in der Etappe bezeichnen willst, nun dann werde ich dich nicht daran hindern. Airborn, Arschloch."

Frederike hatte dem Schauspiel zugesehen und wandte sich mit einem Ausdruck ehrlicher Empörung im Gesicht an Terence.

„Warum hast du das getan. Das war unnötig und primitiv. Ich finde so ein Verhalten widerwärtig."

„Ich habe ihm mehrfach gesagt, daß er es gut sein lassen sollte. Aber er hat den ganzen Abend keine Ruhe gegeben. Irgendwann ist Schluß mit lustig. Und du hast es den ganzen Abend mitbekommen, also warum gibst du mir die alleinige Schuld?"

„Du hättest ihn nicht schlagen dürfen. Warum hast du es nicht friedlich versucht? Gewalt ist für mich unerträglich."

„Du meinst mit Stuhlkreis, Bachblütentee sowie Ringelpiez mit anfassen? Du hast selber gesehen, daß er keine Ruhe geben wollte. Den ganzen Abend hat er herumgestänkert, was aber ja völlig in Ordnung war für euch. Und dann die Nummer von eben. Aber gut. Ich kann dich jetzt nach Hause bringen."

„Nein danke. Für heute reicht es. Ich nehme mir ein Taxi, um nach Hause zu kommen. Du solltest erst einmal darüber nachdenken, was du heute Abend angestellt hast."

06 - Painted Tulips

Seit der Vernissage letzte Woche hatte Terence sich nicht mehr bei ihr gemeldet und sie fragte sich, ob er überhaupt noch Interesse an ihr hatte. Sie bedauerte es inzwischen, daß sie so ungerecht barsch zu ihm war. Berni hatte in der Tat mit dem Streit angefangen und er hatte auch die Prügelei begonnen. Den ganzen Nachmittag hatte sie sich darüber ihre Gedanken gemacht, aber sie wusste nicht, wie sie das Problem lösen konnte. Um den Kopf frei zu bekommen, entschied sie sich, einen langen Spaziergang zu machen und anschließend einen Tee zu trinken. Über eine halbe Stunde verbrachte sie im großen Stadtpark, der sich an die Altstadt anschloss. Frederike setzte sich danach an den Tisch in ihrem Lieblingsbistro, unweit ihrer Wohnung und bestellte sich ein Kännchen Tee. Das Glöckchen an der Eingangstür bimmelte und eine Frau betrat den Raum. Sie hatte eben diese Frau bereits bei dem Autotreffen gesehen, wie sie sich mit Terence innig unterhalten hatte. Als Frederike sie dann aus der Nähe betrachtete, sah sie eine sehnige Frau, die zu viel auf der Sonnenbank gelegen hatte. Die blonde Haarfarbe war eindeutig gefärbt und die Haut wirkte wie Leder, wobei ihr Körper sehr muskulös ausgeprägt war. Die Blonde schaute zu Frederike rüber und ging auf sie zu, um sie mit einem sehr freundlichen Lächeln anzusprechen.

„Wir haben uns doch schon mal gesehen. Bei dem Autotreffen am Bolzplatz."

„Erinnern sie mich bitte nicht an diesen verpatzten Abend. Ich habe mich furchtbar blamiert."

„Nun, sie wussten es damals einfach nicht besser. Aber sie wollten doch Terence besuchen."

„Ja, aber jede Frau dort war wohl interessanter für ihn. Einschließlich ihnen."

„Nun, Terence und ich waren zwei Jahre lang ein Paar und haben auch zusammen gewohnt. Ich wollte ihn sogar heiraten, aber ich habe es mit dem Bodybuilding übertrieben. Um auf den Wettbewerben mithalten zu können, habe ich viele Stunden am Tag trainiert, dazu eine ganz spezielle Diät eingehalten und schließlich Anabolika und Steroide eingenommen. Kurz gesagt, meine Persönlichkeit hatte sich sehr verändert und Terence fand meine Wettbewerbsfigur nicht mehr weiblich, denn sie gefiel ihm gar nicht. Ich war immer gereizter und aggressiver, was schließlich dann zur Trennung führte. Um wieder zur Ruhe zu kommen, bin ich spontan nach Ibiza geflogen. Dort habe ich mich selber wiedergefunden und auch eine neue Liebe getroffen. Karl-Heinz und ich betreiben dort zusammen, seit zwei Jahren, ein Fitness-Studio. Hin und wieder mache ich hier ein paar Tage Urlaub, um wieder alten Freunde zu treffen. Und hier in der Nähe wohnt meine Mutter, die freut sich natürlich, wenn ich sie besuche. Aber darf ich ihnen einige Tipps geben, was Terence betrifft? Denn seine vorherige Freundin hat mir ein paar kleine Geheimnisse verraten, wobei ich anfügen muß, daß Sophie seit der Schulzeit eine Freundin von mir ist."

„Wenn ich ehrlich bin, es würde mich wirklich brennend interessieren. Wer weiß, wofür es gut ist? Ich bin übrigens Frederike."

„Ich heiße Tanja. Nun zu Terence kann ich dir einiges erzählen. Er ist wirklich zuverlässig und ein guter Freund. Er ist immer zur Stelle, wenn man ihn braucht und kann dich ohne Probleme zum Lachen bringen, aber du darfst ihn weder betrügen oder für dumm verkaufen. Er kann aber viel verzeihen, aber manche Grenzen darf man halt nicht überschreiten. Und als Frau kann man im Bett viel Spaß mit ihm haben, denn er läßt sich auf eine Frau ein und erfüllt fast jeden Wunsch. Er selber hat zum Beispiel eine Vorliebe für High Heels, also wenn eine Frau solche hohen Schuhe trägt. Ich selber konnte nie etwas damit anfangen und meine Knie sind durch mein Training derartig ruiniert, daß ich nicht einmal drei Schritte auf solchen hohen Hacken laufen kann. Aber im Bett konnte ich ihm damit viel Vergnügen bereiten"

Über eine Stunde sprachen die beiden Frauen miteinander, bis Frederike sich nachdenklich auf den Weg nach Hause machte. Vieles, was Tanja ihr erzählte, war neu für sie und Frederike hatte keine Ahnung von solchen Dingen. Ihr kam es während des Gesprächs immer so vor, als würden vor Scham ihre Ohren rot glühen. Sex war für sie eher eine gesellschaftliche Konvention, die sich nicht vermeiden ließ. Frederike mochte Liebe und Zuneigung, aber im Bett war sie eher schüchtern und unbedarft. Seit ihrer Jugend quälte sie immer wieder eine Erinnerung, als sie ihre Eltern zusammen mit einer guten Freundin der Familie, im Bett überraschte. Sie war damals vierzehn Jahre alt und sah durch den Türspalt, wie ihr Vater die Freundin von hinten nahm und diese gleichzeitig ihre Mutter zwischen den Beinen küsste. Dieses Bild konnte sie nie vergessen und auch später hat sie immer wieder mitbekommen, wie ihre Eltern sich mit anderen im Schlafzimmer vergnügten. Die Ehe war bis heute glücklich, aber sie verstand nie, was ihre Eltern trotz ihrer liebevollen Innigkeit zu diesen Ausschweifungen trieb. Was Frederike außerdem zu schaffen machte, war dieser Verlust an Kontrolle über den eigenen Körper, wenn man sich der Lust hingab. Sie würde einige Zeit brauchen, um mit der Erkenntnis umzugehen, daß er eine ganz besondere Vorliebe hatte. Immerhin war sie ausgesprochen kitzelig an den Füßen.

Ludmilla winkte ihrer Freundin zu, als diese sich dem
Eingang des kleinen Stadttheaters näherte. Sie hatten
Karten für einen bunten Varieté-Abend, der in dem
kleineren der beiden Theater stattfand, die neben dem
Opernhaus zu den städtischen Bühnen gehörten. An der
Bar tranken die beiden Frauen noch ein Glas Sekt, um sich
dann in freudiger Erwartung auf ihre Plätze zu setzen und
den bunten Abend zu genießen. Es war eine Mischung aus
Artistik, Tanz, Musik und Zauberei.

Zum Abschluss trat der bekannte Operntenor Hendrik van
de Keupen auf, der immer wieder bei kleineren
Kabarettveranstaltungen oder bunten Abenden auftrat und
dabei bekannte holländische Schlagerlieder vortrug. So wie
„Antje, ich habe dich so lieb.", mit dem er seine Darbietung
begann. Frederike war von der kultivierten Erscheinung
ganz hingerissen. Das volle, graue Haar war sorgfältig
frisiert, und gekleidet war er mit Smoking mit dazu
passenden Lackschuhen. Sein Auftreten war stattlich und
sie war entzückt. Er schaute immer wieder in ihre Richtung
und schenke ihr ein bezauberndes Lächeln. Zum Ende
seines Auftritts sang er das mehr als berühmte „Tulpen aus
Amsterdam". Und er schaute ihr mehrfach direkt in die
Augen. Nach dem Ende seines Auftritts gab er Frederike mit
einem Handzeichen zu verstehen, daß sie noch einen
Augenblick warten soll. Ludmilla hatte die Geste auch
gesehen und nickte mit einem Lächeln zu ihr hin, als sie die
Frage stellen wollte. Die beiden Frauen blieben noch sitzen
und warteten ab, bis die anderen Zuschauer den Saal
verlassen hatten. Der Sänger kam mit gemessenen
Schritten auf sie zu und stellte sich vor. Die drei plauderten
eine Weile über belanglose Angelegenheiten, bis Hendrik
die beiden Damen zu einem Kaffee im Theaterbistro einlud.
Frederike hing an seinen Lippen und es störte sie nicht im

geringsten, als Ludmilla sich verabschiedete und die zwei alleine ließ.

*   *   *

Nach der gemeinsamen Nacht hatte Frederike Schmetterlinge im Bauch und sie bedauerte, daß Hendrik einen weiteren Auftritt in einer anderen Stadt hatte und erst in drei Tagen zurückkam. Während der Wartezeit telefonierten sie jeden Tag miteinander, wobei die wunderbare Stimme von Hendrik die Sehnsucht ein wenig stillte. Die Restauratorin und der Tenor trafen sich in seinem Hotel an der Bar, bevor die beiden auf sein Zimmer gingen. Sie bemerkte das lange blonde Haar auf dem Kopfkissen, aber Frederike bildete sich ein, daß es eine Nachlässigkeit des Zimmerservice war.

*   *   *

Seit zwei Monaten schwebte Frederike im siebten Himmel und sie freute sich darauf, Hendrik wiederzusehen. Sie begrüßte ihn und zusammen setzten sie sich an den Esszimmertisch, wo sie ihm Stamppot, einen Eintopf aus Gemüse, Kartoffeln und Schinkenwurst, servierte und zum Nachtisch hatte sie ihm Poffertjes gemacht. Hendrik war davon sehr angetan, denn diese niederländische Spezialität gehörte zu seinen Leibspeisen. Er erzählte von seinen Auftritten und Frederike lauschte seinem Bericht. Genauso interessierte sich der Tenor für die Arbeit der Restauratorin. Frederike hatte die Arbeiten an einem Gemälde von Carl Spitzweg beendet und ihre nächste Aufgabe war ein Bild von Modigliani, das einige Arbeiten benötigte. Später am Abend verführte Hendrik die Frau nach allen Regeln der Kunst. Er zeigte wie immer viel Geduld mit der im Bett eher unbeholfenen Frederike.

Hendrik war noch im Badezimmer, als sie das Ping hörte. Es kam von seinem Mobiltelefon und aus reiner Neugierde schaute sie auf das Display. Dort wurde der Text in einer Vorausschau angezeigt und sie fühlte auf einmal einen eisigen Klumpen im Magen.

++ Danke für die schönen Stunden. Ich freue mich auf nächsten Monat, mein großer Schmusebär. ++

In Frederikes Kopf wirbelten die Gedanken wie wild durcheinander und sie versuchte vergeblich zu begreifen, was diese Worte bedeuteten. Die Erkenntnis, daß er sie anscheinend betrog, wenn er auf Tournee war, kam ganz langsam. Wie betäubt legte sie sich in ihr Bett und deckte sich zu. Sie löschte ihre Nachttischlampe, so daß das Schlafzimmer nur noch von der Lampe auf der anderen Seite des Betts erleuchtet wurde und schloss die Augen. Als Hendrik aus dem Badezimmer kam, tat sie so, als ob sie bereits eingeschlafen war. Er gab ihr einen zärtlichen Kuß auf die Stirn und legte sich ebenfalls hin. Frederike fand in dieser Nacht kaum Schlaf. In den wenigen Stunden, wo sie der Schlaf übermannte, träumte sie allerlei wirres Zeug.

*   *   *

Inzwischen war es das zweite Mal, daß sie Hinweise fand, die ihr zeigten, daß Hendrik es mit der Treue nicht sonderlich genau nahm. Es war für sie deprimierend, daß sie für ihn nicht genug war. Frederike saß wie immer in ihrem Lesesessel und beschäftigte sich mit dem Werk ‚Neue Gedichte', wobei es bei einem Versuch blieb. Sie konnte sich nicht konzentrieren und ihre Gedanken schweiften ab. Immer wieder mußte sie an Terence denken, was sie in den Wochen zuvor nie getan hatte. Auch wenn er nicht die

Eloquenz und Gewandtheit von Hendrik besaß, so war er doch ein solider Mensch. In ihr erwachte der Wunsch, ihn wiederzusehen. Spontan schickte sie ihm eine SMS, in der sie ihn fragte, ob er Zeit für ein Gespräch mit ihr hatte. Zu ihrer Überraschung erhielt sie nach fünf Minuten eine Antwort von ihm. Er schlug ihr vor, auf eine Tasse Kaffee vorbeizukommen. Frederike zog sich schnell ein Kleid an, schminkte sich und machte sich auf dem Weg. Auf der Hälfte der Strecke fiel ihr ein, daß sie ihr einziges Paar mit hohen Absätzen hätte anziehen können, aber andererseits konnte sie damit nicht Autofahren. Sie war sowieso eine schlechte Autofahrerin und mit den vier Zentimeter hohen Absätzen hätte sie bestimmt einen Unfall gebaut.

07 - Painted Defeat

Frederike fuhr wieder vom Schloß aus über den Kanal in das riesige Industriegebiet, wo sie wieder eine Weile brauchte, sich zu orientieren. Sie parkte seitlich am Gelände der Firma und klingelte am Seiteneingang. Kurz darauf meldete sich Terence und öffnete per Funksignal das Tor. Sie betrat über den Seiteneingang das Gebäude und stieg die Treppe hinauf. Da das Grundstück direkt am Kanal lag, war die Aussicht faszinierend. Er hatte von seinem Wohnzimmer aus einen Ausblick auf den Schlosswald. Von hier aus wirkte die Welt sauber und ordentlich. Sie schaute weiter aus dem Fenster, während Terence mit zwei Tassen Kaffee aus der Küche zurückkehrte. Sie erzählte ihm von der Begegnung mit Tanja und fragte ihn über seine Beziehung zu ihr aus.

„Das mit Tanja ist schon eine Ewigkeit her. Seit sie mit diesem Typen auf Ibiza zusammen ist, tickt sie wieder normal und wir können wieder wie Freunde sein. Zumindest für die paar Tage, die sie hier in Deutschland ist. Tanja ist auf ihre Art ganz in Ordnung, aber ihre Vorliebe für Sport und Fitness nervt.“

„Deswegen habt ihr Euch doch getrennt. Es muß mehr gewesen sein. Tanja hat von diesem Kraftsport erzählt.“

„Als wir uns kennengelernt haben, war sie schon voll im Training. Diese muskulöse Figur hat mir nie gefallen, aber sie war nett und hatte eine positive Ader. Ich habe sie über eine andere Ex-Freundin auf einer Fete kennengelernt und als Sophie sich von mir trennte, hat Tanja versucht mich zu trösten. Das Ganze funktionierte eine Zeitlang, aber Tanja fing an, bei Wettbewerben teilzunehmen und trainierte immer verbissener. Mit der Zeit sah sie aus wie Arnold Schwarzenegger ohne Brüste. Das Gesicht bekam immer mehr männliche Züge, und dann besorgte ihr jemand die

Steroide und diverse Anabolika. Damit tauchten die mehr als aggressiven Stimmungsschwankungen auf und einmal wollte sie mich sogar schlagen. Da war dann für mich die Beziehung beendet und ich bin noch in der gleichen Nacht zurück in meine Wohnung."

„Sie hat dich geschlagen?"

Terence schaute Frederike mit einem spöttischen Blick an, schob den rechten Ärmel des T-Shirts hoch und zeigte ihr wieder dieses grässliche Tattoo mit dem Totenkopf.

„Du glaubst doch nicht ernsthaft, daß eine Frau so nah an mich herankommt. Ich habe sie immer ins Leere laufen lassen. Sie merkte dann, daß sie es übertrieben hatte, aber für mich war Schicht im Schacht."

„Warum müsst ihr Männer immer diese dummen Sprüche über Frauen machen? Ist das angeboren oder lernt man das auf einer Idiotenschule?"

„Weder noch. Ich bin schlicht ein Mann, der nicht weichgespült wurde. Und genau so einen Mann willst du doch, denn sonst würdest du eher mit einem deiner halbgaren Kollegen rummachen."

„Aber ich finde diese Sprüche nicht schön und primitiv. Aber da wäre noch eine andere Sache, über die ich mit dir sprechen wollte. Ich habe schon mehrfach gehört, daß du eine ganz bestimmte Vorliebe hast. Tanja erwähnte es und diese Petra machte ebenfalls Andeutungen. Du hast meiner Meinung nach eine triebhafte Präferenz für ein ganz bestimmtes Bekleidungsstück."

„Kaum fang ich an, dich zu mögen, da setzt du wieder irgendeinen Mist drauf."

„Ich wollte dich nicht beleidigen, aber ich finde es ausgesprochen oberflächlich, wenn dir äußerliche Attribute so wichtig sind. Wenn ich Tanja richtig verstanden habe, hast du dafür eine sehr ausgeprägte Begierigkeit. Was steckt denn genau dahinter?"

„Ganz ehrlich, ich habe durchaus Verständnis für dich, aber das Problem ist nun mal größer, als ich dachte. Mit ein paar Gesprächen werden wir nicht weiterkommen. Manchmal frage ich mich, auf welcher Frequenz du funkst. Ich bekomme richtig Kopfschmerzen, wenn ich nur versuche, deine elaborierten Gedanken zu verstehen. Und was mir gefällt oder anmacht, das geht dich letztendlich einen Scheiß an. Du hast dir doch deine Meinung eh schon gebildet, also warum sollten wir uns noch unterhalten? Vor allem, wenn die Frage an sich schon eine Wertung beinhaltet."

„Weil ich es verstehen will. Oder vielmehr, weil ich dich verstehen will. Ich fühle mich zu dir hingezogen und möchte mehr von dir wissen. Du hast doch auch ein innerliches Kind in dir, dann laß es doch für dich sprechen."

„Mein inneres Kind ist ein alter, sarkastischer Drecksack, der die ganze Zeit unangemessene Dinge sagt, zuviel trinkt, zu wenig schläft und Feen sowie Einhörner für den größten Scheiß hält, den Frauen sich ausdenken können."

„Was habe ich Falsches gesagt? Ich möchte einfach mehr über dich erfahren."

„Wozu? Ich bin doch in deinen Augen ein primitiver Höhlenmensch und an dem Abend in der Galerie hast du genau gewusst, daß Berni keine Ruhe gegeben hatte und auch die Schlägerei angefangen hatte. Aber ich war für dich alleine für die Geschichte verantwortlich. Warum also sollte sich etwas an deiner Einstellung ändern?"

„Es ist vorbei?"

„Herrje, es ist nicht vorbei, weil es nie einen Anfang gegeben hat. Wir hatten nie etwas zusammen. Weder Händchenhalten noch Küssen noch sonst etwas."

Nach einer halben Stunde ging Frederike ernüchtert die Treppen herunter und ging zu ihrem Auto, in das sie einstieg, ohne gleich loszufahren. Terence hatte ihr mit deutlichen Worten klar gemacht, daß er kein Interesse mehr an ihr hatte und keine Chance sah, daß sie beiden jemals zusammenkämen. Für ihn lebten sie beide in zu verschiedenen Welten. In diesem Punkt gab sie ihm recht, auch wenn sie der Meinung war, daß man sich aneinander anpassen kann. Daß sie darunter vor allem eine Anpassung seinerseits meinte, hatte er sofort erkannt und ihr zu verstehen gegeben, daß das nie funktionieren würde. Sie war traurig, denn er war für sie immer noch reizvoll, auch wenn sie nicht einmal sich selbst erklären konnte, wieso sie ihn so anziehend fand. Es war wohl seine Männlichkeit, die sie faszinierte und doch wieder abstieß. Auch wenn sie mit Hendrik van de Keupen einen sehr eloquenten und kultivierten Verehrer in der Hinterhand hatte, so fühlte sie sich gerade sehr einsam. Sie schaute auf, weil ein älteres Auto an ihr vorbeifuhr und in den Hof der Werkstatt einbog. Sie hatte aus den Augenwinkeln eine Frau als die Fahrerin erkannt und neugierig stieg sie aus, um den Hof von der breiten Einfahrt aus zu beobachten. Als Sichtschutz diente das Firmenschild an der Seite, wobei sie bei der großen Entfernung kein Wort verstehen würde. Terence stand bei einem der Rolltore, die in die Halle führten und schaute zu, wie die Frau ausstieg.

*   *   *

Terence war nach dem Gespräch wieder in die
Werkstatthalle zurück zum Arbeiten heruntergegangen.
Obwohl er die Fronten mit Frederike endgültig geklärt hatte,
konnte er nicht sofort abschalten und die Arbeit an dem
beschädigten Armaturenbrett eines 57er Bel Air würde ihm
dabei helfen. Er hatte von Frederike und ihrer
überheblichen Art die Nase voll und hatte die
Angelegenheit klar beendet. Sie war hübsch, aber wie viele
Künstler lebte sie in einem Elfenbeinturm. Der Professor
oder ihre Freundin Ludmilla waren sicher die Ausnahmen,
selbst Alain war ein ehrlicher und freundlicher Zeitgenosse,
aber ihr Urteil über Frederike war doch zu optimistisch. Von
der Straße war das typische Prasseln eines Käfers zu hören.
Er vermutete, daß ein Kunde der Firma Little Wolfsburg sich
bei der Suche verfahren hatte. Die auf luftgekühlte
Boxermotoren und weitere VW-Technik spezialisierte Firma
war zwei Querstraßen weiter angesiedelt und die Teams
waren miteinander befreundet. Er hörte wie das Fahrzeug
sich näherte und er ging aus der Halle raus, um dem VW-
Enthusiasten den Weg zu erklären. Dabei bewunderte er
den seltenen Karman-Ghia Typ 34, der im Hof zum Halten
kam. Allerdings rechnete er nicht mit der Person, die aus
dem Fahrzeug ausstieg. Es war seine ehemalige Freundin
und große Liebe Sophie von Schulenburg, geborene von
Kronskamp. Sie wirkte mit ihrem eher durchschnittlichen
Gesicht und den schulterlangen, braunen Haaren wie eine
Hausfrau aus der Vorstadt, denn ihre Jeans und sowie das
schlichte weiße T-Shirt unterstrichen diesen Eindruck. Ein
bekanntes Klatschmagazin hatte ihr früher unterstellt, sie
hätte die langweilige Präsenz einer Susanne Klatten. Er fand,
daß man beiden Frauen unrecht tat, denn die
öffentlichkeitsscheue Milliardärin und die Adelstochter
hatten wesentlich mehr zu bieten. Wobei Sophie mit ihren
längeren Haaren nun eher an die Schauspielerin Marianne

Stone in ihren Rollen aus den Filmen Stitch In Time, Hard Day`s Night, Das Verrätertor oder Berserk erinnerte. Diese Frau hatte ihre eigene Ausstrahlung, mit der sie den langweiligen Eindruck schnell revidieren konnte, so wie jetzt, als sie ihr hübsches Lächeln aufsetzte und für Terence eine frivole Note hinzufügte. Den Soccer-Mom-Look verwässerte sie gekonnt durch einen taillierten Blazer aus Leder und Pantoletten mit einem hohen Stiletto-Absatz. Sie schob die Sonnenbrille in die Haare hoch.

„Es ist lange her, seit wir uns das letzte Mal gesehen haben."

„Gut sechs Jahre sollten es bis heute sein. Was verschafft mir die zweifelhafte Ehre deiner Anwesenheit?"

„Ich vermisse es, wie du mich immer zum Lachen gebracht hast. Oder überhaupt zu lachen und gerade das fehlt mir ganz besonders."

„Dein Mann kann dich nicht zum Lachen bringen? Dann sind die Gerüchte wahr, die ich über den Prinzen und dich gehört habe. Er scheint eine eher rustikale Art zu haben."

Sophie entglitt ihr Lächeln in Sekundenbruchteilen und sie schaute ihn mit großen Augen an. Er vermutete, daß sie glaubte, die zahlreichen Misshandlungen seien ein Familiengeheimnis. Sie schämte sich dafür und fühlte sich noch mehr gedemütigt. Der sechzigjährige Prinz gab in seinem Freundeskreis damit an, daß er seine wesentlich jüngere Ehefrau gerne mal mit der Reitgerte erzog. Terence erzählte ihr, wie er davon erfahren hatte.

„Einer seiner Freunde fährt einen Auburn aus den 30er Jahren und ist Kunde bei uns. Da er sich daran erinnerte, daß wir beide früher ein Paar waren, hatte er mir von eurem Eheleben erzählt. Keine Einzelheiten, aber es reichte aus, um zu ahnen, was mit dir passiert ist. In Adelskreisen hat es sich anscheinend nicht verbreitet. Da hält die Jagdgesellschaft des Prinzen über die sogenannten Reitstunden noch den Mantel der Verschwiegenheit drüber. Noch!"

Sophie wirkte ziemlich erschüttert und mit einer Hand in die Hüfte gestützt und einer Hand an die Stirn gelegt ging sie ziellos neben ihrem Auto auf und ab, bevor sie sich geistesabwesend an den Kotflügel lehnte und irgendwo in die Ferne starrte. Terence kannte es auch unter der Bezeichnung ‚1000-Yard-Starren'. Sie blickte dann wieder zu ihm.

„Sorry, ich wollte dich nicht mit meinen Problemen belästigen. Aber ich hatte den Wunsch, dich zu sehen."

Sie drehte sich weg, als wenn sie in ihren VW einsteigen wollte, um wieder wegzufahren, aber dann wandte sie sich ihm wieder zu.

„Es ist kompletter Blödsinn, was ich da sage. Ich belästige dich ja bereits mit meinen Problemen. Denn ich muß mit einem Menschen reden, dem ich vertraue und dessen Ring ich eigentlich tragen sollte, hätte ich die richtige statt der vernünftigen Entscheidung getroffen hätte. Shit, ich will dich zurück. Es war damals ein Fehler, auf meinen Vater zu hören. Und dafür bezahle ich nun jeden Tag."

Terence wusste, daß ihr zum Heulen war, auch wenn sie das nie vor ihm tun würde. Sie war nicht der Typ, der weinte, auch wenn sie ihre wahren Emotionen ihm gegenüber durchaus zeigen konnte.

„Du kommst also nach all den Jahren einfach her und glaubst, hier so auftreten zu können. Einfach so. Ich dachte jetzt tatsächlich, du vermisst nur mein komödiantisches Talent."

„Du weißt ganz genau, was ich meine."

Sophie wirkte nun richtig erschüttert, denn ihre Unterlippe zitterte ein wenig. Er wusste ganz genau, welcher gefühlsmäßiger Sturm in ihr tobte. Terence hegte keinen Groll gegenüber Sophie, denn er kannte sie sehr gut. Daß sie einer Familienpflicht nachkam und der Überzeugung war, daß es vernünftig war, diesen Prinzen zu heiraten und dem Wunsch ihres Vaters nachzukommen, verstand er. Es war eine Art Automatismus, von der es kein Entrinnen zu geben schien. Die Trennung hatte ihm sehr weh getan, aber er hatte sie nie wirklich vergessen können. Sophie ist es ebenfalls sehr schwergefallen zu gehen und die Entscheidung, bei der Trennung den Kontakt abzubrechen, haben sie gemeinsam getroffen. Er hat sie zwar ein wenig zappeln lassen, aber er wollte sie nicht ärgern oder quälen. Wenn sie zu ihm zurückkehren wollte, dann war er bereit dazu. Terence ging auf Sophie zu und nahm die Frau in den Arm. Sie schlang ihre Arme um ihn und lehnte sich an ihn. Er streichelte durch ihr Haar. Sie rochen immer noch nach dem Shampoo mit Apfelduft wie vor sechs Jahren.

„Ich schätze, wir müssen einige verlorene Jahre aufholen. Es wird jetzt alles gut. Ich bin ja bei dir."

„Schatz, ich habe viel gutzumachen. Aber allein, daß du mich in deinen Arm hältst, ist mehr, als ich mir erhofft habe. Du hättest jedes Recht, mich zu verachten oder mir zu sagen, daß ich mich verpissen soll."

„Wozu? Ich kann mir nun mal nicht helfen, aber du bist und bleibst meine Seelenpartnerin. Und der sagt man nicht einfach so, daß sie sich verpissen soll."

Fredrike sah von der Straße aus die innige Umarmung, und nun war ihr endgültig bewusst, daß sie Terence verloren hatte, ohne ihm jemals wirklich nahe gewesen zu sein. Aber sie verstand nicht, was er an dieser farblosen Pute fand. Sie war der Meinung, daß sie selbst die schöneren Haare hatte und überhaupt war sie doch eine mehr als begehrenswerte Frau. Niedergeschlagen ging sie wieder zu ihrem Auto und fuhr nach Hause.

08 - Painted Stories

Terence führte Sophie in seine Wohnung und machte ihr einen Kaffee. Sie hatte sich an die Arbeitsplatte angelehnt und lässig ihre Beine überkreuzt. Sie hörte zu, als er ihr von seiner Zeit alleine erzählte. Er war kein Kind von Traurigkeit und es waren einige Damen mit ihm in seinem Bett gelandet, aber keine von denen war von großer Bedeutung. Sophie liebte Terence seit dem Augenblick, als sie ihn das erste Mal auf der Fete der Polar Bears sah, als diese ihre zweite Meisterschaft in der DEL holten. Über zwei Jahre waren sie ein glückliches Paar, auch wenn ihr Vater ihn nicht für geeignet hielt, was die Herkunft und den Stand betraf. Seine Tochter sollte entsprechend eine hochgestellte Persönlichkeit heiraten und ihr Vater zog gerne im Hintergrund die Fäden. Die Heirat mit Albert Friedrich Wahnfried Prinz von Schulenburg hatte ihr Vater mit dem Prinzen aus wirtschaftlichen Gründen abgesprochen. Sophie hatte einen ausgeprägten Familiensinn und erfüllte ihrem Vater den Wunsch, auch weil er stolz auf sie sein sollte. Daß sie Terence dafür aufgeben muss, tat ihr furchtbar weh, aber sie sah es als ihre Pflicht an. Albert wollte eine unauffällige und dennoch ansehnliche Ehefrau, die seine Dynastie fortleben lassen würde. Allerdings stellten die Ärzte nach einiger Zeit bei einer Untersuchung fest, daß Sophie unfruchtbar war und keine Kinder bekommen konnte. Das war der Zeitpunkt, wo er anfing, sie regelmäßig zu schlagen. Prinz Albert war schon immer sehr reizbar und verbal verletzend, aber er fand immer mehr Gefallen daran, sie zu demütigen und körperlich zu misshandeln. Am liebsten schlug er sie mit der Reitgerte, was er als zureiten bezeichnete. Das er aber diese Taten auch noch im Freundeskreis herumerzählte, war ihr nicht bewußt. Es war einfach zuviel für sie und ihr Entschluß, Albert zu verlassen, stand nun endgültig fest, unabhängig davon, ob sie mit Terence wieder eine

Beziehung hätte. Aber so wie er reagiert hatte, war diese Frage bereits beantwortet. Auch die Tatsache, daß sie unfruchtbar war, war ihm bereits bekannt und hatte bei ihm lediglich Verständnis und Mitgefühl ausgelöst. Mit zwei gefüllten Kaffeebechern gingen sie ins Wohnzimmer.

„Wenn ich ehrlich bin, dann hat mich die Strahlkraft des Titels und sein Schloß schon beeindruckt. Die Hochzeit hatte etwas von einer richtigen Märchenfeier. Das Ganze fand mit sehr viel Glanz und Gloria statt. Die war übrigens persönlich da."

Sophie saß nun mit angezogenen Beinen auf dem Sofa und hatte sich mit dem Unterarm elegant auf der Rückenlehne abgestützt. Sie war aus den Pantoletten herausgeschlüpft und alles deute darauf hin, daß sie so schnell nicht weg wollte, weil sie sich in seiner Gegenwart wohl fühlte. Terence konnte sich an ihrem Anblick nicht sattsehen, wobei ihm die neckischen kleinen Details wie ihre rot lackierten Zehennägel besonders gefielen. Sophie kannte ihn gut genug, um es nicht zu bemerken. Sie wollte wieder das Gefühl haben, für einen Mann begehrenswert zu sein und ihn becircen zu können, aber nicht zu übertölpeln. Seine Nähe tat ihr wohl und sie spürte, daß der alte Zauber zwischen ihnen beiden wieder da war. Sie streckte ein Bein aus und tippte mit ihrer großen Zehe an sein Knie.

„Ich will auf ehrliche Art und Weise zu dir zurückkehren, aber ich finde, ein wenig Verführung gehört mit dazu. Dir gefällt es doch und wenn ich ganz ehrlich bin, mir tut es gut, wenn ein Mann mir wieder auf den Arsch schaut. Wobei - hat es dich nie gestört, daß ich nur einen flachen und kleinen Busen habe?"

„Das ist wie bei einem britischen Roadster. Wenn das Fahrwerk top ist, dann braucht kein Mensch die Airbags und du hast ein phantastisches Fahrgestell. Und wenn du wie früher deine Bluse ein Stück offenlässt, dann zeigst du der Welt einen ausgesprochenen erotischen Ausschnitt. Du weißt doch, worauf ich stehe."

„Du stehst im Schwerpunkt auf das, auf dem ich in der Regel stehe."

Sophie machte eine anmutige Drehbewegung mit ihrem sehr lang ausgestreckten Fuß, während sie einen Schluck Kaffee trank.

„Aber es gibt noch die eine oder andere Variation des Liebesspiels, die mir inzwischen gefällt. Bevor er anfing, mich blutig zu schlagen, mochte er eine sanftere Art. Ganz am Anfang liebte er es, wenn ich mir von ihm, mit einer Schulmädchenuniform bekleidet, den Hintern versohlen ließ. Mit der flachen Hand auf den nackten Po und es hatte mich erregt. Er hat mir sogar danach mit Salbe den Hintern eingecremt. Aber nachdem er von meiner Unfruchtbarkeit erfahren hatte, schlug er statt mit der Hand mit der Gerte zu. Die Uniform konnte dann auch im Schrank bleiben, dabei stand sie mir ausgesprochen gut. Ein kurzer karierter Rock, weiße Bluse, in Kombination mit einem schwarzen Pulli sowie College Pumps mit hohen Absatz. Das würde dir auch gefallen."

„Ist das noch Nonchalance oder hast du einen Hang zum Sarkasmus?"

„Ich wollte dir nur von einer neuen Spielart erzählen, mit der man mich erfreuen kann."

„Nach alledem könnte dir Popo-Versohlen noch gefallen?"

„Es ist eine Sache des Vertrauens und wenn ich einem Menschen vertraue, dann dir. Es ist ein Unterschied für mich, wer und wie ein Mann zu mir Dreckstück oder Schlampe sagt. Wenn du das zu mir sagst, dann wird es immer liebevoll gemeint sein und nie verletzend. Ich möchte, daß du es weißt. Es ist halt ein sehr prickelndes Detail."

„Wenn du mir so vierzig Jahre Zeit gibst, dann könnte ich es richtig lernen."

„Ich werde dir auch fünfzig Jahre Zeit lassen, denn diesmal werde ich den Weg mit dir bis zum Ende gehen. Aber da ist noch eine Sache. Ich bin nicht mehr so begehrenswert wie früher."

Sophie blieb dabei ernst und rührte nebenbei ihren Kaffee um.

„Du bist sogar noch begehrenswerter. Dein ganzes Erscheinungsbild ist sexy. Und ich mag es, daß du deine Haare jetzt länger trägst."

„Du hast noch nicht alles gesehen. Es ist für mich auch dir gegenüber ausgesprochen unangenehm. Wenn ich ehrlich bin, habe ich sogar Angst davor."

Terence umfasste sie und schob seine Hände unter ihr T-Shirt und strich ihr über den Rücken, bis er den Hosenbund erreichte. Er spürte die zwei Narben, die sich über ihren Rücken erstreckten.

„Hast du dir einen Verkehrsberuhigungsplan auf den Rücken tätowieren lassen?"

Sophie zog die Augenbraue in der gleichen Manier hoch, wie Leonard Nimoy als Mr. Spock. Sie standen beide auf, wobei Sophie wie automatisch wieder in ihre Pantoletten schlüpfte, denn so war sie genauso groß wie Terence und schaute ihm in die Augen. Ihr Gesichtsausdruck war sorgenvoll. Er lächelte schief und fuhr mit der Hand wieder am Rückgrat empor, bis er den Verschluß ihres Büstenhalters ertasten konnte.

„Daß dieses perverse Schwein so gnadenlos zuschlagen kann, habe ich nicht geahnt. Peitschen und Reitgerten können schmerzhafte Wunden verursachen, die manchmal nie ganz verschwinden."

Mit zwei Fingern öffnete er den BH-Verschluß, worauf Sophie mit einem ernsten Gesicht den Blazer auszog und sich ihres Shirts entledigte. Der BH glitt wie von selbst von ihren Schultern und fiel einfach zu Boden, worauf sie beide Arm verschämt über die Brüste legte. Er ging langsam um sie herum, als wenn er eine Statur im Museum besichtigte und betrachtete die beiden Striemen auf dem Rücken.

„Glaubst du tatsächlich, daß mich deine Narben abschrecken würden. Du bist wesentlich mehr als das. Machst du dir etwa Sorgen, daß es mit uns beiden nicht wieder funktionieren könnte?"

Sophie schüttelte den Kopf und ließ beide Arme sinken, worauf Terence auch die rote Narbe sah, die zwei Zentimeter über den rechten Busen verlief. Dann legte er die Hände auf ihre Hüften und ließ sie nach vorne wandern, bis er den Knopf ihrer Jeans öffnen konnte und schob Hose und Slip runter.

„Die Gerüchte über deinen entstellten Körper waren arg übertrieben und die Zeit wird auch den Rest heilen. Du mußt nicht perfekt für mich sein, aber du bist perfekt für mich."

„Ich hätte es besser wissen müssen. Eine andere Reaktion von dir wäre undenkbar. Verdammt, wo warst du all die Jahre?"

„Hat die Delinquentin noch einige letzte Worte?"

„Hab mich einfach nur lieb."

Terence hob sie auf seine Arme und trug sie in sein Schlafzimmer, wo er sie auf das Bett legte. Sie küssten sich, während Sophie anfing, sein Hemd aufzuknöpfen. Mit der Fernbedienung schaltete er die HiFi-Anlage ein.

„Immer noch Timex Social Club, Prince, The Time und Kool And The Gang beim Liebemachen? Bin ich heilfroh, daß du noch immer die billigen, alten Tricks versuchst. Für solche Gelegenheiten gibt es keine bessere Musik und ich habe noch alle deine selbstgebrannten CDs behalten. Wie früher in der Schule mit den Kassetten, denn nur die hübschen und die netten Mädchen haben damals die selber zusammengestellten Tapes geschenkt bekommen."

„Bei dir trifft nun mal beides zu."

„Ist dir eigentlich bewusst, wie groß mein Nachholbedarf bei Liebe, Sex, Zärtlichkeiten und Komplimenten ist?"

„Im Kleiderschrank ist Platz für deine Kleidung und im Bad mach ich dir ein Regal frei. Du kannst hierbleiben, denn es ist Platz für dich in meinem Leben."

Die Antwort war ein inniger Kuß von Sophie.

„Ja, ich will bei dir bleiben. Ich liebe dich und es tut mir leid, was ich dir angetan habe."

Zwei Stunden später betrachtete er den schlafenden Körper von Sophie. Auf ihrem Rücken waren noch einige kleinere Narben zu sehen, aber er hatte es sich schlimmer vorgestellt. Für ihn zählte nur eine einzige Tatsache: Sophie war wieder bei ihm. Sie wurde wach, drehte ihren Kopf und schaute ihn mit einem ernsten Gesichtsausdruck an.

„Ich frage mich trotz allem, wie wir nach sechs Jahren unsere Beziehung wieder beleben können."

„Der legendäre Beziehungstherapeut Sepp Herberger sagte immer: Nach der Beziehung ist vor der Beziehung."

Sophie musste laut auflachen, schlang ihre Finger in seine Finger und lächelte ihn liebevoll an. Er mußte daran denke, daß er den gleichen Witz bei Frederike gemacht hatte und sie es nur mit einem leichten Hochziehen der Mundwinkel quittiert hatte. Die unterschiedlichen Reaktionen zeigten ihm, wie weise und umsichtig es war, Frederike in den Wind zu schießen.

„Übrigens, ich habe noch einen Koffer mit deinen Reserveklamotten. Die Kleidung habe ich in einer Tüte einvakuumiert. Zwei Jeans, vier Tops, ein Pulli, zwei Blusen, Nylons, Unterwäsche in schwarz und violett sowie zwei Paar Pumps. Ich habe sie damals zusammengepackt, weil ich nicht wollte, daß Tanja deine Sachen findet. Das hätte ihr wehgetan."

„Du hast dir den ganzen Inhalt gemerkt?"

„Nenn es Perversion oder ist es doch nur eine Inselbegabung? Wer weiß das schon."

60

Sophie grinste, während Terence den Koffer aus einem Wandschrank holte. Sie schaute hinein und fand neben den abgetragenen Pumps von Manolo Blahnik auch den violetten BH mit passendem Slip, den sie inzwischen überall gesucht hatte. Er war in einer extra Vakuumtüte eingeschweißt und sie erinnerte sich, daß sie ihn damals getragen und dann bei ihm zu der Schmutzwäsche getan hatte. Also hatte er den getragenen Tanga aus dem Korb geholt. Sie lächelte über Terence, aber dann wurde ihr wieder klar, daß die Trennung für ihn die Hölle gewesen sein musste. Daß er sie ohne Rachegefühle oder Zorn wieder in sein Leben ließ, war ein Zeichen seiner tiefen Gefühle für sie. Was auch immer die Zukunft für sie bringen sollte, Terence sollte ein Teil davon sein und sie würde ihm nie wieder das Herz brechen. Und sie würde von nun an alles tun, um ihn glücklich zu machen. Und er würde immer für sie da sein.

„Mit den Manolos hatten wir zusammen viel Spaß. Da kommen viele schöne Erinnerungen zurück."

„Und da werden noch viele weitere Erinnerungen dazu kommen. Aber eine Frage mußt du mir noch beantworten. Warum bist du gerade jetzt zurückgekommen?"

„Seit einem halben Jahr habe ich jeden Tag mit dem Gedanken gespielt, zu dir zu fahren. Aber immer war es eine Mischung aus Angst vor den möglichen Konsequenzen und Unentschlossenheit. Aber dann hatte ich diesen Alptraum. Ich bin durch ein dunkles und unheimlich wirkendes Moor gegangen. Der Nebel zog auf, überall waren Schatten zu sehen und immer wieder war das Knacken von Zweigen zu hören. Dann sah ich vor mir ein Paar leuchtende Augen auftauchen und wie gebannt bin ich ihnen hinterher gegangen. Immer wieder wurde der Nebel etwas lockerer und die Augen erweiterten sich zu einem Schatten, der mich an eine große Katze erinnerte. Und schließlich kam dieser Schatten immer näher. Es war eine pummelige Katze mit einem blauen Fell. Einen blauen Farbton wie bei dem Cuda, den du damals hattest. Mit verchromten Ohren und schwarzen Pfoten, wobei das schon eher Pranken waren. Zuerst blickte sie mich freundlich an, aber plötzlich fing sie an zu fauchen und sie zeigte ihre Krallen. Sie sprang in die Dunkelheit und ich hörte Lärm und Kampfgeräusche. Dann wurde es ruhiger und ich sah die Katze wieder. Aber dann kam das Kurioseste an dem Traum. Ich hörte Musik. Es war „Stand by Me". Ich habe Ben E. King gehört. Davon bin ich dann auch aufgewacht. Und ich wusste, was ich zu tun hatte - die Katze suchen. Und mir war klar, wo ich sie finden konnte. Nur diesmal werde ich bleiben und nicht wieder gehen."

„Du nimmst mich jetzt aber auf dem Arm."

„Glaub mir bitte, sowas kann man sich nicht ausdenken. Ich war fertig und schweißgebadet, aber mein Entschluß stand fest. Und hier bin ich."

Statt einer Antwort nahm Terence Sophie einfach in den Arm und gab ihr einen Kuß.

*   *   *

In einer anderen Wohnung in der Altstadt saß Frederike mit einem Buch in ihrem Lieblingssessel und versuchte sich auf ein Gedicht von Walt Whitman zu konzentrieren. Ihr ging die Szenerie bei der Werkstatt nicht aus dem Kopf und ihre Gedanken kreisten immer wieder um das, was sie beobachtet hatte. Von der Beschreibung her könnte es diese Sophie von Schulenburg gewesen sein, denn Tanja hatte ihr von seinem früheren Vorleben erzählt und dabei Sophie erwähnt. Die beiden sind von Anfang an so vertraut miteinander umgegangen, daß es sicherlich Sophie war. Gegen so eine enge Bindung konnte sie nur schwerlich ankommen. Fast schon mit einer Erleichterung nahm sie das Klingeln des Telefons wahr, denn es unterbrach ihr Gedankenkarussell.

„Hallo, mein Augenschmaus. Ich wollte nur deine Stimme hören."

„Hendrik! Schön, daß du anrufst. Bist du immer noch in München?"

„Ja, morgen ist meine letzte Vorstellung, dann komme ich zurück. Die nächsten sechs Wochen singe ich wieder Wagner auf der Opernbühne. Ich bleibe also die ganze Zeit in der Stadt und wir haben viel Zeit für uns."

Die nächste halbe Stunde tauschten die beiden Liebkosungen aus und malten sich aus, wie schön die nächsten Wochen sein werden. Frederike freute sich darauf, daß Hendrik wieder ihr gehörte. Denn er hatte eine feste Anstellung angeboten bekommen und die städtischen Bühnen hatten europaweit einen sehr guten Ruf, weshalb er mit Begeisterung zugesagt hatte. Zudem würde es bedeuten, viel Zeit zusammen zu verbringen.

09 - Painted Places

Drei Monate später

In der Hoffnung, Terence zu sehen, fuhr sie wieder zum Autotreffen beim Bolzplatz. Sie hatte eine unerklärliche Sehnsucht nach ihm. Die Zeit mit Hendrik wurde langsam nervenaufreibend. Wenn er bei ihr war, dann war es für sie der Himmel auf Erden. Aber sobald er auf Reisen war, dann beunruhigte sie die Ungewissheit. Und diesmal folgte sie dem Wunsch, Terence wiederzusehen. Diesmal hatte sie sich für Jeans und ein schwarzes T-Shirt entschieden, so daß sie weniger auffiel. Bevor sie sich auf den Weg machte, tauschte sie ihre flachen Ballerinas gegen die Pumps mit dem vier Zentimeter hohen Absatz. Aber als sie den Bereich erreichte, wo die Straßenkreuzer standen, merkte sie erneut, daß sie bei ihm keine Chance hatte. Terence stand bei einem violetten Oldtimer, der sehr modern und sportlich wirkte, und an diesem Fahrzeug lehnte sich diese Sophie mit dem Rücken an ihn an. Er hielt sie mit einem Arm an der Hüfte, während sie ihre Hand auf die seinige gelegt hatte. Frederike hatte sie schon mal in einer dieser Klatschzeitschriften beim Zahnarzt gesehen. Nur daß Sophie nun mit längeren Haaren und der dezenten Schminke wesentlich hübscher aussah. Die Jeans in Kombination mit der engen Bluse, über die Sophie einen Pulli mit Ausschnitt trug, wirkten sportlich und erotisch zugleich. Die Pantoletten, mit dem hohen, dünnen Stöckelabsatz, gaben dem Vorstadthausfrauenlook eine unanständige Note. Die beiden unterhielten sich und lachten herzlich miteinander. Was Frederike einen kräftigen Stich in ihr eigenes Herz versetzte. Denn die beiden wirkten verliebt und standen eng zusammen. Diese Frau hatte etwas, was sie sich selbst wünschte. Wobei sie hoffte, daß Hendrik mit guten Nachrichten aus den Niederlanden zu ihr zurückkam. Nur war es tatsächliche Liebe, wenn Frederike versuchte, immer noch zweigleisig zu fahren? Denn insgeheim musste sie vor sich selber zugeben, daß ihre Gefühle zu Terence tendierten, auch wenn ihr Verstand wusste, daß es nicht lange funktionieren würde, denn dafür waren sie zu verschieden und Terence war ausgesprochen dickköpfig. Aber er war ehrlich und im Gegensatz zu Hendrik hatte er es nicht nötig, fremdzugehen. Sie wusste, daß Hendrik auf seiner letzten Tournee wieder seine Nächte nicht alleine verbracht hatte. So beobachte sie, wie Terence sich von der Frau löste und zu einer anderen Gruppe herüberging. Spontan ging sie zu ihrer Nebenbuhlerin und sprach sie an.

„Hallo, ich bin Frederike und würde gerne mit ihnen sprechen."

Sophie schaute Frederike mit milder Neugier an und nickte.

„Terence hat von ihnen erzählt. Was kann ich für sie tun?"

„Was wollen sie noch von Terence? Immerhin haben sie ihn vor Jahren verlassen."

„Nun, ich bin aber mit Terence wieder zusammengekommen. Ihrer Fragen nach und dem Tonfall entnehme ich, daß sie wohl an meiner Ehrlichkeit zweifeln. Sie sind der Meinung, daß ich nur aus Berechnung und Bequemlichkeit mit ihm wieder zusammen bin. Das er, sozusagen, billiger Ersatz für mich ist. Nur sollten sie eines verstehen, daß es mehr ist und wir uns wirklich lieben. Wir habe dieselbe Wellenlänge"

„Sie verlassen, einfach so, ihre große Liebe für diesen Adeligen und dann verlassen sie ihren Ehemann ebenso leichtfertig. Sie sind billig."

Sophie blieb ruhig, aber das böse Funkeln in ihren Augen versprach nichts Gutes.

„Warum ich mich von meinem Ehemann trenne, daß geht in erster Linie nur mich etwas an, aber ich kann ihnen versichern, es gibt gute Gründe dafür. Und was Terence betrifft, wir machen da weiter, wo wir aufgehört haben. Es mag sein, daß ich meine große Liebe verraten habe, aber das Vertrauen und die Liebe waren nie ganz weg"

„Ich habe da so meine Zweifel."

„Jetzt pass mal auf! Du lebst im Li-La-Launeland, in einem Elfenbeinturm, denn du hast nicht den geringsten Bezug zu seinem Leben. Würdest du zu einem Spiel der Blue Knights oder zum Eishockey gehen?"

Sophie wurde langsam richtig wütend und sprach mit leiser, drohender Stimme weiter, denn die ignorante Frau nervte sie immer mehr.

„Natürlich nicht, denn dafür bist du zu hochnäsig. Wobei Terence mit dir jederzeit in die Oper oder ein Museum gehen würde. Das ist nur einer der kleinen, aber feine Unterschiede."

Frederike merkte, daß sie in ein Fettnäpfchen getreten war und den Bogen überspannt hatte. So kam sie nicht mehr weiter. Ihr Bauchgefühl lag richtig, daß sie nie auch nur den Hauch einer Chance bei ihm hatte. Aber kampflos wollte sie das Feld nicht räumen.

„Hat es sie nie gestört, daß ihre Freundin Tanja mit Terence zusammen war? Sie hat mir viel darüber erzählt, denn sie wollte, daß ich mit Terence zusammenkomme."

Sophie hatte unwillkürlich Frederike geduzt und achtete nun bewusst darauf, die Frau wieder zu siezen.

„Tanja ist sehr hilfsbereit und versucht jedem zu helfen. Das sie ihnen Tipps gegeben hat, ist typisch für sie. Als sie selber mit Terence damals zusammen war, wusste ich, daß er in guten Händen war. Auch wenn sie es mit ihrem Kraftsport zwischenzeitlich übertrieben hatte. In der Schule schon war Sport für sie alles, aber später wurde es zur regelrechten Sucht. Aber sie ist und bleibt eine gute Seele und eine liebe Freundin. Selbst ohne die chemischen Zusätze beim Training hätte sie ihn nicht auf Dauer halten können. Er liebt die witzigen Rededuelle mit einer Frau, wenn beide sich mit Esprit necken und kabbeln. Und da konnte sie nicht mithalten. Kennen sie nicht die Filme mit Doris Day und Rock Hudson. Oder dieser Angler Film, in dem Paula Prentiss und Rock Hudson sich bis zum Schluß in der Wolle hatten. Der absolute Klassiker ist das Duo Katharine Hepburn und Spencer Tracy. Das sind die Blaupausen für ihn."

„Meinen sie etwa, nur weil sie mit diesen Schuhen vor ihm rumlaufen, ist das die große Liebe? Wie sie sehen, kann ich so etwas auch tragen."

Sophie streckte ihr rechtes Bein vor und dreht den Knöchel mit der Plateaupantolette demonstrativ im Kreis und deutete mit dem Finger auf die Pumps von Frederike.

„Ich und meine Heels hier sind Sturmflut, sie dagegen springen bloß in der Pfütze herum. Ich merke gerade, daß sie nichts verstanden haben. Halten sie ihn für so simpel gestrickt? Haben sie mir gerade überhaupt zugehört? Auch High Heels muß man bei ihm richtig einsetzen. Es geht hier um mehr als das. Aber ihnen fehlt es an Einfühlvermögen und vor allem haben sie keinen Sinn für Humor. Sie sind nicht dumm und auch sehr attraktiv, damit hätten sie eine Chance bei ihm gehabt. Aber mit ihrer Ignoranz haben sie ihm nie die Chance gegeben, seinen Charme auszuspielen. Es mag sein, daß ich bei ihm schlimme Fehler gemacht habe. Aber zwischen ihm und mir besteht ein Band, daß nicht zerstört werden kann."

„Also ist er treu wie Gold, wie man so schön zu sagen pflegt."

„Wenn sie wüssten. Er kann ein richtig übler Drecksack sein, wenn die falsche Frau an ihn gerät. Man könnte ihn als einen Schnallentreiber bezeichnen. Ich will nicht behaupten, daß ich die einzige Frau bin, der er treu ist, aber wenn er sich wirklich entschieden hat, dann geht er für diese Frau durchs Feuer. Aber das werden sie nie erfahren und jetzt gehen sie mir endgültig aus der Sonne."

Frederike verstand den Wink mit dem Zaunpfahl und ging wieder zurück zu ihrem Auto, daß sie wieder am Rand des Parkplatzes abstellen musste. Vernünftige Autos waren hier immer noch nicht gerne gesehen. Das üble Gefühl der Niederlage machte sich in ihrem Bauch breit und ihre Stimmung war auf einem Tiefpunkt. Gerade als sie einstieg, klingelte ihr Mobiltelefon. Sie nahm das Gespräch freudig entgegen, denn es war Hendrik. Seine dunkle, sonore Stimme vertrieb den Frust ein wenig und spendete ihr Trost. Er war überraschenderweise früher von seinem Gastspiel in Paris wieder in der Stadt und sie machte sich auf den Weg, um ihn vom Hotel abzuholen. In einer Seitenstraße war eine Parklücke frei und sie stellte ihren Kleinwagen ab. Im Kofferraum hatte sie einem schwarzen Blazer, den sie sich überzog und so etwas eleganter wirkte. Hendrik wartete in der Lobby auf sie. Heute Abend trug er einen grauen Anzug mit einer blauen Krawatte und automatisch knöpfte er das

Jackett zu, als er aufstand und Frederike mit einem strahlenden Lächeln begrüßte. Er gab ihr einen Kuß.

„Hallo mein Augenschmaus. Heute mal ganz sportlich. Du siehst hübsch aus."

Hendrik spürte gleich, daß sie sich nicht gut fühlte und nahm sie in den Arm. Frederike lehnte sich an ihn und fühlte sich gleich besser.

„Ich habe gute Nachrichten für dich. Meine Frau willigt in die Scheidung ein und ich bin in drei Monaten ein freier Mann."

Sie wartete schon eine Weile auf diese Nachricht, aber jetzt wollte sich weder Erleichterung noch Freunde einstellen. Das einzige Gefühl, daß sie empfand war eine innerliche Leere. Die Trennung von Terence machte ihr mehr zu schaffen, als sie gedacht hatte. Es war noch nicht einmal eine Trennung, denn ein Paar waren sie nicht einmal ansatzweise gewesen. Aber es war die verpasste Chance und die Frage, was wäre gewesen und was hätte alles geschehen können. Vor allem die Worte von Sophie haben sie tief getroffen. Der Vorwurf, daß sie es selber in der Hand hatte und dabei aber kläglich versagt hatte, nagte an ihrem zurzeit arg gebeutelten Selbstbewusstsein. Sie versuchte sich damit zu trösten, daß Hendrik vermutlich besser zu ihr passte und zwischen dieser Sophie und Terence eine lange Geschichte stand, gegen die sie selber nie ankommen konnte.

„Was hältst du von einem romantischen Abendessen? Um die Ecke soll es ein gutes italienisches Restaurant geben."

„Gerne. Ich hätte jetzt auch Appetit auf eine Pizza. Der Tag heute war anstrengend."

Sie spazierten den kurzen Weg zu der Osteria La Vulcano und setzten sich an einen der Tische. Nachdem der Kellner ihnen zwei Gläser Sekt gebracht hatte und beide ihr Essen bestellt hatten, versucht Frederike ihr schlechtes Gewissen dadurch zu beruhigen, indem sie mit Hendrik flirtete. Einem Zusammenleben mit ihm stand nichts entgegen, aber sie hatte Bedenken. Hendrik war oft auf Reisen in ganz Europa und seit der SMS wusste sie, daß der bekannte Sänger kein Kind von Traurigkeit war und wieder einige Affairen hatte. Es war verständlich, daß ein attraktiver und stattlicher Mann Aufsehen erregt und den Frauen auffiel. Nur war sie nicht bereit, ihn mit anderen Frauen zu teilen. Bei Terence hätte sie sich diesem Konflikt wohl niemals stellen müssen, denn der war berechenbar und anständig. Aber er gehörte nun einer anderen Frau.

10 - Painted Days

Die Scheidung vom Prinzen erwies sich als verhältnismäßig einfach. Nachdem Sophie ihren Eltern die volle Wahrheit über ihre Ehe erzählt hatte, wurde alles organisiert. Ihr Vater führte ein Gespräch mit dem Prinzen und man kam überein, die Angelegenheit diskret abzuwickeln. Finanziell holte ihr Vater einige geschäftliche Vorteile und Sophie erhielt eine mehr als üppige Abfindung sowie einen jährlichen Unterhalt. Dafür blieben die Presse und der Staatsanwalt aus dem Spiel. Es lief schlicht geräuschlos im Hintergrund ab und nach einem halben Jahr wurde das Urteil vom Richter ausgesprochen. Die Presse hatte zwar trotzdem Wind von der Sache erhalten, aber sie glaubte der Mitteilung beider Familien von einer gütlichen Einigung. Bertram von Kronskamp hatte aber ein erhebliches Problem damit, daß Sophie nicht auf das Familienanwesen zurückkehrte, sondern in einer Werkstattwohnung hauste, die in einem Gewerbegebiet lag. Sophie war zwar froh, daß die Angelegenheit keine großen Wellen schlug, denn es würde hauptsächlich ihrer Mutter wehtun, aber ihr Vater schlug dabei Kapital aus der Angelegenheit und das ärgerte sie, auch wenn sie von der Scheidung und den juristischen Schritten nur wenig mitbekam, denn ihr Vater regelte die Angelegenheit geschickt und umsichtig. Aber sie war auch wütend auf ihn, weil er so aalglatt und kühl reagierte, denn aus diesem Grund wollte sie auch bei Terence wohnen. Sie fühlte sich dort sehr wohl und Terence hatte die Ablehnung ihrer Eltern nicht vergessen. Es dauerte eine Weile, bis ihrem Vater klar wurde, daß die Wohnlage wesentlich besser war, als es zunächst den Anschein hatte. Und Terence war immer noch nicht standesgemäß, aber Sophie war glücklich und die zwei waren zusammen ein perfektes Team. Zudem arbeitete Sophie in der Gegend für einen Weingroßhändler, der eine Assistentin mit guten französischen Sprachkenntnissen benötigte. Bernhard von

Kronskamp war ebenfalls nicht entgangen, daß seine Frau die beiden regelmäßig besuchte und von der Wohnung in der Stadt schwärmte.

*   *   *

Zwei Jahre später war Frederike wieder einmal auf dem Heimweg. Nachdem der Restaurationsauftrag beendet war, hatte sie ein Angebot als festangestellte Restauratorin von der Stadt erhalten. Das gleiche Angebot ist auch an Ludmilla herangetragen worden, aber ihre Freundin wollte weiterhin unabhängig arbeiten und sie genoss auch die Arbeit an anderen Orten. Ludmilla reiste gerne und benötigte die Abwechselung. Frederike dagegen hatte das Angebot angenommen. Ihr Nervenkostüm war seit langer Zeit sehr angespannt, denn ihre Beziehung zu Hendrik war ausgesprochen anstrengend. Er hatte zwar seit fast zwei Jahren ein Engagement an der hiesigen Oper, aber sein Hang zu Eskapaden hatte nicht nachgelassen, denn in den Spielpausen trat er auch auf anderen Bühnen auf und es gab immer wieder Aufträge für TV-Aufnahmen. Und bei seinen Konzerten und Aufführungen traf er immer wieder willige Frauen, die sein kaltes Hotelbett mit anwärmten. Selbst die Scheidung zog sich hin, weil seine Frau das Verfahren immer wieder mit Anträgen oder Forderungen verzögerte. Daher war es eine Wohltat, daß Frederike sich nicht noch zusätzlich mit Auftragsmangel, unbezahlten Rechnungen oder Auftraggebern, die nur zögerlich zahlten, herumschlagen mußte. Aber wenn er bei ihr war, dann war alles andere unwichtig, vergessen und vergeben, denn sie fühlte sich wie eine Prinzessin in seiner Nähe.

*   *   *

Es war wieder spät geworden, später als sonst, denn entgegen ihrer Gewohnheit hielt sie bei einem Fast-Food-

Restaurant, um dort ihr Abendessen einzunehmen. Sie betrat das Lokal, in dem wenig Betrieb herrschte, und bestellte am Schalter einen Salat und einen Burger mit Hühnerfleisch. Während sie auf das Essen wartete, schaute sie sich beiläufig um. In einer der Sitznischen entdeckte Frederike ein bekanntes Gesicht - Terence. Er saß mit dem Rücken zu ihr, aber sie erkannte ihn anhand seiner Begleitung. Er war mit Sophie immer noch zusammen, so wie es aussah. Frau von Schulenburg hatte Frederike wohl nicht erkannt. Die Restauratorin trug eine alte Latzhose sowie einen grauen Arbeitskittel und hatte die langen Haare hochgesteckt. Mit ihrem Tablett wollte sie sich eine Nische weiter hinsetzten, denn sie war sehr neugierig und wollte wissen, was die beiden so miteinander besprachen, vor allen wie sie es taten.

Sophie stupste unter dem Tisch den Knöchel von Terence an.

„Deine verwirrte Freundin steht an der Kasse und holt sich etwas zu futtern. Ich wette, sie hat uns entdeckt und setzt sich einen Tisch weiter hin."

„Also Freundin ist jetzt wohl eine kleine Fehlinterpretation. Bei dem Attribut verwirrt stimme ich dir vorbehaltlos zu. Ganz ehrlich, diese Frau geht mir aber so was von am Arsch vorbei."

„Ich weiß. Ich dachte nur, wir bieten ihr etwas und machen eine richtig zuckersüße Show für sie."

„Geben wir ihr die Wahrheit, die ist für sie schon bitter genug. Das glückliche Paar nimmt man uns ohne Probleme ab, aber Bezeichnungen wie Schnuckiputz oder Honigbärchen glaubt selbst sie dir nicht. Wink ihr doch freundlich zu, dann setzt sie sich woanders hin."

„Schade. Aber gut, du hast recht."

In diesem Augenblick nahm Frederike das gefüllte Tablett auf und dreht sich um. Mit einem übertriebenen Lächeln und einem sehr spöttisch anmutenden Winken wurde sie von Sophie begrüßt. Da Sophie so dann und wann sehr nachtragend sein konnte, gab sie der Künstlerin noch einen Seitenhieb mit, indem sie ihr Bein lang ausstreckte und mit einem schmutzigen Lächeln den mit hohen Pumps bekleideten Fuß kreisen ließ. Mit einem kurzen Nicken antwortete Frederike auf den Gruß und setzte sich vier Tische weiter hin. Ihr ursprünglicher Plan war somit gestorben und die kleine Botschaft war bei ihr auch angekommen. Für einen kurzen Augenblick schämte sie sich für ihre schmuddelige Arbeitskleidung mit denen sie von der Arbeit gekommen war.

*   *   *

Sophie hatte das enttäuschte Gesicht von Frederike registriert, auch wenn sie sich ein wenig für ihre Bosheit schämte, denn außer ein paar blöden Sprüchen hatte Frederike ihr damals nichts angetan. Aber diese dumme Kuh forderte es geradezu heraus. Sie hatten damals nur wenig über diese Frau gesprochen, aber eine Frage reizte sie gerade.

„Hast du eigentlich mit Frederike geschlafen?"

Terence schaute sie überrascht an, musste aber dann lachen.

„Scheiße, nein! Es gab nie die passende Gelegenheit und wenn ich ganz ehrlich bin, dann hat sie etwas an sich, daß mich immer abgestoßen hat. Sie ist hübsch, aber ihre

74

Persönlichkeit hat den entscheidenden Moment ruiniert, wenn dieser überhaupt jemals existiert hat. Bei mir hat sich da von Anfang an immer etwas gespreizt. Vieleicht wäre nach der Party etwas passiert, aber dann kam dieser Berni dazwischen."

„Auch wenn es blöd klingt, aber ich wäre sogar eifersüchtig gewesen. Wenn dich eine anständige Frau in ihre Finger gekriegt hätte, dann wäre das Schicksal und dagegen kommt man nicht an. Aber diese dumme Nuss hätte dich nicht verdient. Das wäre wie Perlen vor die Säue werfen."

„So schlimm?"

„Gegen eine tolle oder erstklassige Frau zu verlieren, damit kann ich leben. Aber gegen die da, daß geht gar nicht."

„Don`t step on my blue suede shoes."

Sophie trat ihn mit der Schuhspitze gegen sein Schienbein und blickte ihn über den Becher mit dem Milchshake an, als sie an dem Strohhalm saugte.

„Für den Spruch schuldest du mir nachher einen Tribut. Ich habe schon lange keine Perlenkette von dir bekommen. Sie sollte zu meiner Bluse und der Cordhose passen."

„Yes, Mylady. Und wirf den Becher nicht weg. Wir haben endlich unser sechzehnteiliges Service beisammen."

Sophie lächelte über ihren gemeinsamen Standardwitz, dann wurde der Gesichtsausdruck zu einem vulgären Grinsen, als sie die hohle Hand auf und ab bewegte, um dann mit dem Zeigefinger langsam über die Kehle bis in ihren Ausschnitt zu fahren, um dort mit dem Finger mehrfach auf diese Stelle zu tippen. Sie liebte es, Terence mit unanständigen Gesten anzumachen. Er wusste ihre gelegentliche ordinäre Art sehr zu schätzen.

*   *   *

Im darauffolgenden Jahr hatte sich Frederike endgültig von Hendrik getrennt, der wieder zu seiner Frau zurückgekehrt war. Zudem war sie seine Abenteuer leid. Die tiefe und intensive Enttäuschung saß wie ein Stachel in ihrer Seele. Ludmilla hatte Terence vor zwei Wochen in der Stadt getroffen und die beiden hatten sich eine Weile bei einer Tasse Kaffee unterhalten. Er hatte Sophie im kleinen Kreis geheiratet und die zwei waren weiterhin ein glückliches Paar. Ihrer Mutter Beatrice zuliebe, sind die beiden in eine Villa am Stadtrand gezogen, die in der Nähe des elterlichen Anwesens lag. Dieses Haus war Ludmilla sogar bekannt, denn es stammte aus den 30er Jahren und wirkte durch die Einflüsse von Art Déco und Bauhaus bis heute modern. Es war ein Geschenk von Bernhard und Beatrice zur Hochzeit und Bernhard hatte es sogar renovieren lassen. Ludmilla hatte bei dem Gespräch den Wunsch geäußert, dieses moderne architektonische Juwel einmal von innen anzuschauen. Frederike hatte dagegen das Gefühl, immer weiter zurückzubleiben, da sich in ihrem Leben sich nichts bewegte. Ihr Job war sicher und sie hatte auch sehr vielfältige Aufgaben, aber im Bett und in der Liebe tat sich nicht das Geringste. Umso mehr schmerzte sie der Anblick von dieser Adeligen und Terence, die ein paar Meter von ihr entfernt, an einem der vielen Bistrotische, im Foyer des kleinen Theaters standen. Dieses privat geführte Schauspielhaus am Passauer Platz war dafür bekannt, daß es die klassischen Stücke wortgetreu und mit passenden historischen Kostümen aufführte. Es war sehr beliebt beim konservativen Publikum und war immer sehr gut besucht. Nur das ebenfalls private Volkstheater des bayerischen Schauspielers Gustl Hintermoser und seiner Truppe, am

Platz gegenüber, war vergleichsweise erfolgreich. Die beiden Theater hatten sich zum beiderseitigen Vorteil mit ihren Spielplänen abgestimmt und gegen Ende der Saison traten einige Mitglieder des Ensembles auf der jeweiligen anderen Bühne auf. Bei dieser Aufführung gab Gustl Hintermoser bei seinem Gastauftritt den Vater von Macbeth. Das Paar machte immer noch einen harmonischen Eindruck, denn die beiden lachten miteinander und hielten Händchen. Vor allem Sophie wirkte beeindruckend mit dem hochgeschlitzten schwarzen Kleid. Ungewohnt war der Anblick von Terence, der zu diesem Anlass eine dunklen Anzug trug. Frederike seufzte innerlich und nahm noch einen Schluck aus ihrem Sektglas. Als sie wieder aufschaute, gingen die zwei an ihrem Tisch vorbei. Terence nickte ihr mit seinem typischen, spöttischen Lächeln zu. Sophie, die bei ihm eingehakt war, winkte ihr zu und streckte ihr linkes Bein, das aus dem geschlitzten Kleid ragte, ein wenig aus und machte mit ihrem Fuß wie damals im Schnellrestaurant eine Drehbewegung. Frederike verstand wieder die Anspielung auf ihren Kommentar, der ihr damals auf dem Autotreffen rausgerutscht war. Sophie trug zu dieser Gelegenheit wieder High Heels und ihre Absätze atemberaubend hoch, während Frederike zu ihrem geblümten Abendkleid mit den Puffärmeln ihre vernünftigen flachen Pumps trug. Sie hörte noch, wie Terence zu lachen anfing.

„Komm Süße, die Pause ist gleich vorbei und diesen Shutout hast du wieder einmal eindeutig gewonnen. Zum Glück."

„Dein Glück oder mein Glück?"

„Unser Glück! Nach allem, was passiert ist, nehme ich dich nicht für selbstverständlich."

Sophie, die neben ihm stand und seine Hand hielt, drückt diese fest und gab ihm einen langen Kuß.

*   *   *

Frederike eilte noch in die Toilette, um sich die Hände zu waschen. Dort war auch ein bodenlanger Spiegel angebracht. Sie schaute hinein und vor ihrem geistigen Auge stand Sophie neben ihr. Der Anblick des Spiegelbildes erschreckte sie. Wo Sophie elegant und damenhaft wirkte, wirkte sie selber bieder, langweilig und einfallslos. Was hatte sie sich dabei nur gedacht, daß sie dieses Kleid überhaupt im Kaufhaus vom Kleiderständer genommen hatte, geschweige denn zu kaufen. Sie hatte immer wieder feststellen müssen, daß sie mit ihrer Kleidung immer dann danebengriff, wenn sie sich präsentieren wollte. Jedes Mal wenn sie der Adelstochter begegnete, versuchte sie diese farblose Pute ausstechen. Sie sah so gewöhnlich aus, daß nur ihre Kleidung sie interessant machte. Für einen Augenblick wollte sie den Kampf mit Sophie von Kronskamp aufnehmen, aber im gleichen Augenblick wurde ihr bewusst, daß es schlicht sinnlos war. Denn es ging ihr sowieso nur um ihren Stolz, weil diese Sophie die Siegerin war. Ihr ganzer Frust brach aus ihr raus und sie begann, hemmungslos zu schluchzen. Ihr Körper zuckte und sie hielt sich die Hand vor ihr Gesicht. Frederike brauchte einige Minuten, um sich wieder zu beruhigen und sich zu richten. Dann holte sie ihren Mantel von der Garderobe und hielt draußen ein Taxi an, das sie nach Hause brachte. Das Einzige, was sie jetzt für einen Augenblick trösten könnte, war ein heißes Bad und irgendein alkoholisches Getränk.

2 - Yellow Dude

01 - Yellow Journey

Der kleine Bauernhof lag in dem Teil vom alten Land westlich von dem Flugzeugwerken in Finkenwerder nahe der Elbe, das noch zu Hamburg gehörte. Danny Volkers war auf dem Weg dahin, um an den Ort zurück zukehren, wo er viel Zeit während seiner Kindheit verbrachte. Der Hof gehörte seinem Onkel James, der im sehr hohen Alter verstorben war. Es war nebelig und er reduzierte die Geschwindigkeit vor der Rechtskurve. Kurz nach dieser Kurve befand sich die Hofeinfahrt. Dort wurde zwar seit Jahrzehnten keine Landwirtschaft betrieben, aber das Haupthaus und die beiden Scheunen waren in einem guten Zustand. Das Hauptgebäude war mit roten Klinkersteinen verkleidet. Danny hielt im gepflasterten Hof neben dem großen Apfelbaum an und stieg aus. Eine leichte Brise wehte und das Rauschen der Blätter im Baum weckten die Erinnerung an unzählige Ferienwochen und Wochenenden, die er hier bei seinem Onkel verbringen durfte. Zusammen mit Tante Josefine, genannt Jo, mit der sein Onkel verheiratet war und die Jimmy über alles geliebt hatte und die für Danny als Tante immer da war. Jo war nun seit drei Jahren tot und der Verlust hatte seinem Onkel sehr zugesetzt. Zusammen waren die beiden oft in der Weltgeschichte unterwegs gewesen und hatten so einige Abenteuer erlebt. Danny hatte James erst vor zwei Wochen besucht und er fehlte ihm ungemein. Er öffnete die Tür und trat in den Flur. Der Notar hatte ihm bei der heutigen Testaments-eröffnung eine Notiz von seinem Onkel gegeben. Dort stand, er sollte als erstes in die Garage gehen. Die hatte Danny allerdings seit Jahren nicht mehr betreten. Er ging in den Seitenflur und öffnete die schwere Holztür. Dort stand ein alter Bekannter. Es war ein leuchtend gelber VW 1303. Sein Onkel hatte also weiterhin an Dudu gearbeitet und vermutlich noch weiter modifiziert. Der Käfer war schon seit Jahrzehnten in seinem Besitz und James hatte das Auto mit einer Reihe zusätzlicher technischer Funktionen ausgestattet. Danny war sich nie sicher gewesen, ob Dudu eine künstliche Intelligenz besaß oder ob er nicht doch ein richtiges Eigenleben hatte.

„Hallo Dudu. Bist du wach oder ansprechbar?"

Er bekam keine Antwort, aber er hörte einen piependen Signalton von der Werkbank her, die an der Längsseite der großen Garage stand. Der Ton war nochmal zu hören und dann entdeckte er die Quelle. Es war ein Smart-Phone und auf dem Display stand.

++ Hi, Danny. Ich bin es, Dudu. Nur etwas moderner. ++

Dann wurde der Text gelöscht und Dudu wurde mitteilsamer.

++ Wir beide haben uns sehr lange nicht gesehen, was der Tatsache geschuldet war, daß Jimmy seit vielen Jahren an mir gearbeitet hat und niemanden dabei haben wollte. Nur Tante Jo war eingeweiht und hat mitgearbeitet. Ich vermute, bei mir sind Bauteile eingesetzt worden, die aus Militärbeständen stammen. Und er hat mich immer wieder mit neuster Hardware und Software ausgestattet. Wir sind zwischendurch auch mal wieder auf großer Fahrt gewesen, aber seit 15 Jahren wurde es sehr ruhig. Deine Besuche waren immer die große Abwechslung und du hast dich gut um die beiden gekümmert, vor allem um Jimmy, nachdem deine Tante verstorben war. Er war sehr stolz auf dich. Deine Zeit bei der Bundeswehr hat er nicht gebilligt. Das lag vor allem daran, daß Jimmy ein Freigeist war, der sich einem System mit derartig strengen Regularien nicht unterwerfen wollte. Aber er hat es akzeptiert, denn er wollte immer, daß du deine eigenen Entscheidungen triffst. ++

Danny klopfte auf das Autodach, als wenn er einem Freund auf die Schulter klopft. Für einen Augenblick hatte er das bärtige Gesicht seines Onkels direkt vor sich, wie immer mit seinem „Sloppy Hat".

„Meine Herren, von außen sieht man keine Veränderungen, aber ich kenne meinen Onkel. In deinem Inneren wird sich einiges getan haben. Kannst du noch die Wände hochfahren oder fliegen?"

++ Hat sich alles auf die Dauer nicht bewährt. Er brauchte den Platz. Jetzt habe ich rundherum Sensoren und Kameras, einen sehr umfangreiche Datenbank und wenn ich zuschlagen muß, bleiben Türen, Stoßstangen sowie die beiden Hauben. Und das Lenkrad. Und statt Hydraulik habe ich diverse Elektromotoren verpasst bekommen. Dafür habe ich W-LAN an Bord. ++

„Wie ich meinen Onkel und meine Tante kenne, sind bei dir noch eine Reihe weitere Gadgets dazu gekommen."

++ Ein Notfallkoffer mit Dollarnoten, eine Campingausrüstung und eine abgesägte Repetierflinte unter dem Armaturenbrett. ++

82

„Eine Schußwaffe? Das verwundert mich jetzt doch etwas."

++ Seit der Afrikareise hat sich einiges geändert. ++

Danny schaute sich noch einmal im Haus um, prüfte die Unterlagen im Büro und schaute sich auch noch im Keller um. Es war alles ordentlich aufgeräumt und sauber bis auf ein wenig Staub. Es sollte nur eine erste Bestandsaufnahme werden, denn es widerstrebte ihm, in den Sachen seines Onkels herumzuwühlen. Er wusste nicht, ob er nun das Anwesen verkaufen, verpachten oder selber nutzen sollte. Für diese Entscheidung wollte er sich Zeit lassen. Traurig schaute er sich um und blickte auf den gemauerten Kamin im Wohnzimmer. Die zahlreichen Erinnerungen gingen ihm durch den Kopf. Bevor er aber in ein Tief fallen konnte, ging er zurück in die Garage zu Dudu.

„Was hältst du von einer kleinen Ausfahrt die Elbe entlang. Ich habe schon lange diesen Motorsound nicht mehr gehört. Wie wäre es?"

++ Wenn du mich nicht durch die Gegend scheuchst, bis mein Öl warm ist, kein Problem. ++

„Einen alten Herren scheucht man ja auch nicht herum, sondern erlaubt ihm eine gemächliche Gangart."

++ Alter Herr? Du fängst dir gleich eine. ++

„Ich sehe schon, du hast dich nicht geändert. Wieso hast du eigentlich nie eine Sprachausgabe bekommen."

++ Dein Onkel hatte die Befürchtung, dann gar nicht mehr zu Wort zu kommen. Und ich könnte klingen wie ein Navigationsgerät. Schlicht nicht auszudenken. Katastrophe! Also steig ein. ++

Ein Funksignal öffnete die Garagentür und Danny setzte sich auf den Fahrersitz. Auf einer beweglichen Schiene war ein Laptop angebracht, der bis unter das Armaturenbrett geschoben werden konnte. Dudu fuhr los, schloß per Funksignal die Garagentür und bog dann auf die einsame Landstraße ein. Gleich auf der linken Seite lag der alte Wetterkopp Hof, der schon seit zwanzig Jahren dem Verfall preisgegeben war. Er fand es schade, denn dieser altehrwürdige Bauernhof war früher ein prächtiges Anwesen. Nun war es eine ungepflegte Ruine. Und so sollte das Haus von seinem Onkel nicht enden. Dudu bog in eine der einsamen Koog Straßen ein und durch die Frontscheibe war eine dunkle Gewitterfront am Himmel zu sehen. So schwarze Wolken hatte Danny schon lange nicht mehr gesehen. Was ihm plötzlich beunruhigte, war die hohe Geschwindigkeit, mit der die Front auf ihn zukam. Blitze schossen zu Boden. Ansonsten war es dunkel wie in einer mondlosen Nacht. Der Motor von Dudu fing an zu stottern und ging schließlich aus. Die Anzeigen des Armaturenbretts flackerten unregelmäßig und der Laptop sowie das Smart-Phone stürzten ab. Gleichzeitig hörte Danny einen hohen, pfeifenden Ton, der immer lauter wurde und sich zu einem schrillen Kreischen entwickelte. Ihm wurde schwarz vor Augen und er verlor das Bewußtsein. Dudu war langsam ausgerollt und kam zum stehen. Das Phänomen hielt eine Minute an, dann verschwanden die Wolken und das Wetter war wieder wie vorher nebelig trüb. Dudu rollte wieder los, war aber wie Danny noch verwirrt, der auch wieder aus der Bewusstlosigkeit erwacht war. Über eine Reihe von Nebenstraßen fuhren beide wieder nach Hamburg herein. Dudu war wieder so weit hochgefahren, daß er keinen Unfall verursachte. Danny schaute sich um, bis ihm etwas auffiel. Die Autos auf den Straßen hatten sich verändert, denn alle Fahrzeuge stammten aus den Sechzigern und Siebzigern, vereinzelnd auch aus den Fünfzigern. Ein Autotreffen mitten in der Woche? Und in ganz Hamburg? Die Passanten auf der Straße trugen alle eigentümliche Kleidung, wie auf einem Schlagermove. Und alleine die Werbung auf den Tafeln. Kodak, Creme 21 und Wahlplakate der SPD mit dem Konterfei von Helmut Schmidt.

++ Ich war zwar schon lange nicht mehr in Hamburg, aber die Stadt hat sich verändert. Nein, eigentlich kommt sie mir sehr vertraut vor. Übrigens, ich habe gerade das Datum einer Tageszeitung am Kiosk abgescannt. Es ist der 23. September 1977. ++

02 - Yellow Mate

„Dudu, du willst mir gerade sagen, daß wir in der Zeit zurückgereist sind?"

++ Alle Autos, die du hier siehst, sind aus der Zeit und in einem neuwertigen Zustand. Ok, meistens im neuwertigen Zustand, die Kleidung kenne ich auch noch. Aber wir dürften keinesfalls im Raum verschoben worden sein. Wenn ich meine Daten rekonstruiere, sind wir auf der Koog-Straße geblieben und ich bin von dort nach Hamburg rein gefahren. Dieser elektromagnetische Sturm hat meine Systeme gestört und einiges durcheinander gebracht. Ein erster Selbsttest hat mir keine Schäden angezeigt, aber ich müsste eine komplette Diagnose über die Dateien und Programme laufen lassen. Dafür bräuchte ich aber eine Viertelstunde Ruhe. ++

„Reicht dir eine Parklücke an der Straße oder brauchst du die Stille und Abgeschiedenheit?"

++ Also bitte ja. Schließe nicht von dir auf meine überragende künstliche Intelligenz. Wenn es dir hilft, kannst du sogar das Radio lauter stellen. ++

Während Danny sich noch über die Situation Gedanken machte, parkte Dudu in einer großen Parklücke, um seinen ausführlichen Diagnosetest über seine Programme laufen zu lassen. Der erste Selbsttest hatte keine Probleme gefunden, aber Dudu wollte sichergehen. Er kam gerade zum Stehen, als eine Hupe hinter ihnen einen langgezogenen Ton von sich gab. Da weder Dudu noch Danny sofort reagierten, ertönte die Hupe ein zweites Mal.

Er sah im Rückspiegel einen Eldorado mit einer goldener Lackierung. Zwei Männer saßen in dem Fahrzeug und wollten wohl, daß er diese Parklücke räumte. Danny stieg aus, um sich die Sache einmal genauer anzuschauen. Die zwei Gestalten im Cadillac stiegen nun ebenfalls aus. Beide trugen Nadelstreifenanzüge aus schwarzen Stoff mit schwarzen Hemden. Selbst die Krawatten waren schwarz. Es waren mit Sicherheit zwei Zuhälter, die sich im Kiez von St. Pauli oder St. Georg herumtrieben. Die zwei wollten eine Machtdemonstration veranstalten und in seiner Situation wäre es klug gewesen, sich auf keinerlei Ärger einzulassen. Aber dafür war es schon zu spät. Der Fahrer ging auf Danny, während der zweite Mann hinter Dudu herging, um Danny später in die Zange zu nehmen.

„Hörst du schlecht, Penner! Das ist mein Parkplatz, also räum deine Nuckelpinne beiseite. Wir haben schließlich nicht den ganzen Tag Zeit. Aber du möchtest wohl gerne eine kleine Abreibung haben?"

Ohne jeden Ansatz holte der Luden zu einem rechten Schwinger aus, den Danny aber auswich und stattdessen mit einem Kopfstoß auf die Nase beantwortete. Der Kopf des Zuhälters flog nach hinten und Danny nutzte die Gelegenheit, seinem Gegner zwischen die Beine zu treten. Währenddessen hatte Dudu, der die Beleidigung Nuckelpinne sehr persönlich nahm, den zweiten Luden mit einem gezielten Stoß der Heckstoßstange von den Beinen geholt. Als dieser sich wieder aufrichten wollte, bekam er einen zweiten Schlag gegen den Kopf.

„Ihr wolltet hier parken? Oh, dann mache ich selbstverständlich Platz und fahre weiter. Ich bitte tausendmal um Entschuldigung."

Ob seine Worte gehört wurden, bezweifelte Danny allerdings. Denn einer war bewusstlos und der andere lag wimmernd vor dem Caddy auf der Straße. Danny stieg wieder ein und Dudu rollte aus der Lücke. Eine Weile fuhren sie quer durch Hamburg, um ihre Spuren zu verwischen und hielten in der Nähe von Eidelstedt auf dem Firmenparkplatz eines Schraubenherstellers. Dudu führte sein Testprogramm durch und Danny nutze die Ruhe, um die Notfallpakete, die Jimmy vorbereitet hatte, zu durchzusehen. In einer alten Werkzeugtasche aus Nylon waren 70.000 US Dollar verstaut. In der zweiten Tasche waren 10 Schachteln Buckshot Munition Cal. 12/70 sowie ein zweites Telefon als Ersatz sowie ein Ersatzakku für den Laptop nebst Ladegerät. Die Waffe unter dem Armaturenbrett war eine umgebaute Mossberg 500 Riotgun ohne Kolben und einem verkürzten Lauf. Um auf Nummer sicher zu gehen, schob Danny 6 Patrone in das Röhrenmagazin unterhalb des Laufes. Dann verstaute er die Waffe wieder in ihrem Versteck. Dudu war mit seinem Test inzwischen fertig.

++ Bei mir ist nichts zerstört oder gelöscht. Dieser Sturm hat mich nur blockiert und quasi mein Betriebssystem abstürzen lassen. Wenn ich beim nächsten Mal meine Systeme vorher herunterfahre, dann bin ich innerhalb von vierzig Sekunden wieder voll einsatzbereit. ++

„Laß uns drei Straßen weiterfahren. Ich brauch Bargeld und mit Dollar als Zahlungsmittel fallen wir zu sehr auf. Ich brauche zwei bis drei Banken. Da kann ich genug Geld tauschen, ohne das es auffällt. Müssen wir dich eigentlich auftanken?"

++ Jimmy hat mir einen größeren Tank verpasst und mein Boxermotor ist der Königswellenmotor aus dem Porsche 356 C , der verbraucht auch wesentlich weniger Treibstoff. Mein Tank ist noch randvoll. Übrigens, das Dollar Paket hat Jimmy am Anfang 2005 verstaut. Du kannst also tatsächlich tauschen, ohne Ärger zu bekommen. Die Noten sind eh sehr alt. Ich weiß, daß diese Scheine von einem Abenteuer in Portugal stammen. Allerdings hat dein Onkel diesen Teil der Datenbank bei mir gelöscht. Ich finde dazu nur einige Dateifragmente. ++

„Faszinierend. Na gut, fahren wir los. Ich habe so das Gefühl, daß uns noch so einiges erwartet."

Als Antwort startete Dudu seinen luftgekühlten Boxermotor und mit einem prasselnden Motorengeräusch rollte er an.

03 - Yellow Hurrican

In der unmittelbaren Umgebung waren drei Banken. In jeder Bank tauschte er einige tausend Dollar gegen D Mark und war so einsatzfähig, auch wenn er immer noch über die Situation grübelte. Er schaute sich routinemäßig um, weil er nicht wusste, ob die Loddel nicht doch noch wiederkehren würden. Danny machte einen Schritt zurück und prallte gegen etwas, worauf ein kurzes Quieken zu hören war. Er drehte sich um und schaute in das Gesicht einer Frau. Einer hübschen Frau mit blauen Augen. Mit den Sommersprossen und dem großen Mund erinnerte sie an die Schauspielerin Karen Allen aus dem ersten Indiana Jones Film. Aber eine Ausgabe von Karen Allen mit einer typischen siebziger Jahre Dauerwelle, die fast bis auf die Schultern reichte. Nur das breite Grinsen fehlte, was vermutlich auch daran lag, daß durch den Zusammenstoß der Inhalt ihrer Handtasche sich auf dem Bürgersteig verteilt hatte. Die Frau schaute etwas verwirrt. Gleichzeitig gingen beide in die Hocke um die Utensilien einzusammeln.

„Hören sie, es tut mir leid. Ich habe nicht aufgepasst."

„Stimmt, das haben sie nicht, aber nett daß sie mir helfen, ...oh reichen sie mir bitte meine Schlüssel und meine Geldbörse... danke."

Als letztes gab Danny ihr den Lippenstift, der weggerollt war. Sie bedankte sich mit einem Lächeln. Dann erstarb das Lächeln.

„Oh nein. Das fährt mein Bus. So ein Mist. Der nächste fährt erst in vierzig Minuten."

90

Die hübsche Frau schaute ziemlich unglücklich dem Bus hinterher.

„Ähm ...da ich schuld daran bin, daß sie den Bus verpasst haben, darf ich Sie ein Stück mitnehmen?"

Er zeigte auf Dudu, der weiterhin unschuldig am Straßenrand wartete.

„Ich weiß nicht, ich kenne sie doch gar nicht."

„Naja, sie wissen zumindest von mir, daß ich etwas tollpatschig bin, ich kann sehr gut Haustürschlüssel anreichen und ich fahre eine gelben Käfer. Und ich verrate ihnen etwas. Ich bin ein guter Fahrer, der seine Gäste sicher an sein Ziel bringt. Bei mir sind sie sicherer als bei der Deutschen Bahn. Versprochen! Ich heiße übrigens Daniel Volkers, aber jeder nennt mich Danny."

Die Antwort war das breite Joker-Grinsen, daß er bei diesem Mund von Anfang an vermisst hat. Es war das schönste Lächeln, was Danny je gesehen hatte. Ihre Augen strahlten und blitzten dabei. Sie trug einen weißen Pulli und einen dunkelgrauen Blazer, dazu einen langen Rock mit einem Blumenmuster und hochhackigen Pumps. Es wirkte wie ein Büro-Outfit.

„Katja Mellenberg. Nun gut, Danny. Ich riskiere es mit ihnen. Allerdings ist mein Ziel ist nicht gerade um die Ecke."

„Nun, ich bringe sie hin, wohin sie möchten. Strafe muß sein - für mich. Wobei mit ihnen zusammen ist es ja keine

Strafe, sondern ein Vergnügen. Darf ich ihnen den Wagenschlag aufhalten?"

„Sind sie Zeitreisender? Sie klingen wie Theo Lingen in den dreißiger Jahren. Manieren sind mit den Hippies leider aus der Mode gekommen."

Danny schaute zu Boden, damit Frau Mellenberg seinen überraschten Blick nicht sah. Mit einem leisen Klicken öffnete Dudu seine Beifahrertür und Danny nutzte die Gelegenheit, Katja im Auto zu platzieren. Dudu fädelte sich in den Verkehr ein und passte sich dem Verkehrsfluß an, bis sie wieder an einer Ampel halten mußten. Keiner von ihnen registrierte den goldenen Cadillac, der sich langsam von hinten näherte. Erst als der Caddy Dudu von hinten anrempelte, schaute Danny in den Rückspiegel. Es waren wieder diese Luden. Diese wiederum grinsten, als sie Dudu zum zweiten Mal anstießen. Dudu war angefressen und fuhr dabei den Laptop aus der Halterung und klappte das Display auf um sich seinem Ärger auf dem Bildschirm Luft zu machen.

++ Diese Anfänger. Nur weil die uns durch einen blöden Zufall wiedergefunden haben, meinen diese Armleuchter, sie könnten sich alles herausnehmen. Haltet euch fest, ich werde diesen Schwachmaten mal zeigen, wo der Frosch die Locken hat. ++

Katja bekam große Augen. Laptop und Autos, die mit Textmitteilungen kommunizierten, waren im Jahr 1977 völlig unbekannt. Dudu preschte los, worauf der goldene

Cadillac ebenfalls beschleunigte und unmittelbar die Verfolgung aufnahm.

„Was hast du vor? Auf dieser geraden Strecke kannst du den V8 selbst mit deinem Porsche-Motor nicht abhängen."

++ Ich suche eine freie Fläche, wie einen leeren Parkplatz, damit ich mich besser bewegen kann. ++

„Meintest du nicht eher manövrieren?"

++ Kein Mensch mag Klugscheißer. ++

Katja, die aus dem Staunen nicht herauskam, konnte alles mitlesen. Sie versuchte zu begreifen, was das alles sollte. Aber ihr kam dann die Idee.

„Gleich kommt das Volksparkstadion. Bis heute Abend ist der Parkplatz leer, dann fängt ein Fußballspiel an."

„Prima Idee. Dudu macht das schon."

++ Festhalten. Ich nehme gleich eine Kurve. ++

Mit quietschenden Reifen bog Dudu auf dem Stadionparkplatz ein. Dann machte er einen Powerslide und Front an Front kamen beide Autos zum Stehen. Danny stieg aus und bereitete sich auf die Schlägerei vor. Die beiden Zuhälter stiegen ebenfalls aus, wobei der Fahrer um das Heck ging, und sich neben seinen Kumpanen stellte. Beide trugen wieder ihre Anzüge mit Nadelstreifen.

„Gab es diese Fu-Man-Chu Bärte zum Ankleben im Sonderangebot?"

„Du hast ein ganz schön loses Mundwerk. Aber gut, das bringen wir zum Verstummen. Deinen Müllhaufen verschrotten wir und mit deiner Maus machen wir uns einen schönen Nachmittag."

„Die Mafia hat angerufen. Die wollen ihre Anzüge wieder haben. Darauf haben die das Patent."

Während sich die drei sich Beleidigungen und Drohungen zuriefen, rollte Dudu langsam an und setzte sich neben den Caddy. Aus der Stoßstange fuhr er seitlich einen Stahlstift aus und drückte einen sehr langen und tiefen Kratzer in die Flanke des Amischlitten. Das Geräusch ließ die beiden Loddel die Köpfe drehen und der Fahrer rannte Dudu hinterher. Der Beifahrer dreht seinen Kopf zurück und sah nur noch, wie Danny die Situation ausgenutzt hatte und die Distanz überbrückte. Der Schlag mit dem Handballen gegen das Kinn des Gegners, den er von unten nach oben ausführte, holte den Zuhälter von den Beinen und als der Mann am Boden lag, verpasste Danny im einen Stampftritt auf den Brustkorb. Dudu ließ den zweiten rankommen, stieg auf die Bremse und machte einen Schlenker nach rechts. Der Zuhälter konnte nicht schnell genug anhalten und lief links an Dudu vorbei. Nur das er zusätzlich die Fahrertür ins Kreuz bekam. Er knallte der Länge nach hin und Dudu nutze die Gelegenheit, mit einem Reifen auf seiner Hand stehenzubleiben. Danny beugte sich noch einmal zu seinem Gegner runter und rammte ihn mit einem kurzen, trockenen Schlag die Faust auf die Nase.

„Ihr zwei verpisst euch zurück in euren Kiez. Wenn ihr meint, wegen einem Parkplatz ein Fass aufmachen zu müssen, dann zieht ihr jedes Mal den kürzeren."

Dann ging er gemächlich zu dem zweiten Zuhälter, der verzweifelt versuchte, sich aus seiner peinlichen Lage zu befreien. Danny ließ sich mit seinem Knie auf seiner Wirbelsäule nieder, was der andere mit einem Schmerzensschrei quittierte. Zwei Faustschläge in die Nieren waren die adäquate Antwort. Dann setzte er sich in den gelben Käfer, Dudu setzte zurück und im eiligen Tempo fuhren sie vom Parkplatz. Nach einer Weile, nachdem sich Danny und Dudu vergewissert hatten, daß sie nicht mehr verfolgt wurden, entspannte sich Danny. Katja hatte bisher kein Wort gesprochen, aber ihr Blick verriet ihre Verwirrtheit.

„Was zum Teufel sollte das gerade? Und woher kommt ihr zwei? Und was ist das?"

Katja tippte auf den immer noch offenen Laptop, auf dem die Karte von der Umgebung des Volksparkstadion zu sehen war. Vor lauter Aufregung fing Katja an, Danny zu duzen. Der wiederum machte es ihr einfach nach.

„Also Katja, mit dem Zeitreisenden hast du sogar recht. Nur komme ich nicht aus der Vergangenheit, sondern mit diesem Käfer aus der Zukunft. Genauer gesagt, aus dem Jahr 2014."

Danny erzählte von dem Phänomen und wie es zu dem Streit mit den Zuhältern gekommen war. Er zeigte Katja den Laptop und das mobile Telefon.

„Also, es klingt für mich unglaublich. Ich meine, du könntest mir einen vom Pferd erzählen und eine Show abziehen."

„Du sagtest doch, heute Abend findet im Stadion ein Spiel statt. Dudu hat das Ergebnis sicher in der Datenbank. Würde es dich überzeugen, wenn ich dir das Ergebnis vorhersage? Dudu, könntest du bitte mir die Daten raus suchen."

++ DFB Pokal Hamburger SV gegen den 1. FC Köln 3:1, Kaltz gelbe Karte in der 63. Minute. Tore durch Kaltz, Nogly und Magath. Das Gegentor schoss Hannes Löhr. ++

„Wäre es ein Beweis für dich, wenn die Voraussage so stimmt?"

„Es würde die ganze Sache im Ansatz erklären. Du musst zugeben, diese Geschichte ist doch ziemlich an den Haaren herbeigezogen. Es wäre sehr schäbig von dir."

„Ich möchte nicht schäbig zu dir sein. Das, was ich dir erzählt habe, ist die Wahrheit."

„Auf eine perverse Art und Weise möchte ich dir glauben. Nun, ich brauche jetzt eine Stärkung. Drei Straßen weiter ist ein Café. Möchtest du mich begleiten?"

„Sehr gerne. Dudu, bleib du bitte hier in Bereitschaft."

++ Wie witzig. Warum fahren wir nicht an eine Tankstelle? Da gibt es auch Kaffee und ich könnte eine Portion 10-W-40 für meine Schaltkreise gebrauchen. ++

Sie betraten das im 50er Jahre Stil eingerichtete Café, nur das es hier tatsächlich aus den 50er Jahre stammte und keine Retro-Bistro war. Hier saßen viele ältere Frauen bei Kaffee und Kuchen. Er erzählte von Jimmy und Dudu, während die Kellnerin Kaffee servierte. Katja hörte ihm zu, ohne ihn zu unterbrechen, ausser wenn sie eine Frage stellte. Über zwei Stunden unterhielten sie sich über seine Zeitreise, wobei sie feststellten, daß die Chemie zwischen ihnen stimmte. Immer wieder schauten sie sich in die Augen und lächelten sich an. Katja schien ihn zumindest nicht für einen Lügner zu halten. Schließlich bot er ihr an, sie mit Dudu nach Hause zu fahren. Danny lenkte Dudu in eine Siedlung mit Reihenhäusern, in deren Mitte zwei Wohnblöcke mit Wohnungen standen. Er hielt vor dem vorderen der beiden Häuser.

„Also darf ich dich wiedersehen. Wenn das Ergebnis des Fußballspiels dich überzeugt, dann könnest du mir helfen, hier zurechtzukommen. Es kann sicherlich die Möglichkeit bestehen, daß dieses Gewitter oder wie auch immer man dieses Zeitportal nennen möchte, mich wieder zurück in meine Zeit bringt. So wie es aussieht, verändert es den Zeitfluß, aber nicht den Ort. Ich war zwar bewusstlos, aber Dudu ist sich sicher, daß wir uns immer noch auf derselben Nebenstraße befanden, nachdem das Gewitter weg war."

„Ich bin immer noch völlig verwirrt. Es ist so … unglaublich, aber aus irgendeinem Grund will ich dir die Geschichte abnehmen. Morgen Mittag um 12:00 vor der Kanzlei. Ich habe dann Wochenende. Also bis morgen."

Katja stieg aus und blickte dem gelben Käfer hinterher, dann ging sie die Treppe hoch in den zweiten Stock zu ihrer Wohnung und schlüpfte aus ihren Pumps und zog ihre Lieblingshausschuhe an, ein Paar brauner Clogs mit hohen Absatz. Den Fersenriemen hatte sie nach vorne gedreht. Im Schlafzimmer wechselte sie ihre Bürokleidung gegen einen violetten Bademantel aus Seide. Katja hatte noch einen aus weißer Seide und sie wechselte an den Abenden die Farben je nach Stimmung. Sie setze sich auf den mit schwarzen Leder verkleideten Fernsehsessel und legte ihre Beine auf den dazu passenden Hocker. Mit der Fernbedienung schaltete sie auf den ersten Kanal, um sich das Fußballspiel anzusehen. Sie nippte an dem Sektglas, als der Moderator Ernst Huberty begann, das Spiel zu kommentieren.

Später lag sie noch eine ganze Weile wach, denn alles, was dieses Auto voraus gesagt hatte, stimmte. Und Danny war faszinierend und anders als alle Männer, die bisher kennengelernt hatte. Er hatte Humor, war höflich, aber nicht überheblich und im Café vorhin nahm er ihre Zweifel sowie ihre Meinung ernst. Zudem war er in der Lage, sich jederzeit zu verteidigen. Und immer wieder dieses Lächeln und Danny hat die ganze Zeit mit ihr geflirtet. Ihr Magen fühlte sich an, als wenn sie zuviel Brausepulver geschleckt hatte. Wie vor vielen Jahren, als sie in der achten Klasse war und Dieter Brasche ihr einen Liebesbrief in die Hand drückte und wissen wollte, ob sie mit ihm gehen würde. Ein Jahr dauerte ihre ersten große Liebe, bis Dieter dann lieber mit Angelika Trotzdorf ging und mit dieser blöden Kuh auf dem Schulhof rumknutschte. Wegen ihm hatte sie viele Tränen vor Kummer geweint. Bei allen anderen Männern war es nie so schlimm und auch nie so schön wie bei der ersten Liebe.

Danny lag im Bett einer Pension, die noch ein Zimmer frei hatte. Dudu parkte im Hinterhof und hatte sich bis auf einige Sensoren auf Stand By heruntergefahren, um die Batterien zu schonen. Die Brennstoffzelle, die Jimmy in der Ablage zwischen Rücksitz und Motorblock eingebaut hatte, war zwar leistungsfähig, aber trotzdem zu klein dimensioniert, um verschwenderisch mit dem Strom umzugehen. Beide wussten nicht, wie lange die Systeme durchhalten mussten. Ersatzteile im Jahr 1977 waren eher spärlich vorhanden. Katja ging ihm nicht aus dem Kopf. Sie sah tatsächlich so typisch nach siebziger Jahre aus mit der Dauerwelle und den Kleidungsstücken aus der Zeit. Aber sie war sexy, hatte Humor und ihre Zweifel waren normal, dafür waren ihre Fragen aber sehr klug gestellt. Mit einem Lächeln schlief er ein.

04 - Yellow Mistake

Gegen Mittag am nächsten Tag, waren Dudu und Danny wieder an der Straße, wo die Anwaltskanzlei war, in der Katja als Sekretärin arbeitete. Die beiden hatten die Zeit genutzt, ihre Lage zu überdenken. Dudu wollte das Wetterphänomen nochmal untersuchen und hatte die Aufzeichnungen seiner Sensoren analysiert. Sie brachten kaum wichtige Erkenntnisse, außer daß Dudu im Falle einer Wiederholung wusste, welche System er nicht herunterfahren musste. Danny hatte sich mit Zeitung und Radio über die aktuellen Nachrichten informiert, denn trotz aller Kenntnisse über die damalige Zeit hatte Danny nicht jedes Detail im Kopf. Schließlich sah er Katja, als sie um die Ecke bog. Heute war sie eher legere gekleidet. Sie trug ein hellbraunes Mantelkleid sowie dazu passende Stiefel mit hohen Absatz. Sie näherte sich mit einem Lächeln.

„Also die Vorhersage vom dem Fußballspiel stimmte. Aber hast du noch andere Beweise?"

Danny holte seine Personalausweis hervor und reichte ihn Katja. Sie nahm die Karte und betrachte sie ausgiebig. Das Foto wirkte so steril, aber Danny erklärte ihr die Gründe für diese Art der Aufnahme. Katja fand es gruselig und auch sehr beängstigend. Aber sie versuchte es ein wenig mit Humor zu überspielen.

„Ich hätte Lust auf ein Eis. Du auch? Wir könnten zu der Trinkhalle da drüben gehen und uns eines hohlen."

Der Kiosk war schon von weiten zu sehen. Das kleine freistehende Gebäude hatte auch einen Eisverkauf. Danny holte für Katja und sich selber zwei Dolomiti. Sie setzten sich auf eine der Holzbänke, die unter einem Baum aufgestellt worden. Katja schlug die Beine übereinander und wippte mit einem Bein auf und ab. Es wirkte ausgesprochen sexy und Danny konnte sich vom Anblick nicht losreißen und er bedauerte es ein wenig, daß ein Dolomiti vergleichsweise schnell verspeist war. Danny nahm das Einwickelpapier und warf sie in den nächsten Mülleimer. Er blieb kurz stehen und schaute Katja an. Sie war ein hübscher Anblick, so wie sie zuerst etwas in ihrer Handtasche suchte, dann aufblickte und ihm ein strahlendes Lächeln schenkte.

„Sag mal Danny, können in der Zukunft Autos fliegen?"

„Nein, das sicher nicht. Aber fährst du gerne mit der Eisenbahn?"

„Durchaus, wobei ich ja kein eigenes Auto habe und längere Strecken zwangsläufig mit der Bahn fahren muß."

„Dann genieße es. In der Zukunft wird es grottenschlecht. Im Jahr 1977 ist die Deutsche Bundesbahn noch erstklassig."

„Oh je, so schlimm? Aber wieso trägst du keine langen Haare? Du siehst aus wie ein Spießer."

„Für die Zeitreise habe ich keine Einladung erhalten und daher keine Zeit, meine Perücke einzupacken. Aber ich hatte mal einen Pudel, der hatte der gleichen Frisör wie du."

„Haben sie dir dann immer ein Schnitzel ans Ohr gehängt, damit der Hund auch mal mit dir spielt."

„In der Zukunft mußt du dann nach so einem Spruch - Boohja - rufen."

„Gibt es in der Zukunft eigentlich überhaupt etwas, was Sinn macht oder funktioniert."

„Nicht wirklich."

„Hat dein Onkel deswegen einen alten Käfer genutzt, anstatt ein modernes Auto?"

„Er hat Dudu schon seit dem Anfang der siebziger Jahre und er gehört irgendwie zur Familie. Übrigens, Anfang nächstens Jahres endet in Deutschland die Produktion. Und erst 2003 stoppt die Produktion in Mexiko."

„Kommt das bei euch öfters vor, daß ihr Männer so höflich seit?"

„Ich bin bloß das Opfer der Erziehung meiner Eltern und ich habe zu viele Theo Lingen Filme gesehen."

Katja mußte lachen und Danny war von ihrem Anblick fasziniert. Sie stand auf und warf den Eisstiel in den Mülleimer. Dann gingen sie durch eine Nebenstraße zum Auto zurück, wobei sie an einem Pornokino vorbeikamen. In der Glasauslage hingen Werbebilder für einen der Sexfilme. Auf einem der Bilder war ein Frauengesicht gut zu erkennen. Es war Katja, die mit einem lasziven Lächeln ihre nackten Brüste präsentierte. Während sie weitergingen, erzählte ihm Katja, daß sie in einer Reihe von Pornofilmen mitgespielt und nackt für Fotos posiert hatte. Sie stiegen bei Dudu ein, als er anfing, sich über sie lustig zu machen und einen Schritt zu weit ging.

„Bist Du die Veronica Fitz oder die Ernie Singerl des Pornofilms. Bei dir als Hamburgerin müsste es aber eher Heidi Kabel sein. Der Playboy trifft den Quelle-Katalog. Eine Mischung von Dagmar Berghoff und Olivia Pascal"

In dem gleichen Augenblick merkte Danny, daß er schlicht viel zu weit gegangen war. Genauso hätte er sie als dumme Schlampe bezeichnen können. Ihr Gesichtsausdruck sah aus, als hätte er sie geohrfeigt.

„Du bist so ein Arschloch. Wenn in der Zukunft die Männer ebenso solche Idioten sind wie sie jetzt eh schon sind, dann sind das ja echt tolle Aussichten. Ich war der Meinung, daß du etwas besseres ist."

Dudu öffnete die Tür, bevor Katja den Öffner betätigen konnte und ließ die Frau aussteigen. Katja stürmte aufgebracht davon in Richtung der Bushaltestelle. Im Wagen schaute Danny auf den Bildschirm, nachdem er den Signalton gehört hatte. Dudu sagte ihm eindeutig seine Meinung.

++ Sie hat recht. Du bist ein Idiot. ++

Danny stieg ebenfalls aus dem Wagen und stellte sich vor das Fahrzeug, um Katja hinterher zu schauen. Immer noch verärgert über eine eigene Dummheit, blaffte er Dudu an.

„Was weißt du schon davon, du Briefkasten."

++ Briefkasten? Na warte! ++

Seine Sensoren in der Fahrzeugfront berechnete die Daten für die Servos und rammte Danny die Stoßstange vor die Schienenbeine. Er jaulte auf und rieb sich fluchend seinen Beine. Eine Meldung von Dudu konnte er auf der Smartwatch ablesen.

++ Ich bleibe dabei. Du bist ein Idiot. Geh ihr hinterher. Blödschkopp!++

„Ich wusste gar nicht, daß du Ruhrpottdeutsch sprechen kannst."

++ Beweg dich besser. Sie ist sonst weg. ++

Humpelnd folgte Danny dem Bürgersteig, der zur Bushaltestelle führte. Katja saß dort auf der schmalen Holzbank und starrte stur geradeaus, auch als sich Danny neben ihr hinsetzte. Er räusperte sich und drehte sich zu Katja um.

„Katja, es tut mir leid. Ich habe da einige Sachen zu dir gesagt, die nicht sonderlich nett waren. Ich bin ein Idiot."

„Nein, du bist kein Idiot. Du bist ein Vollidiot."

„Ich weiß. Aber es tut mir leid. Ich möchte dich um Verzeihung bitten und möchte es auch wieder gut machen."

Katja drehte ihren Kopf nach links und schaute Danny direkt an. Sie hatte zwar nicht geweint, aber der traurige Gesichtsausdruck zeigte ihm, daß er sie tief verletzt hatte.

„Warum hast du das getan? Macht es dir soviel Spaß? Hast du richtig Freude daran, mich als dumme Schlampe darzustellen?"

„Nein, ich bin einfach zu weit gegangen. Bei unseren Kabbelleien haben ich die Grenze überschritten, ohne es zu wollen. Dabei mag ich dich sehr gerne. Sogar sehr gerne. Und ich weiß nicht, wie ich damit umgehen soll, wenn ich wieder in meine eigene Zeitebene zurück gehen muß. Denn du würdest mir sehr fehlen."

„Du kannst mich nicht für dumm verkaufen. Wenn du mich wirklich mögen würdest, dann hättest du nicht derartige Worte verwendet. Die Filme haben mir schon einmal die Beziehung zu einem Mann gekostet, weil der mit den Filmen ein Problem hatte. Aber auch nur, weil er nicht mitspielen durfte. Aber du bist einfach nur ein Arschloch."

Danny versuchte die Hand von Katja zu ergreifen, aber sie zog sie weg.

„Bitte sag nicht einfach nein. Ich habe eine Riesendummheit begangen und ich mag dich wirklich."

Er wurde von der Ankunft des Bus unterbrochen. Katja stand auf und schaute zu Danny. Ihre einziger Abschiedsgruß war ein Kopfschütteln, dann stieg sie in den Bus ein, die Türen schlossen sich mit den typischen Zischen der Druckluft und mit dem sanften Dröhnen des

Dieselmotors fuhr der Bus los. Danny schaute fassungslos dem Fahrzeugheck hinterher. Das prasselnde Geräusch des luftgekühlten Boxermotors neben ihm holte ihn aus seinen Gedanken zurück. Dudu war von selber losgefahren und stand neben Danny an der Haltestelle am Bordstein.

++ Steig ein. Ich habe einen Plan. Wir brauchen sie, wenn wir im Jahr 1977 nicht auffallen wollen. Und du brauchst diese Frau, um klar denken zu können. Katja hat dir den Kopf verdreht.++

Dudu öffnete die Fahrertür und Danny setzte sich rein. Ohne eine weitere Sekunde abzuwarten, fuhr Dudu los, allerdings folgte er nicht dem Bus.

Es wurde schon dunkel, als Katja nach Hause kam und ihre Wohnung betrat. Sie machte im Flur Licht an und zog ihre Stiefel aus und schlüpfte stattdessen in die braunen Clogs mit den hohen Blockabsatz aus Holz. Am Ende des Flures ging sie in ihr Schlafzimmer und zog das beige Mantelkleid aus, um es auf einen Bügel zu hängen. Dann zog sie BH und Slip aus, schlüpfte in ihren weißen Bademantel aus Seide und ging dann in die Küche, um sich einen Tee zu machen. Der Türgong hallte und leicht genervt ging Katja zur Wohnungstür, um sie zu öffnen. Sie schaute auf einen großen Strauß Rosen, die ihr entgegengestreckt wurden.

„Es tut mir leid, ich war ein riesen Rindvieh. Ich habe es übertrieben und habe jemanden weh getan, den ich sehr gerne habe. Und wenn ich ganz ehrlich bin, dann bist Du für mich nicht nur wunderschön, sondern du bist auch eine kluge Frau und ohne dich bin ich nicht nur aufgeschmissen, sondern auch verloren."

„Was soll der Blödsinn? Was willst du hier? Ich habe dir gesagt, daß ich nichts mehr mit dir zu tun haben möchte."

„Bitte, Katja. Es ist mir ernst mit der Entschuldigung."

„Ich bin für dich doch nur interessant, weil Du sonst niemanden hier kennst."

„Es steckt mehr dahinter. Wenn ich sage, daß ich dich sehr gerne habe, heißt das eigentlich, daß ich mich in dich verliebt habe."

Katja hatte zuerst vor, ihn einfach zum Teufel zu schicken, denn er hatte sie verletzt und diese ganze Geschichte war einfach nur verrückt. Und das Ende konnte jederzeit kommen, wenn er wieder in seine Zeit zurück kehrte. Katja war eine klar denkende Frau mit einer gut entwickelten Menschenkenntnis und ihr war die ganze Zeit über aufgefallen, daß seine Mimik und die Art und Weise, wie er sprach, seine Ehrlichkeit offenbarte. Es dieser Zwiespalt der Gefühle in ihr. Aber ihr Bauchgefühl sagte ja, aber wollte ihr Verstand das auch? Sie schaute eine Weile in sein Gesicht, dann bat sie ihn in die Wohnung und ging in die Küche vor. Danny blickte sich um, war aber fast schon enttäuscht, keine typische Wohnung im siebziger Jahre Stil vorzufinden. Keine irren Tapetenmuster oder wilde Poster. Keine Plastikstühle in orange oder gar futuristisch gestaltete Möbel aus Chrom und Glas. Die Wände waren mit weißen Raufasertapeten tapeziert und waren mit Fotos von Landschaften in schwarzweiß und Bilder von Freunden und

Familie behängt. Die Möbel waren aus hellem Holz mit beigen Polster und einfarbigen Zierkissen. Im Wohnzimmerregal standen unzählige Bücher und lediglich eine Lavalampe rettete das 70er Jahre Klischee. Auch die Küchenzeile hatte etwas zeitloses an sich und der kleine Küchentisch war wiederum ein schlichter Holztisch.

„Setz dich. Magst du einen Rosé? Ist für dich sicher so ein siebziger Ding."

„Ich mag an den Siebzigern mehr als du denkst. Die Musik von Hendrix, den Rolling Stones oder Led Zepplin. Die Filme von Don Siegel und Sam Packinpah. Deine sexy Haare. Ich mag es, wenn Frauen hohe Absätze tragen und deine Stiefel oder die Clogs, die du gerade..., äh... äh... ich meine... also ich..."

Danny hatte unabsichtlich ein persönlichen Geheimnis verraten und nun wusste er nicht mehr weiter. Katja lächelte ihn mitleidig an, dann nahm sie zwei Weingläser aus dem Küchenschrank und holte den Rosé aus dem Kühlschrank.

„Er ist sicher zu kalt, aber ich mag ihn so am liebsten. Und jetzt beende deinen Satz. Ich will es wissen. Ansonsten setze ich dich gleich wieder vor die Tür. Du magst es also, wenn Frauen Stiefel und Clogs mit hohen Absätzen tragen?"

Er hatte sich wieder gefangen, wobei er einen knallroten Kopf bekam und einmal tief Luft holte.

„Das war wohl der... äh falsche Zeitpunkt, denn damit gehe ich nicht ständig hausieren. Ja, ...ähm mir gefällt es und bei dir sieht es mehr als nur sexy aus und... äh und ... die Bezeichnung rattenscharf passt da am besten. Nur das mit den langen Haaren bei den Männern ist nicht ganz so mein Ding."

„Dir ist schon klar, das ich ein paar Jahre älter bin. Und solltest du jemals in deine Zeit zurückkehren, wäre ich eine uralte Frau oder mausetot und begraben."

„Du bist aber lebendig und gerade mal drei Jahre älter. Das ist ein kleiner Unterschied. In meiner Zeit ist in 30% aller Beziehungen die Frau älter und da wird erst ein Unterschied von fünf Jahren berücksichtigt."

Katja nahm einen Schluck aus ihrem Glas. Sie hatte sich vom ersten Augenblick in ihn verliebt und die Kabbelleien hatten sie an die alten Filmen mit Spencer Tracy und Katharine Hepburn erinnert. Die zwei hatten sich immer schöne Wortduelle geliefert, ohne sich dabei groß weh zu tun. Nur das Danny einfach zu weit gegangen war. Aber er war jetzt hier bei ihr in der Küche. Ihr wurde gerade bewußt, daß sie nackt unter dem Seidenstoff war. Auch seine Bemerkung über die hohen Stiefel überraschte sie nicht sonderlich. Seitdem sie in den Pornofilmen mitgespielt hatte, hatte sie viel Praktiken ausprobieren müssen. Sie war mal Domina und mal die devote Zofe. Sie hatte sowohl mit Männern als auch Frauen und dabei oralen, analen oder vaginalen Verkehr gehabt. Männer wie Frauen hatten sie an jeder Stelle ihres Körpers geküsst. Bis auf einige Ausnahmen hatte es ihr dabei immer Spaß gemacht und sie erkannte auch, was ihr selber Freude machte und befriedigte. Und ihre Füße waren nun mal sehr empfänglich für Zärtlichkeiten. Im Laufe der Zeit hat sie insgesamt zwei Filme und unzählige Fotos zu diesem Thema gemacht, was sich finanziell gelohnt hat und noch heute schaute sie sich die Ergebnisse immer wieder mit Freude an. Mal ganz abgesehen davon, daß sie liebend gerne Stöckelschuhe trug. Ihr Problem war nun, daß sie ihn nicht nur in ihr Bett bekommen wollte, sondern auch in ihr Leben. Bei ihren Wortgefechten spürte sie eine Nähe und Zuneigung zu ihm. Wie bei diesen amerikanischen Screwball-Komödien mit Doris Day und Rock Hudson. Oder der Film über den Angelsport mit Paula Prentiss und Mr. Hudson. Das Dilemma hierbei war für sie die Tatsache, daß er irgendwann in seine eigene Zeit zurückgehen mußte. Und dann war er für immer aus ihrem Leben verschwunden. Unwiderruflich! Tief in ihrem Inneren schlummerte eine kleine Romantikerin, die zu lange eingesperrt war und nun mit umso mehr Gewalt ans Tageslicht wollte. Gegen jede Vernunft und gegen alle Regeln.

„Nun, dann beweise es mir. Du hast mir doch erzählt, daß in der Zukunft Pornographie sowohl die Videofilme auch dieses Computernetzwerk groß gemacht haben. Also wirst du doch sicher auch solche Bilder oder Filme auf deinem, wie nennst du es, Smart-Telefon haben. Also leg das Gerät dahin und zeig sie mir. Ich will jetzt wissen, was dir so gefällt."

Danny legte sein Telefon auf den Tisch und zeigte ihr die Bedienung. Er öffnete die Ordner mit den Bildern und Katja betrachtete die Dateien. Vor allem die hohe Bildqualität faszinierte sie. Was die Auswahl der Frauen betrifft, so war er auf keinen Typ oder auf eine bestimmte Haar -farbe fixiert. Aber seine Vorliebe für ältere Frauen war klar erkennbar. Es erregte sie zwar nicht gerade, aber das Betrachten dieser Bilder war für sie prickelnd. Sie mochte den Anblick von Nacktbildern des eigenen Geschlecht, auch wenn sie im Bett eindeutig den Männern den Vorzug gab. Sie stellte sich vor, daß sie vor der Kamera posierte statt der ganzen anderen Modellen und Danny schaute statt irgendwelcher Frauen sie selbst an. Das Gefühl, so vor der Kamera zu agieren, war für sie schlicht unbeschreiblich

„Eine Frage habe ich doch. Was für eine Art von Busen bevorzugst du?"

„Ich nehme sie so wie sie kommen. Wenn sie groß sind, dann sind sie halt groß und wenn es nur einen Hand voll ist, nun dann ist das so."

„Wobei eine Hand voll bei dir mindestens einer Körbchengröße B ist."

„Es sind mehr die Augen und die Hände, auf die ich als erstes achte."

„Nicht die Beine oder was für Schuhe die Frau trägt?"

„Das kommt erst an dritter Stelle. Vorher achte ich auf das Gesicht und den Po. Und die Stimme ist wichtig."

„Und das alles gefällt dir an mir?"

Katja klang jetzt etwas ungläubig und sarkastisch. Danny holte tief Luft.

„Ja! Zu 100%. Es sind vor allem deine Augen."

Katja zog mit beiden Händen die Aufschläge des Seidenmantels auf und präsentierte ihm beide Brüste für einige Sekunden.

„Und die hier lassen dich kalt?"

Danny hatte große Augen bekommen und seine Stimme klang nun rau und heiser.

„Es ist deine gesamte Erscheinung, aber du darfst sie gerne weiter draußen lassen. Sie gefallen mir."

„Das wird sich noch raus stellen, ob du die jemals wieder zu Gesicht bekommst. Deine Worte sind noch nicht verziehen. Nur weil ich in sieben erotischen Filmen aufgetreten bin und es sehr viele Fotos von mir gibt, bin ich nicht minderwertig oder ein Flittchen. Damit habe ich mir ein sehr großes Sümmchen Geld angespart und es gibt viele Männer, die mich sehr gerne anschauen."

„Machst Du eigentlich noch die Filme?"

„Mit den Filmen habe ich eigentlich aufgehört. Aber ich posiere noch oft für Fotos. Wobei ich mich da ein wenig spezialisiert habe. Es ist weniger anstrengend und es gibt mehr Geld. Für die Filme mußte ich oft nach Holland oder Dänemark fahren. Aber ich verdiene auch auf ehrliche Art meinen Lebensunterhalt als Sekretärin. Ich kann immerhin einen Brief mit 74 Wörtern pro Minute tippen. Damit liege ich im Durchschnitt. Und ich verdiene damit gutes Geld und kann meinen Lebensunterhalt gut selber bestreiten. Auch wenn ich Sex-Filme gedreht habe, ich gehe nicht mit jedem ins Bett. Vor allem nicht gleich am Anfang. Die Zeiten haben sich seit den fünfziger Jahren sicher wesentlich entspannter geworden, aber ich bin weder eine Schlampe noch ein Flittchen. Benutzt ihr diese Bezeichnungen in der Zukunft überhaupt noch?"

„Flittchen ist aus der Mode gekommen. Aber ich sehe in Dir weder das eine noch das andere. Ich bin ja schon froh, wenn du mir nicht mehr böse bist. Darf ich fragen, worauf du dich ...?"

„Nein, du darfst nicht fragen. Nun, da wirst du noch einiges tun müssen, bis ich dir verzeihe. Und jetzt trink deinen Wein aus, denn ich möchte jetzt duschen. Alleine!"

„Nun, sehen wir uns morgen?"

„Das werde ich mir noch überlegen."

„Dudu und ich werden um 08:00 unten vor der Tür warten."

„Wir werden sehen."

„Warum muß ich bei dir nur an dieses eine Lied denken?"

„Welches Lied meinst Du?"

„Das schöne Mädchen von Seite 1."

„Schlagerlieder? Mehr fällt euch aus der Zukunft nicht ein? Nun, dann gute Nacht."

Danny stöhnte kurz auf, betrat aber ohne zu Murren das Treppenhaus und ging die Stufen zum Parterre hinunter. Er bekam nicht mit, daß Katja im Wohnzimmer zu ihrer HiFi-Anlage ging und eine Schallplatte auflegte. Sie setzte die Nadel auf der A-Seite auf und Howard Carpendale sang über eine Frau, die er im Versandhauskatalog gesehen hatte und daß er genau sie haben möchte. Sie spielte das Lied an diesem Abend noch einige Male, bevor sie ins Bett ging. Sie mochte Danny von der ersten Sekunde an und hätte ihn nur zu gerne geküsst. Von einigen anderen Sachen mal ganz abgesehen. Aber seine Kommentar war wie ein Schlag ins Gesicht und dafür musste Danny noch eine Weile büßen. Sie war über seine letzte Frage verärgert, aber auch nur weil sie nicht zugeben wollte, daß sie beide eigentlich auf einer Linie waren. Und das er nicht frecher vorgegangen war und versucht hatte, sie anzumachen. Wobei war es nicht das, was sie sich wünschte? Ein Mann, der es nicht nötig hatte, den Macho zu spielen und sie auch respektierte, wenn man von dem Ausfall heute Mittag einmal absah. Genauso wenig war er ein Duckmäuser oder Softie. Danny hatte Humor, konnte sich auch mit den Fäusten wehren, war geheimnisvoll und er mochte sie mehr als offensichtlich. Sie würde auf jeden Fall morgen Früh um acht am Treffpunkt erscheinen. Es war sicher eine aussichtslose Sache, aber seine Nähe hatte etwas sehr reizvolles und es musste nicht immer alles einen Sinn ergeben.

Danny stand unten an der Straße an Dudu gelehnt und blickte zu dem beleuchteten Wohnzimmerfenster hoch. Er fühlte einen Druck im Magen, den er zuletzt gefühlt hatte, als Linda sich von ihm getrennt hatte. Liebeskummer war einfach scheiße. Diese Frau hatte ihm den Verstand geraubt. Diese mit Kajalstift betonten Augen hatten es ihm angetan. Tief im Inneren war ihm bewusst, daß diese Beziehung mit einiger Sicherheit nie auf Dauer funktionieren könnte. Er kann kaum auf Jahre oder Jahrzehnte in einer fremden Zeit überleben. Dann musste er auch jederzeit damit rechnen, daß dieses Phänomen ihn zurück in seine Zeit brachte. Und Katja wäre in der Zukunft genauso verloren. In seinem Inneren tobte ein Zwiespalt und auch wenn sein Verstand sagte, diese Frau links liegen zu lassen, sein Herz dagegen wollte ihre Nähe spüren. Das Piepen des Telefons holte ihn aus seinem Traum. Dudu hatte eine Teleskopstange, auf deren Kopf eine Wärmebildkamera aufgesetzt war, ausgefahren. Er registrierte wieder den goldenen Cadillac und zusätzlich einen Ferrari 308. Seinen Berechnungen nach waren es die gleichen Luden, mit den sie vorgestern zu tun hatten. Also warnte er unmittelbar Danny, der flink einstieg. Dudu röhrte auf und schoss aus der Parklücke. Die beiden anderen Fahrzeuge beschleunigten ebenfalls und setzten sich hinter den Käfer. Die Straße machte eine langgezogene Kurve und alle drei Fahrzeuge fuhren mit erhöhter Geschwindigkeit hinein. Dudu öffnete ein Druckventil am Heck und einige Liter Altöl verteilten sich auf der Fahrbahn. Der goldene Cadillac konnte weder bremsen, noch die Spur halten. Ohne die Geschwindigkeit zu verringern schlug der Eldorado in die am Straßenrand geparkten Autos ein. Der rote Ferrari schrammte am Caddy vorbei und rutschte mit durchdrehenden Reifen über den Ölfilm. Das Heck wedelte wie ein Lämmerschwanz hin und her. Dem Fahrer gelang aber, das Fahrzeug unter Kontrolle zu halten. Bis ihm an der nächsten Straßeneinmündung ein Taxi die Vorfahrt nahm und mit voller Wucht an der Beifahrertür traf. Dudu konnte in die nächste Straße abbiegen und zusammen mit seinem Passagier gelang ihm die Flucht. Nach fünf Minuten hielt Dudu auf einem dunklen Parkplatz, wo Danny die amtlichen Kennzeichen tauschte und auf die zwei Türen eine grüne Folie klebte, die das Aussehen verfälschen sollte. Einige typische Aufkleber auf das Heck und Dudu wirkte nicht so ganz gelb wie vorher. Dann fuhren sie wieder zur Pension, wo beide etwas Ruhe fanden. Wobei Danny sich mies fühlte. Die Zuhälter machten ihm trotz der Hartnäckigkeit keine große Sorgen. Die waren eher eine amüsante Abwechslung. Aber das Katja mit ihm böse war, daß trübte seine Laune. Danny schlief unruhig in dieser Nacht.

05 - Yellow Return

Gegen sechs Uhr stand Danny auf und verfluchte die 70er Jahre, denn in der Pension gab es kein Frühstück und Kaffeehausketten waren völlig unbekannt. Dudu wusste aus Erfahrung, daß ein Tag nur mit einer oder zwei Tassen heißen Kaffee beginnen konnte. Ausserdem registrierten seine Sensoren, daß Danny schlicht übermüdet und erschöpft aussah. Also verriet er ihm, daß es ein weiteres Notfallpaket gab. Ein Paket mit Kaffee, einen Wasserkocher sowie eine Siebkanne. Als der Kaffeeduft aufstieg, fühlte Danny sich ein wenig besser. Nach der zweiten Tasse fuhren sie zu Katja, wobei Dudu einen Umweg nahm, falls die Luden sie wieder auflauerten. Danny wartete, wobei er ständig vor dem Haus auf und ablief, um seine Unruhe loszuwerden. Er bemerkte nicht, wie sich Katja um die Ecke bog und sich von hinten annäherte, bis das Klacken ihrer Absätze zu hören war. Heute trug sie eine figurbetonte beige Cordhose mit einem weiten Hosenschlag, schwarze Penny Loafer mit einem hohen Blockabsatz und einen braunen Lederblazer. Die weiße Bluse stand ein Stück offen und zeigte einen Hauch von Busen. In der Hand hielt sie eine gefüllte Papiertüte. Danny versuchte zu lächeln, während Katja ihn ein wenig hochmütig anschaute.

„Du siehst nicht aus, als hättest du ein Frühstück gehabt. Ich habe für uns Brötchen geholt. Mohn, Sesam und natürlich Rundstücke."

„Du bist ein Engel."

„Ich weiß. Du bist ja gar nicht so dumm. Wobei ich immer noch nicht weiß, ob du soviel Aufwand verdient hast."

„Katja, es tut mir wirklich leid."

„Nun, dann komm rauf. Ich brauche jetzt einen Kaffee."

Sie gingen die Treppe hoch und Katja öffnete die Wohnungstür. In der Küche machte sie Wasser in einem Kessel heiß und füllte Kaffeepulver in Filtertüte. Danny durfte dann das Wasser in den Filter einfüllen, während Katja den Tisch deckte. Nachdem der Kaffee durchgelaufen war, füllte er zwei Tassen und setzte sich zu Katja an den Tisch. Sie legte ein halbes Brötchen auf seinen Teller.

„Ich hoffe du magst Erdbeermarmelade? Ich habe mir die eine Hälfte mit meiner Lieblingsmarmelade bestrichen und ...ich dachte es ist mal ein Versuch wert."

„Ich liebe Erdbeermarmelade auf Brötchen. Es ist lieb von dir. Ich fühle mich wirklich beschissen, weil ich dir gestern weh getan habe. Ich will es wieder in Ordnung bringen."

„Zunächst, tu so etwas nie wieder. Und dann schenk mir noch eine Tasse Kaffee ein."

Sie frühstückten zusammen, wobei Katja noch einige Fragen über die zukünftigen Jahre hatte. Danny war froh, daß er im Geschichtsunterricht aufgepasst hatte und ihre Fragen weitestgehend beantworten konnte.

„Übrigens, weil du gestern Abend doch wissen wolltest, was so meine Spezialität war. Nun, meine letzten

Pornofilme waren für Schuh- und Fuß-Fetischistischen gedacht. Und da habe ich meine persönliche Vorliebe für dieses ...Thema entwickelt. Die meisten meiner Fotoserien hatten die gleichen Motive. Dieser Film wurde übrigens zu einer Art Klassiker. Ich war wie Anna-Frida von ABBA zurechtgemacht und hatte auf einer Bühne getanzt und gestrippt. Dabei hat eine zweite Kamera meine Beine im Detail gefilmt und die Szene wurden beim Schneiden des Films dann entsprechend zusammengestellt. Und in einer Szene hat eine Frau zwanzig Minuten lang meine Füße geküsst, während ich hoheitsvoll auf einem Barhocker residierte. Ich hatte einen schwarzen Overall aus Lurex an und sie war vollkommen nackt. Es wurden zwanzigmal soviele Kopien verkauft wie geplant. Ich wurde die Königin der Stöckelschuhe genannt, und in den USA war es schlicht der Titel „The Queen Of Heels", da einige tausend Kopien auch in die USA gebracht wurden. Seitdem bin ich in Übersee ein Geheimtipp. Und diesen speziellen Ruf habe ich bei den entsprechenden Fotomotiven beibehalten. Meine Gage ist auf jeden Fall gestiegen und meine Spardose ist meine Altersvorsorge."

„Klingt, als ob du mit etwas Glück und viel Geschick etwas auf die Beine gestellt hast. Obwohl, das war jetzt ein blödes Wortspiel."

„Mehr Konsalik als Heinrich Böll, aber grundsätzlich gebe ich dir recht. Dieses Wortspiel gefällt mir wesentlich besser. Aber jetzt will ich doch etwas anderes von dir wissen. Was hast du vor? Was passiert, wenn du in dieser Welt bleibst? Und du hier in Hamburg bleibst?"

„Nun eine Weile kann ich mich über Wasser halten, aber nach einigen Jahren wird es problematisch. Ich habe ein gewisses finanzielles Polster, aber ich habe keine Ahnung, wie lange die Technik von Dudu durchhält."

„Ich meinte jetzt eher, wie du dir das mit uns vorstellst."

Katja stand auf, um den Küchentisch abzuräumen, wobei Danny ihr dabei half und die Sachen anreichte. Sie standen nebeneinander an der Küchenanrichte.

„Wenn ich bleibe, werden wir uns unter Umständen verlieben und wir werden ein Paar. Wahrscheinlich wird das dann auch eine Weile gut gehen, aber dann wirst du merken, daß ich wirklich ein Idiot bin und du wirst mich wieder einen Volldepp nennen und zum Teufel jagen. Dabei wirst du dir die Haare raufen und mich hauen. Das braucht doch keiner von uns. Aber warum habe ich nur das Verlangen, dich zu küssen?"

„Das mit dem Volldepp werde ich nicht mehr sagen. Offensichtliche Dinge braucht eine Frau nicht auszusprechen. Aber ich kann dein Verlangen verstehen. Wieso versuchst du es nicht einfach?"

„Nun, seit ich dich gestern so blöde angeredet habe, ...nun es ist ...ich ..."

„Du bist wirklich ein Volldepp. Alles muss ich selber erledigen. Dabei hast du doch so einen guten Geschmack, was Frauen betrifft."

„Findest du?"

„Natürlich, du willst ja mich."

Sie nahm sein Gesicht in beide Hände und küsste ihn
zärtlich. Dann nahm sie seine Hand und führte ihn ins
Schlafzimmer. Eine Stunde später betrachtete Katja Dannys
Gesicht im Schein der Tageslicht, das durch die Vorhänge
ein eher trübes Licht verbreitete. Er schlief tief und fest,
nachdem sie zweimal miteinander geschlafen hatten. Sie
hatte die Befürchtung gehabt, daß er versuchte, eine
frühere Pornodarstellerin mit besonders wilden Sex zu
beeindrucken. Stattdessen war er zärtlich, fordernd und
sagte schöne Dinge zu ihr, wie die vielen Komplimente, die
er ihr ins Ohr flüsterte. Katja hatte sich an ihn heran
gekuschelt und spürte die Wärme von seinem Körper.
Gedankenverloren spielte sie mit seinen Brusthaaren. Sie
fühlte sich glücklich und die Tatsache, daß er über kurz oder
lang wieder wieder aus ihrem Leben verschwinden würde,
konnte ihre Stimmung nicht trüben. Tief in ihrem Inneren
hatte sie das Gefühl, daß sie sich nicht trennen würden.
Katja döste selber ein wenig, bis Danny wieder wach wurde.

„Sag mal, geht man in der Zukunft noch mit seiner
Herzensdame zum Italiener um die Ecke?"

„Das ist nie aus der Mode gekommen und es wäre mir eine
Ehre und ein Vergnügen, mit dir auszugehen."

„Was machen wir noch mit dem angebrochenen Tag? Es ist
ja noch nicht einmal Mittag."

„Wir könnten am Nachmittag einen Spaziergang an der
Alster oder eine Landpartie mit Dudu machen. Dabei
könnten wir einen Kaffee trinken, während ich dir noch

Geschichten aus der Zukunft erzähle und du einige Geschichten aus der Vergangenheit. Aber wir müssen vorher diese Aktion von vorhin noch einmal wiederholen, denn du hast einige versaute Techniken auf Lager."

„Dabei habe ich noch gar nicht meine ganz besonderen Vorlieben bei dir ausprobiert. Du hast doch bestimmt Lust darauf. Immerhin hast du mir davon erzählt, daß du darauf abfährst. Auch wenn es dir eher unfreiwillig rausgerutscht ist."

Katja grinste wieder ihr breites Lächeln, das immer etwas von einem Kobold hatte. Aber ihre Augen hatten einen warmen Glanz.

„Ich wollte mir diese Premiere für später aufheben. Nicht alles auf einmal, sondern einen Schritt nach dem anderen."

„Trotzdem Vorhang auf für deine Queen Of Heels, denn habe ich jetzt Lust drauf. Als Ausgleich für deine Missetat tust du viele schöne Dinge und das muß belohnt werden."

Eine Stunde später saß er auf der Bettkante und schaute zu, wie Katja sich ankleidete. Angefangen mit einem violetten Tanga nebst passendem BH, zog sie farblich passende Riemchensandaletten mit einem zehn Zentimeter hohen Stöckelabsatz an. Dazu wählte sie ein Sommerkleid, das mit ineinander geschlungenen weißen und violetten Blüten gemustert war, sowie einen weißen Blazer.

„Würdest du so mit mir ausgehen?"

„Natürlich! Du siehst traumhaft schön aus. Eher müsste ich fragen, ob du dich mit mir sehen lassen willst."

„Schmeichler. Aber diese Komplimente darfst du jederzeit machen. Dann laß uns los. Das Wetter ist heute wunderbar für einen Spaziergang im Park. Eventuell könnten wir ja eine Bootspartie machen."

Unten an der Straße öffnete Danny die Beifahrertür, aber Katja stieg auf der Fahrerseite ein.

„Dudu, darf ich dich bis zum Park steuern?"

++ Es wäre mir eine Ehre und ein Vergnügen. ++

„Dudu, du bist ein Gentleman."

Danny stieg mit einem amüsierten Grinsen ebenfalls ein und Katja startete Dudu mit dem Zündschlüssel, Der Käfer ließ ihr völlig freie Hand. Katja steuerte ihn Umsichtig durch den nachmittäglichen Verkehr, der an einem Samstag auch in Hamburg sehr entspannt war Mit einem eleganten Schwung bog sie schließlich auf dem Parkplatz beim Bramfelder See. Dudu machte ihr ein Kompliment für ihre Fahrweise und sie revanchierte sich mit einem gehauchten Kuß und einem Streicheln des Armaturenbretts. Die optischen und akustischen Sensoren nahmen die Gesten auf. Er bedankte sich mit einem Herzsymbol auf dem Bildschirm. Die beiden Verliebten gingen in Richtung See. Katja wollte beim Bootsverleih auf ihn warten, während Danny noch zwei Flaschen Cola für die Fahrt besorgen wollte, wobei der Kiosk in der anderen Richtung lag. Er schaute einen Augenblick der hübschen Frau nach, die mit einem koketten Blick über die Schulter schaute, und dann ihren Weg weiter fortsetzte. Der leichte Hüftschwung war sexy, ohne ordinär zu wirken. Das Klacken der Pfennigabsätze entfernte sich und Danny stellte fest, daß er nicht der einzige war, der ihr hinterherschaute.

06 - Yellow Fight

Katja ging an der dichten Baumgruppe vorbei, um zu dem Bootsverleih zu kommen. Sie hörte eine Knacken und Rascheln und eine Hand griff in ihre Haare und zog sie brutal von den Beinen. Sie wurde in das Gebüsch gezogen. Eine Hand wurde über ihren Mund gelegt, damit sie nicht schreien konnte. Zwei Männer trugen sie zu einem alten VW Transporter mit geschlossenen Aufbau, der hier im Park nicht auffiel, da die zahlreichen Cafés und der Bootsverleih beliefert wurden.

Danny hatte die beiden Flaschen Cola in der Hand und ging in Richtung Bootsverleih, wo Katja schon ein Tretboot gemietet hatte, um ein wenig auf der Binnenalster zu fahren. Ein Rascheln ließ ihm herumfahren und zwei Gestalten stürzten auf ihn zu. Er warf dem vorderen Angreifer eine der Colaflaschen zu, die dieser instinktiv auffing. Die zweite Flasche krachte dagegen mit Schwung gegen seine Schläfe. Der Vorwärtsdrang wurde augenblicklich gestoppt und Danny rammte dem Komplicen den abgebrochenen Flaschenhals in den Hals. Zusätzlich schlug er dem anderen noch den Handballen unter die Nase. Danny griff noch einmal zu und nahm dem Typen die Flasche wieder aus der Hand, mit der er dem zweiten Mann das Nasenbein zertrümmerte. Dessen Kopf klappte nach hinten in den Nacken, woraufhin Danny ihn das Knie zwischen die Beine trat. Der anschließende Schlag auf den Solar Plexus brachte den Mann zu Fall. Danny schaute sich um, sah aber, daß sich in diesem Teil des Parks keiner aufhielt. Also fing er an, den Mann zu befragen.

„Wo ist das Mädchen?"

Als Antwort spukte der Gegner ihm ins Gesicht. Da durch den Schlag auf die Nase auch die zweite Flasche zerbrochen war, hatte Danny wieder einen scharfen Gegenstand in der Hand. Er rammte sie dem Mann direkt in die Backe und drehte sie in der Wunde. Den Schrei unterdrückte er mit einem leichten Schlag auf den Kehlkopf des Gegners.

„Wenn ich die Frage noch einmal stellen muß, ist dein Auge dran. Danach schneide ich dir deinen kümmerlichen Erbsen ab. Ich bin eine richtig miese Drecksau und es wird mir ein Vergnügen sein, aus dir einen Krüppel mit Hackfresse zu machen. Also wo ist sie?"

„Blauer Papagei."

„Welche Straße. Laß dir nicht alles aus der Nase ziehen, sonst hast du keine mehr."

„Gustav Straße 6, bei der Herbertstraße."

Danny durchsuchte beide Gangster und nahm beiden jeweils eine Pistole und fünf Magazine ab. Es waren zwei Walther P 38, die jedoch von der Firma Mauser gefertigt worden waren. Er erkannte das typische Kürzel neben der Seriennummer. Dann fesselte er die beiden Gangster mit ihren Gürteln und Krawatten, um sie dann im Gebüsch zu verstecken. Er verpasste beiden jeweils einen Tritt vor dem Kopf, um sie eine Weile außer Gefecht zu setzen.

Mit keuchenden Atem erreichte Danny Dudu. Kaum saß er drinnen, fuhr Dudu in Richtung St. Pauli. Während der Fahrt zog Danny Handschuhe aus dünnen, aber stabilen Gummi an. Kurze Zeit später bogen die beiden in die Straße ein, wo das Hauptquartier der Bande war. Draußen standen keine Wachen und die Scanner von Dudu zeigte an, daß fünf Personen anwesend waren. Danny nahm die Flinte und steckte eine der beiden alten Pistolen ein. Einer der Bandenmitglieder hatte seine Waffe im Holster getragen und Danny hatte es ihm zusammen mir der Waffe abgenommen. Mit ruhigen Schritt und nach allen Seiten sichernd betrat er die Bar durch die hölzerne Schwingtür. Er blickte nach links und der Mann an der Bar drehte sich zu ihm rüber. Danny zog den Abzug durch und 10 Stahlkugeln zerfetzten die Finger der rechten Hand und rissen diverse Splitter aus der Oberfläche der Bar. Das Bierglas zersprang in 1000 Scherben. Sofort repetierte er die leere Hülse aus der Waffe und beim Vorschieben des Vorderschafts wurde wieder eine Patrone ins Patronenlager geschoben. Die anderen vier anwesenden Männer schauten Danny erstaunt an, wobei einer der Zuhälter sofort reagierte und einen Revolver in Anschlag bringen wollte. Danny drückte wieder ab und traf ihn in die Oberschenkel und den Unterleib. Der getroffene Mann taumelte einige Schritte nach hinten und kippte mit einem kreischenden Schrei um. Der Revolver schlitterte über den PVC Boden und landete direkt vor Dannys Schuhspitzen. Mit einer schnellen Bewegung bückte er sich und hob die Waffe auf. Es war eine Smith und Wessen Modell 10 mit einem vier Inch Lauf. Diese Waffe richtete er auf dem Mann, der mit einem Holzknüppel auf ihn zustürmte. Fast schon beiläufig schoss Danny dem Angreifer in beide Oberschenkel. Schreiend ging dieser taumelnd zu Boden. Er wälzte sich vor

Schmerzen auf dem Boden und Danny registrierte die großen Austrittsöffnungen der Ausschusskanäle an der Rückseite der Schenkel.

„Also ihr Helden, eure Freunde werden jetzt jämmerlich verbluten, wenn nicht sofort Hilfe kommt. Was habt ihr da geladen? Teilmantel-Flachkopf oder Hohlspitzgeschosse? Das ist doch nicht erlaubt. Böse, Böse. Egal, er wird gleich verrecken. Also ihr werdet mir sofort die Frau geben, dann verschwinde ich und ihr könnt den Notarzt rufen. Sowie die Bullen und wen ihr auch immer bei der Party dabei haben möchtet. Und jetzt macht hinne, bei uns wird zeitig gegessen."

Aus einem Hinterzimmer wurde Katja in den Barraum geschubst. Einer der Zuhälter, den Danny schon zweimal eine verpasst hat, hatte eine Waffe auf ihren Kopf gerichtet. Der hatte inzwischen mit der linken Hand, ohne dabei hinzusehen zu müssen, die Trommel ausgeklappt, die letzten Patronen herausfallen lassen und warf den nun ungeladenen Revolver hinter die Bar, wobei die Waffe im Fach mit den Pilztulpen landete.

„Nimm sie und dann verpiss dich."

„Aber, aber, nicht so unhöflich. Ich habe Zeit und Munition genug, aus diesem ehrenwürdigen Viertel einen riesengroßen Parkplatz zu machen."

Katja bekam einen Stoß in den Rücken und lief auf Danny zu und stellte sich hinter ihm. Dann bewegte sie sich zurück und schlüpfte durch die offene Eingangstür. Danny folgte ihr, wobei er den Schankraum nicht aus den Augen ließ,

128

während er weiterhin die Flinte im Anschlag hatte. Draußen rannte er zu Dudu rüber, der die Fahrertür öffnete und losbrauste, kaum daß er auf dem Sitz hockte. Katja war bereits im Auto und nahm die Flinte entgegen. Zusammen versteckten sie die Waffe wieder unter dem Armaturenbrett, während Dudu zügig, aber nicht zu auffällig durch Hamburg bewegte. Auf einem Parkplatz vor einem Supermarkt hielten sie an. Katja schaute ihn kurz an, ohne ein Wort zu sagen. Dann umarmte sie ihn und drückte ihn fest an sich.

„Du warst großartig. Danke. Ich bin so froh, daß ich dich habe."

„Ich tue böse Dinge, aber ich bedaure es, sie tun zu müssen."

„Dirty Harry und Sam Spade sind meine Lieblingshelden und du bist nun der dritte im Bunde."

„Naja, ich habe dich schließlich erst in die Sache mit reingezogen."

„Du warst aber für mich da. Und nur das zählt."

Sie gab ihm einen langen Kuss, den Danny ebenso leidenschaftlich erwiderte.

„Ich hol besser Reservemunition aus dem Kofferraum, sollten diese Verbrecher uns folgen."

Danny stieg aus und öffnete die vordere Haube. Dudu nutzte dabei die Gelegenheit und druckte mit dem kleinen

Laserdrucker, den Jimmy im Handschuhfach verbaut hatte, einige Blätter in Karteikartengröße aus. Auf dem Bildschirm des Laptop gab er Katja zu verstehen, daß diese Karten für sie bestimmt wären. Er wollte aber nicht, daß Danny davon erfuhr. Katja steckte die zehn Karten in ihre Handtasche, denn sie war geistig immer noch mit der Entführung beschäftigt.

„Ich habe eine Idee. Wir fahren raus zu meinem Onkel raus ins alte Land. Dort können wir uns verstecken. Onkel Jimmy müsste jetzt auf großer Reise sein, also brauch ich ihm auch nichts erklären. Und dem Dudu aus dem Jahr 1977 fliegt nicht die Sicherung aus, wenn er den Dudu aus 2014 vor sich sieht.

++ Vorsicht, Sportsfreund. Ich bin ein gestandener Käfer und keiner dieser luschigen Smarts. ++

07 - Yellow Time

Sie fuhren über die gleiche Strecke aus Hamburg heraus, so wie sie vor zwei Tagen angekommen waren. Mehr nebenbei bemerkte Danny, daß sie sich der Stelle näherten, wo der Zeitsprung stattfand. Und wieder tauchte wie aus dem Nichts diese riesige tiefschwarze Wolke auf sie zu. Dudu hielt an der Zufahrt zu einem Acker an und fuhr sofort die meisten seiner Systeme herunter. Danny schaute Katja traurig an.

„Es ist Zeit. Dudu und ich müssen jetzt gehen. Aber eines solltest du noch wissen. Ich habe mich in dich verliebt und du bist die wunderbarste Frau, die mir je begegnen konnte."

„Ich liebe dich. Für einen Volldepp aus der Zukunft bist du das Beste, was mir je passiert ist."

Katja lief eine Träne runter und ihr Lächeln versuchte vergeblich die Trauer zu überspielen, denn ihre Augen sprachen Bände. Sie zog den Rock hoch und zog den Tanga aus, beugte sich in das Auto, steckte ihm den Tanga in die Jacke und nach einem letzten Kuß lief sie los. Für einen Augenblick hörte Danny wieder das Klappern ihrer Absätze auf dem Straßenbelag. Dann zog er die Tür zu, wobei er sich strecken mußte. Den Slip konnte er noch ertasten und die Körperwärme spüren, dann setzte wieder dieses schrille Pfeifen und Kreischen ein und er wandte sich im Sitz, bis er wieder nur eine schwarze Wand vor sich sah und das Kreischen dumpf wurde und in seinem Kopf erstarb, als er bewusstlos wurde..

Dudus Sensoren registrierten das Ende des Phänomens und sofort fuhr er alle seine Systeme wieder hoch. Danny war weiterhin bewusstlos und Dudu nutzte die Zeit, seinen Datenbanken auf Updates zu prüfen sowie einige Meldungen zu empfangen und zu senden. Dann setzte er seine Fahrt weiter fort. Sein Passagier wurde wach und er stellte fest, daß die Strecke zu dem Haus seines Onkels führte. Doch kurz vorher bog Dudu von der Landstraße ab auf den alten Wetterkopp Hof. Danny schaute verwundert aus der Seitenscheibe, denn der Hof war in einem perfekt renovierten Zustand. Nichts deutete auf Zerfall oder Zerstörung hin. Dudu hielt an und öffnete die Tür. Danny stieg aus und schaute sich um. Die Haustür wurde geöffnet und eine Frau trat heraus. Es war Katja, die ihn strahlend anschaute. Sie schien nicht ein Stück gealtert zu sein. Mit Jeans, einer Bluse und einer Blazer war sie chic und zeitgemäß gekleidet. Aber er erkannte die Clogs sofort. Es waren ihre Hausschuhe, die sie schon 1977 getragen hatte. Danny ging mit eiligen Schritten auf sie zu, blieb vor ihr stehen und Katja zog ihn an sich, um ihn lange zu küssen.

„Du warst ja gar nicht lange weg. Ich dachte, du magst einen Kaffee."

„Was ist passiert? Wie kommst du in diese Zeit? Wieso ...egal, du bist da. Aber was ist das? Du bist verheiratet?"

„Ja, das ein Ehering. Ich bin nämlich mit dir verheiratet."

„Glücklich?"

Katja schaute den verwirrten Danny spöttisch an, der die Situation noch nicht ganz erfassen konnte. Ihr rechte Hand schnellte vor und schnippte mit dem Mittelfinger gegen sein Ohr.

„Natürlich sind wir beide glücklich verheiratet. Du hast dich keinen Deut verändert, du Volldepp. Aber du bist ja nur manchmal ein Volldepp."

Sie küsste ihn noch einmal, dann nahm sie seine Hand und zog ihn in die große Küche, die gleich vorne im Haus war. Auf dem großen Holztisch standen zwei Tassen und eine Kanne mit frisch gebrühten Kaffee. Bevor sich Katja und Danny auf die Holzstühle setzten, griff Katja in seine rechte Jackentasche und holte den getragenen Slip hervor.

„In all den Jahren hättest du ihn wirklich einmal waschen können."

„Ich habe noch nicht einmal daran geschnuppert. Ich bin erst vor einer viertel Stunde wieder wach geworden. Aber wo ist denn eigentlich mein Ehering?"

„Der ist beim Juwelier zum Aufpolieren."

Katja schenke mit einem zauberhaften Lächeln den Kaffee ein und begann zu erzählen.

„Nun, es ist einiges passiert. Ich habe den Rücksprung von dir und Dudu am Rande gesehen, wobei dieses Unwetter mich auch erwischt hatte. Ich bin zwar nicht in der Zeit gereist, aber es hat mir eine Ohnmacht beschert. Nachdem ich wieder zuhause angekommen war, habe ich die

Nachricht von Dudu gelesen. Er hatte mir einige Tipps und Anweisungen mit gegeben. Zunächst hatte er mir eine Liste mit Aktien gegeben, die ich zu einem bestimmten Zeitpunkt kaufen und wieder verkaufen sollte, sowie die Ergebnisse diverser Fußballspiele. So habe ich über die Jahre ein großes Vermögen erwirtschaftet. Ich habe quasi Insidergeschäfte betrieben, wenn auch nicht in der Art, wie der Staat es definierte und mir dabei eine ganze Reihe von guten Tricks beigebracht, Steuern zu vermeiden. Dann habe ich den Hof hier gekauft, weil er gegenüber dem Hof von deinem Onkel liegt. Mit ihm und deiner Tante habe ich mich dann angefreundet. Dich kannte ich damit auch schon von klein auf. Zu diesem Zeitpunkt habe ich noch etwas anderes bemerkt. Das Phänomen hatte ich ja nur am Rande erlebt, aber er hatte trotzdem Folgen für mich. Mein Alterungsprozess wurde fast zum Stillstand gebracht. Mir fiel es auf, weil Kratzer innerhalb kürzester Zeit verheilten und ich keinen Schnupfen mehr bekam. Aber ich bin seit 1977 nicht mehr gealtert, wobei die Wirkung inzwischen etwas nachlässt. So habe ich beschlossen, dich nicht aus den Augen zu lassen. Du hast als Kind immer gerne im Wohnzimmer von deinem Onkel gespielt, wenn ich da war und ich habe dafür gesorgt, daß du schon damals eine Vorliebe für ältere Frauen und Frauenfüße in High Heels entwickelt hast. Ich gebe zu, ein wenig habe ich das auch forciert. Du hast auf jeden Fall immer heimlich hingeschaut, wenn ich beim Besuch zum Kaffee die passende Heels anhatte. Und wenn Jo zu mir rüberkam, bist du immer mitgekommen. So was nennt sich frühkindliche Prägung."

„Du nutzt kleine Kinder aus und bringst ihnen Unfug bei. Schämst du dich nicht?"

„Im Krieg und in der Liebe ist alles erlaubt. Ich wollte mir einen kleinen Vorteil sichern bei dir. Allerdings habe ich dabei die Zeitleiste verändert und eine neue Zeitleiste oder alternative Zeitleiste erschaffen. Nachdem du nach vier Jahren deine Zeit bei der Bundeswehr beendet hast, haben wir haben uns bei deiner Tante und deinem Onkel wiedergesehen und es hat sowohl bei mir als auch bei dir wieder gefunkt. Eine lange Zeit haben wir es geheimgehalten, wobei deine Tante sicherlich etwas davon geahnt hatte. Schließlich warst du als eine Art Hilfsverwalter bei mir angestellt, um mich auf dem Gut zu unterstützen. Jo hat mal beim einem Kaffeeklatsch eine vorsichtige Andeutung gemacht, wo sie durchblicken ließ, daß sie unsere Verbindung durchaus billigte. Die beiden sind schließlich auf eine letzte große Fahrt mit Dudu aufgebrochen, von der sie nicht mehr wiedergekehrt sind. Einige Wochen später wurden die beiden als vermisst gemeldet. Wir beide haben kurz nach ihrer Abreise geheiratet und vor kurzen wurden Jimmy und Jo für tot erklärt und du hast den Hof geerbt, den ein Freund von dir bewirtschaftet und instand hält. Nun, eine Vermutung habe ich, was das spurlosen Verschwinden der beiden betrifft. Durch deine Zeitreise habe ich mich viel mit dem Thema beschäftigt und haben neben den Roman von Wells und Asimov auch Philipp K. Dick gelesen. Und da kam auch das Thema mit der künstlichen Intelligenz vor. Deine Tante Jo hat eines der Bücher bei mir gesehen und ebenfalls gelesen. Vermutlich hatte sie dann weitere Ideen und mit dem

Forschen angefangen. Ich vermute, das Dudu dann zu einem Testobjekt wurde, denn er besaß ja von Anfang an eine Art künstliche Intelligenz. Es gab immer wieder verdächtige und heftige Auseinandersetzungen mit den Chinesen. Also der chinesischen Geheimdienst versuchte, an ihre Ergebnisse aus der Forschung zu kommen. Jo und Jimmy sind in Toronto in der Nähe des Chinesenviertels das letzte Mal gesehen worden. Dudu blieb zurück an der Straße stehen. Die kanadische Polizei informierte uns als Notfallkontakt und wir veranlasste die Rückführung von Dudu nach Deutschland. Um sicher zu gehen, haben wir Dudu versteckt. Vergiss nicht, die Zeitleiste oder Zeitabfolge ist verändert worden und seit einigen Jahren sind wir nun mal ein Paar. Für mich warst du heute nur ein paar Minuten weg. Allerdings habe ich zuvor Jahrzehnte auf dich gewartet, bis du soweit gereift warst. Wenn ich ehrlich bin, in den vielen Jahren hatte ich nie das Bedürfnis, jemanden anders kennenzulernen. Das Gefühl bei dir im Jahr 1977 war dasselbe wie bei meiner ersten Liebe. So intensiv habe ich es nie wieder erlebt. Ich habe nicht unentwegt an dich gedacht. Aber am Tage deiner Entlassung aus der Bundeswehr bist du als erstes zu deinem Onkel und deiner Tante gefahren. Und ich bin zufällig vorbei gekommen zum Kaffee. Du hast mich wieder von der ersten Sekunde an angestrahlt. Und ich habe dieses „fünf Kilo Brausepulver zuviel gegessen" Gefühl im Magen bekommen. Noch in der gleichen Nacht hast du mich auf meinem Hof besucht und bist nie wieder gegangen. Und aus dem Wetterkopp Hof wurde still und leise unser Hof. Und an eine Sache hast du dich gehalten. Du hast es nie wieder getan."

„Was es auch immer ist, dieser Zauber zwischen uns funktionierte im Jahr 1977, er funktionierte vor mehren Jahren und er funktioniert jetzt. Das ist mehr als nur Kismet und Vorherbestimmung. Es gibt Dinge, die kann nicht einmal die vierte Dimension verhindern."

Statt einer Antwort stand Katja auf, setzte sich rittlings auf seinen Schoß und küsste ihn.

„Woher wusste Dudu, wo du zu finden warst?"

„Dudu hat mir einiges zu den zukünftigen Kommunikationsmethoden beigebracht. Ich habe eine Reihe von Mail-Adressen eingerichtet, sobald es möglich war. Angefangen von AOL über die Telekom bis hin zu Yahoo habe ich passende Adressnamen genutzt. Meine Mobilfunknummer bekam Dudu schlicht und ergreifend aus dem Notizbuch von Jo. Seine Datenbanken sind sehr ergiebig. Nach dem Rücksprung brauchte Dudu keine drei Sekunden, bis er mich gefunden hatte und mit dir herkam."

Danny merkte nun selber, wie verwirrt sich Katja gefühlt haben musste, als sie von dem unglaublichen Zeitsprung in das Jahr 1977 erfahren hatte.

„Fällt den niemanden auf, daß du laut der Akten und Dokumente Mitte siebzig bist?"

„74, bitte ja. Soviel Zeit muß sein. Hier hatte ich Glück, ein Hackerangriff auf das Einwohnermeldeamt hat meinen Datensatz gelöscht. Ich habe dann angegeben, daß mein Ausweis und meine Geburtsurkunde nicht mehr vorhanden waren. Weil die Behörde Aufsehen vermeiden wollte, haben sie meine Angaben übernommen und entsprechend korrigiert. Alle anderen Institutionen haben die Daten später übernommen. Das war zwar nicht so einfach, aber ich bin jetzt offiziell fünfundvierzig Jahre alt. Aber eigentlich bist du mit einer Oma verheiratet. Nur ohne die grauen Haare."

„Du trägst immer noch deine siebziger Jahre Frisur. Ehrlich gesagt, ich fand sie damals schon sexy.

„Ich weiß, auch wenn du sie Kevin-Keegan-Gedächtnis-Frisur nennst. An deine verschrobenen zehn Minuten am Tag habe ich mich gewöhnt. Aber zu deiner Ehrenrettung muß ich zugeben, die anderen dreiundzwanzig Stunden und fünfzig Minuten bis du sehr nett, charmant und machst mir liebevolle Komplimente."

Danny hielt die ganze Zeit ihre Hand und konnte sich an dieser Frau nicht sattsehen. Sie lächelte wieder diese breite Lächeln."

„Und um deine nächste Frage zu beantworten, wir haben noch sehr viel Spaß im Bett. Und da wir die gleichen Vorlieben haben, brauchen wir uns wegen der Harmonie keine Gedanken machen. Ich habe inzwischen zwei gut gefüllte Schuhschränke."

„Sag mal, hast du eigentlich in all den Jahren noch für Fotos posiert?"

„Wie man es nimmt. Ich bin ja schnell zu Geld gekommen durch die Aktien. Aber Jan Magnusen, mein ehemaliger Lieblingsfotograf, war in finanziellen Nöten. Ich habe ihm geholfen, denn die Summe war nicht sonderlich hoch. Dafür hat er eine ganze Reihe von Fotoserien für mich gemacht. Das heißt ganz exklusiv für mich. So wie es dir gefallen würde, denn ich wollte sie dir in Zukunft in irgendeiner Form zukommen lassen. Aber als ich dich dann persönlich an der Angel hatte, waren es immer die perfekten Geschenke zum Geburtstag. Aber für Magazine habe ich nicht mehr posiert. Inzwischen haben wir beide zusammen noch weitere Bilder dieser Art gemacht. Wie du siehst, wir haben noch unser Happy-End bekommen. Auf dieser Hose hast du erst vorgestern und gestern deine Spuren hinterlassen. Und da wir die nächsten Tage nichts vorhaben, dachte ich mir, ich trage sie noch ein paar Tage und du machst heute Abend noch ein paar Flecken mehr darauf. Die Königin der hohen Absätze will ihren Tribut."

3 - Blue Magic Carpet

01 - Blue Magic

Wenn man eine Situation erlebt hat, die einem selbst viel abverlangte, dann überlegt man im Nachhinein, was man hätte ändern müssen, um eben diese Situation zu vermeiden. So wie an diesem Donnerstag, als ich auf dem Heimweg von meiner Arbeit war. Nachdem ich acht Jahre lang eine Ausbildung zum Offizier durchlaufen hatte, verließ ich die Truppe und fand einen Job auf dem Truppenübungsplatz Viehberg, den neben der Bundeswehr auch die kanadischen, britischen und niederländischen Streitkräfte nutzten. Der Übungsplatz in der Oberpfalz wurde von allen vier Ländern zusammen betrieben und war für die angrenzenden Orte Oberwald, Talweg, Bitterbach und Priesenfeld ein mehr als nur wichtiger Wirtschaftsfaktor und Arbeitgeber. Nach Ende meiner Dienstzeit hatte ich eine Zeitlang mit dem Gedanken gespielt, zurück in meine Heimat zurückzukehren, aber die Arbeitslage in Bochum war bescheiden und bei der Kommandantur konnte ich gut verdienen. Zudem stammte meine Großmutter aus Oberwald und von ihr erbte ich ein Wohnhaus mit einer großen Werkstatt im Hinterhof. Dort hatte ich Platz, mich um das zweite Erbstück zu kümmern, einen Mercedes S 123, einen weißen Kombi mit dem Turbodieselmotor. Über einen Händler hatte ich mir zudem einen ausrangierten Dodge M880 Pick Up aus den Beständen der US Army besorgt, der mehr als nur zuverlässig war. Von den vier Jahren, die ich bisher in der Oberpfalz verbracht hatte, habe ich zwei Jahre mit Wanda verbracht. Die blonde Frau war fünf Jahre jünger als ich und eine Weile funktionierte die Beziehung, bis sie herausfand, daß ich mich eigentlich zu älteren Frauen hingezogen fühlte. Passenderweise erfuhr Wanda es durch eine Affäre, die ich mit ihrer Lieblingstante hatte. Die folgende Verwerfungen in der Familie waren nicht unerheblich und sie zog wieder zurück zu ihren Eltern, und dann mit einem der reichsten

Landwirte in der Umgebung zusammen. Ich hatte zwischendurch noch eine kleine Liebelei mit einer hübschen, älteren Frau aus Bitterbach, die allerdings schon verheiratet war. Wobei sie nach der Affaire nicht mehr verheiratet war. So war ich seit drei Monaten wieder solo.

*   *   *

An jenem Donnerstag fuhr ich die alte Landstraße, die seit dem Neubau der Umgehungsstraße kaum noch befahren wurde. Ich war kurz vor der langgezogenen Kurve, in dem Wald vor der Stadt, als ein Wildschwein von links aus den Büschen kam. Ich war noch weit entfernt, also konnte ich in Ruhe abbremsen. In diesem Augenblick raste ein Motorroller schwungvoll um die Kurve. Der Fahrer konnte dem Wildschwein nach links ausweichen, denn das Borstenviech hatte vor Schreck kehrt gemacht. So war er aber auf meiner Seite der Fahrbahn und stand kurz davor, mit Schwung in die massive Frontpartie des Dodge zu sausen. Also versuchte der Fahrer wieder auf die rechte Seite zu kommen und das gelang ihm. Er verfehlte meinen Kotflügel und hätte es auch fast geschafft, konnte aber dann nicht mehr weit genug nach links lenken und erwischte so den mittelgroßen Findling, der am Straßenrand stand, mit dem Vorderrad. Die Gestalt wurde mit viel Schwung über den Lenker und den Stein geschleudert. Mein Fahrzeug war inzwischen zum Stillstand gekommen und ich stieg aus und schaute nach dem Verunglückten. Der war augenscheinlich unverletzt wieder aufgestanden und ich konnte ihn in Ruhe betrachten. Es war eine Frau, denn die zierliche Figur und das geschminkte Gesicht trugen eindeutig weibliche Merkmale. Sie trug als Helm eine Braincap, die sie abnahm. Darunter trug sie ihre braunen Haare als Bob, kinnlang mit einem Pony, der andeutungsweise seitlich gescheitelt war. Für den Gesichtsausdruck war die Bezeichnung wütend arg untertrieben. Die dunklen Augen mit dem langgezogenen Lidstrich funkelten eisig und sie warf mir den Helm entgegen, der mich knapp verfehlte. Ich nutzte den kurzen Augenblick und betrachtete sie genauer. Nach der Kleidung gehörte sie mit Sicherheit zu der Gruppe von Scootergirls, Mods, Skins und Rudeboys, die alle aus der Umgebung kamen und sich im Southern Chessboard trafen. Es war eine Szenekneipe, deren Besucher sogar aus Nürnberg, Bayreuth, Weiden oder der benachbarten Tschechei kamen. Hin und wieder war ich auch dort, aber Ska, Nothern Soul, Rocksteady, Bluebeat oder Reaggae waren nicht so mein Fall. Aber den Skankern bei dem eigenwilligen, hüpfenden Tanz zuzuschauen war recht amüsant. Die Fahrerin trug eine grüne M1 Bomberjacke, ein Hemd mit Vichy-Karos, das bis zum obersten Knopf geschlossen war und dazu einen Pullunder mit Karomuster in blau. Dazu Jeans und die typischen Doc Martens in dunkelrot, mit parallel eingezogenen Schnürsenkeln. Am Revers trug sie einen Pin mit dem Mod-Target, jener blau-weiß-roten Kokarde, die auch als das Hoheitsabzeichen der Royal Air Force gut bekannt war. Ich tippte bei ihr auf ein Rude-Girl, welches zuvor zum Kult gehörte.

„Sind sie wahnsinnig geworden? Ich wäre fast dabei draufgegangen."

Meine Antwort kam in diesem Fall in einem knurrigen Ruhrpottdeutsch, das ich immer verwende, wenn ich selber angefressen war und dann provoziert wurde. Außerdem wollte ich einen Gegensatz zu ihrem oberpfälzisch eingefärbten Hochdeutsch haben.

„Ja nee, is klar. Sie kommen hier mit überhöhter Geschwindigkeit um die Kurve, verpassen einem Paarhufer einen Herzinfarkt, demolieren fast einen unschuldigen Ami-Schlitten und verschlimmbessern die Optik dieses mehr als prächtigen Natursteins, also bleiben sie mal besser auf dem Teppich."

„Häh? Geht`s noch? Kann es sein, daß sie einen an der Waffel haben? Klingt, als wären sie so einer dieser verblödeten Preußen."

„Ich bin Westfale, so viel Zeit muß sein."

Sie musste kurz vorm Explodieren stehen, denn ihre Augen suchten nach einem Wurfgeschoss. Ich nahm ihr Braincap vom Boden auf und hob es in die Höhe.

„Möchten sie ihren Helm wieder haben? Vieleicht treffen sie ja beim zweiten Wurf."

Ich warf ihr den Helm mit leichtem Schwung zu, worauf sie ihn mit viel Schmackes wieder in meine Richtung warf und mich wieder, wenn auch knapp, verfehlte.

„Daneben. Daneben. Sie müssen wirklich was an den Augen haben. Zweimal bei mir vorbei geworfen, aber den Stein sauber auf die zwölf getroffen. Eine respektable Leistung."

Sie rümpfte die Nase und zeigte mir standesgemäß die typische angelsächsische Fingergeste. Da alle die von mir angesprochenen Gruppierungen aus der englischen Arbeiterklasse kommen, wunderte ich mich nicht über die mit leichter Krümmung ausgestreckten Zeige- und Mittelfinger. Dann richtete sich ihr Blick nach unten und sie erkannte das Ausmaß des Schadens an der Lambretta TV 175. Der Roller war in Blau und Silber lackiert, mit dutzenden Rückspiegeln, mehren Scheinwerfern und diversen Schutzbügeln aus verchromtem Metall, so wie es bei den Liebhabern von Scootern sehr beliebt war. Die Vorbilder stammten aus den sechziger Jahren, als die Mods

144

die Mode aufbrachten. Auf der Sitzbank aus Leder waren die Worte ‚Magic Carpet' mit einem blauen Faden eingestickt.

„Fuck, die Kiste ist ja nur noch Schrott. Ein Jahr Arbeit ist völlig zum Teufel."

„Sein sie froh, daß ihnen bei dem Sturz nichts passiert ist. Das hätte schlimmer ausgehen können."

Ich schaute mir den Schaden genauer an. Es hatte das Vorderrad erwischt, aber es sah weniger schlimm aus, als man zunächst meinen könnte. Mit etwas Glück war selbst die Gabel nicht beschädigt. Ich hatte die Vermutung, daß die Fahrerin durch eine blockierte vordere Bremse den Flug über den Stein angetreten hat.

„Hören sie - Lady, ich habe zuhause eine kleine Werkstatt. Wir könnten schauen, wie groß der Schaden tatsächlich ist. Ich habe auch ein Brett auf der Ladefläche, das könnten wir als Behelfsrampe nehmen."

„Sagten sie ‚wir'?"

„Ich vermute mal in meinem jugendlichen Leichtsinn, daß sie als Feld-, Wald-, und Wiesenkradler an der Schüssel selber gebastelt haben. Warum sollen wir das ändern?"

„Wenn man mal von der unzivilisierten deutschen Aussprache und dieser rüden Fahrweise absieht, ist das eine freundliche Geste."

„Wenn man mal von dieser proletenhaften Fingergeste und der mehr als fragwürdigen Stunteinlagen absieht, können sie sogar richtig nett sein."

Zusammen hievten wir den Motorroller auf die Ladefläche und suchten die letzten Kleinteile zusammen. Mit einem ironischen Blick duldete sie es sogar, daß ich ihr die Tür aufhielt. Sie schaute mich länger an, als es eine Frau in dieser Situation normalerweise tun würde. Der Funkeln in den Augen war einem sonderbaren Glanz gewichen, für das ich keine Erklärung hatte. Für einen kurzen Augenblick hatte ich das Gefühl, in diesen Augen zu versinken.

02 - Blue Carpet

Etwa fünfzehn Minuten später fuhr ich in den Hinterhof von meinem Anwesen, wendete und setzte dann rückwärts vor das Hallentor. Nach weiteren zehn Minuten hatte ich das beschädigte Zweirad auf einem hydraulischen Arbeitstisch und schaute mir die Schäden sehr genau an. Letztendlich waren die Radaufhängung und das Schutzblech kaputt. Das war leicht zu reparieren, auszubeulen und zu lackieren. Bevor ich mit den Arbeiten loslegen wollte, brauchte ich einen Kaffee. Die neue Maschine war bei einer der beiden Werkbänke aufgestellt, und ich machte meiner Begleitung ebenfalls eine Tasse. Inzwischen hatte sie mir ihren Namen genannt. Sie hieß Elisabeth Gruber, wurde aber Lizzy gerufen. Während meine neue Kaffeemaschine röhrte und arbeitete, schaute sie meine CD-Sammlung durch. Nach einigen Minuten dreht sie sich um.

„Psychobilly, Punk, Oi, New York Hardcore, Classic Rock, Dark Wave, Metal, Grind Core - gibt es etwas, was du nicht hörst?"

„Die Wildecker Herzbuben, Modern Talking und das Jackson."

Sie gluckste und grinste mich an, bevor sie ihre Tasse mit dem Kaffee aufnahm und ihn schwarz und stark zu sich nahm. Dann schaute Lizzy weiter durch die Sammlung und kicherte los.

„Für ein Landei ganz schöne Auswahl an Musik. Du hast sogar was von Alien Sex Fiend - das ist ja richtig abgefahrene Kiffer-Mucke. Warst du überhaupt bei irgendeiner Gruppe dabei? Oder bist du etwa nur ein Möchtegern, der Platten und CDs sammelt?"

Nachdem sie sich im Wagen vorgestellt hatte, waren wir einfach zum Duzen übergegangen. Ich war zunächst etwas überrascht, denn vor einigen Minuten noch hatte sie mich mit einem Helm beworfen, und das gleich zweimal. Aber so schnell wie sie sich aufregte, so schnell konnte sie auch wieder runterkommen. Lizzy war wohl der eher hitzige Typ.

„Nun, wir hatten im Pott eine große Psychobilly Szene und da war ich einige Jahre mit dabei. Und im Laufe der Jahre hat man auch mal das Zeug von den anderen Kindern gehört. Also sind die Bezeichnungen wie Landei und Möchtegern ... nun, als Landpomeranze sollte man nicht im eigenen Glashaus sitzend mit Steinen werfen. So viel habe ich aus dem Dialekt herausgehört."

„Was hast du aus dem Dialekt herausgehört? Ich glaube es hackt, ich spreche ein deutliches und akzentuiertes Deutsch."

„Eine Oberpfälzerin und akzentuiertes Deutsch in einem einzigen Satz, das geht gar nicht. Dieses Kauderwelsch kann man ja wohl kaum als Deutsch bezeichnen."

Während dieser Kabbelei standen wir so nah aneinander, daß ich ihr Parfüm riechen und die Wimpern einzeln zählen konnte. Sie schien viel Spaß an der Diskussion zu haben, denn sie grinste wie das berühmte-berüchtigte Honigkuchenpferd. Ihr Blick war sehr lebhaft und wieder hatte ich, das Gefühl, in diesen Augen zu versinken. Aus der Erfahrung wusste ich, daß solche wechselseitigen Frotzeleien hier unten im Süden sehr beliebt waren.

„Ausgerechnet ein Ruhrpottkanake will mich belehren. Ich habe zweimal ‚Tegmeier klärt auf' gesehen. Seitdem weiß ich nur zu gut, was man bei der Grammatik so alles falsch machen kann."

148

„Nur ein Ruhrpottkanake darf einen anderen Ruhrpottkanaken als Ruhrpottkanaken bezeichnen. Jeder andere bekommt einen vor die Nuß. Vor allem, wenn sie so ein unsäglich grauenhaftes Weißwurstgenuschel spricht. Soll ich dir nun das Moped wieder heile machen oder nicht?"

Ihr Grinsen wurde richtig boshaft, als ob sie mir den entscheidenden finalen Schlag versetzten wollte.

„Ich habe meine Lambretta selber aufgebaut, also wofür brauche ich so einen Stümper wie dich, der nicht einen Satz unfallfrei sprechen kann?"

„Du brauchst mich, weil ich, im Gegensatz zu dir, weiß, was ich tue. Bei der Gelegenheit können wir die vordere Bremse mal richtig einstellen. Dann blockiert sie nicht mehr und du ersparst du dir weitere Saltos über dem Lenker."

„Hättest du mal die Güte, mir den 13er Ringschlüssel zu geben? Im Gegensatz zu dir rede ich nicht nur, ich kann auch gleichzeitig arbeiten und reden, denn wir Frauen sind schon immer multitaskingfähig."

In dieser Form ging es die nächsten zwei Stunden so weiter. Während wir die Vorderachse zerlegten, versuchte jeder von uns den anderen verbal zu beleidigen, ohne ihn wirklich zu beleidigen. Lizzy brachte es schnell auf den Punkt, als sie uns mit Katharine Hepburn und Spencer Tracy verglich, mit der Einschränkung, daß Tracy viel besser aussah als meine Person und dazu wesentlich talentierter war. Weil mir zu der Bemerkung zunächst spontan nichts weiter mehr einfiel, ergänzte sie ihren Satz mit: „Treffer, Schiff versenkt. Spiel, Satz und Sieg." Meine Reaktion war das Hochziehen meiner Augenbraue. Mit der Hilfe eines Hammers und eines

Schraubstocks richtete ich schließlich die Gabel der Lambretta und gab sie dann Lizzy, die wieder mit dem Zusammenbau anfing. Um die Bremsen genau einstellen zu können, schlug ich ihr vor, im Internet zu recherchieren. Sie hatte ansonsten alle Daten und Notizen über die Restauration ihres Motorrollers in einer Kladde gesammelt, die in das Fach unter der Sitzbank passte. Dort hatte sie auch die genaue Zusammensetzung der Lacke und Farben notiert. So war es einfach, die Farbe für den vorderen Kotflügel anzumischen. Sie schaute in meinen Laptop, um die richtigen Einstelldaten zu finden, während ich die Farbe mischte und die kleine Sprühpistole vorbereitete. In einer Ecke der Werkstatt hatte ich mir eine improvisierte Lackierbox zusammengebaut. Für eine Stunde war ich mit den Lackierarbeiten beschäftigt und achtete nicht auf Lizzy. Das Einzige was ich in den Pausen zwischen zwei Liedern hörte, war das Klacken der Tastatur. Lizzy hatte eine CD rausgesucht und in die alte Stereoanlage eingelegt. Sie hatte sich zuerst eine alte Scheibe von den Cockney Rejects rausgesucht, gefolgt von den Stage Bottles und saß nun mit angestrengter Mine an meinem Laptop. Aber die Stimmung war anders, als ich mit der Lackierarbeit fertig war. Sie schaute kaum hin, als ich den Kotflügel an das Beinschild sowie an die hintere Abdeckung hielt, um die Farbtöne zu vergleichen. Das Ergebnis war perfekt, denn ich hatte die Mischung bis auf den letzten Tropfen getroffen. Trotzdem wirkte Lizzy sehr reserviert und still. Sie bat mich schließlich, für die Arbeiten eine Rechnung zu schreiben, damit sie mir nichts schuldig blieb. Das Schutzblech würde sie am nächsten Tag abholen lassen. Und wie ein Geist in der Nacht war Lizzy, mit dem wieder fahrtüchtigen Roller, in der einsetzenden Dämmerung verschwunden.

03 - Blue Return

Eine Woche später aber sollte mir einiges klar werden. Lizzy ging mir nicht aus dem Kopf. Immer sah ich diese braunen Augen im Geiste vor mir und ich hörte in meinem Kopf ihre rauchige, raue Stimme mit dem rollenden R, wie sie mir einen Spruch nach dem anderen um die Ohren haute. Es fehlte mir, denn Lizzy zwang mich, immer hellwach zu sein und ich hatte genauso viel Spaß an der Kabbelei wie sie gehabt. Jeden Abend wollte ich ins Chessboard gehen, um sie wiederzusehen. Aber erstens wusste ich nicht, ob und wann sie dort war. Und wenn sie da war, was sollte ich machen? Sie ansprechen und fragen, warum sie so schnell verschwunden war? Den Nachmittag verbrachte ich in meiner Werkstatt, wo ich meine Werkbank aufräumte. Jemand klopfte an die Seitentür und ohne groß Abzuwarten trat die Person ein. Es war Wanda, die mir einen Besuch abstattete. Wir hatten uns im Streit getrennt und lange nicht miteinander gesprochen. Vor einem halben Jahr hatten wir uns beim Deutsch-Kanadischen Grillfest eher zufällig getroffen und einfach wieder miteinander geredet, als wäre nichts gewesen. Wanda hatte mir meine Missetat verziehen. Für sie hatte damals auch meine Beziehung mit der Frau aus Bitterbach ins Bild gepasst, nur daß sie es inzwischen besser verstehen konnte. Der Ehemann hatte übrigens durch Zufall meine Briefe an sie gefunden. Anke, sie war meine Geliebte, hatte die Sache mit mir zugelassen, weil sie sich zwar mit ihrem Mann verstand, aber da er ein Weichei war und nur Schmusen und knuddeln wollte, fehlte ihr etwas und das bekam sie von mir. Nachdem er davon erfuhr, brach für ihn eine Welt zusammen und die beiden trennten sich. Im Nachhinein war es für sie eine Befreiung, aber sie brauchte Abstand und so war es auch das Ende unserer Bettgeschichte. Für mich brach keine Welt zusammen, aber sie war nett, der Sex war heiß und wir verstanden uns ganz gut. Es war halt schade. Wanda schaute mich an und mit einem Blick in Richtung der Kaffeemaschine gab sie mir zu verstehen, daß ich ihr eine Tasse durchlassen sollte.

„Jörg, wenn der Kaffee durch ist, solltest du dich bedanken."

„Äh, wofür soll ich mich bedanken? Das würde ich schon gerne wissen."

„Sag es einfach! Sag einfach ‚Danke Wanda‘, das reicht mir schon. Ich bin eine bescheidene Frau."

Da ich wissen wollte, worum es ging, versuchte ich ohne zuviel Ironie ihr den Gefallen zu tun.

„Du kandidierst wohl für den Titel ‚Ms. Bescheidenheit 1999‘, aber vielen Dank für deine Hilfe. Es wäre nur ganz hilfreich, wenn du mir sagst, was du für mich getan hast."

„Ich habe dir den Weg bereitet und viele Fragen über dich beantwortet, ohne dich dabei als den Bösewicht darzustellen. Bei deinen Aktionen könnte man schon den Eindruck kriegen. Immerhin hast du unsere Beziehung zerstört und dann eine fremde Ehe beendet. Und für den Titel kandidiere ich nächstes Jahr. Zweitausend spricht sich auf die Dauer viel einfacher aus."

„Man tut, was man kann."

„Doch es könnte sein, daß du Vollhorst dir die Chance bei einer sehr netten Frau verbaust."

„Wovon redest du? Von welcher netten Frau? Fang doch von vorne an, dann kann ich dir eventuell auch folgen."

„Du weißt schon, wer im Rathaus bei mir im Nachbarbüro arbeitet. Eine gewisse Frau Gruber.“

Ich stand für einige Sekunden auf dem Schlauch und verstand gar nichts, denn bei dem Namen Gruber dachte ich zuerst an die Schriftstellerin Marianne Gruber.

„Gruber, Gruber? Warte mal, reden wir von Elisabeth Gruber?“

„Gratulation, Speedy Gonzales. Du bist wieder die schnellste Maus von Mexiko. Natürlich reden wir von Lizzy, von wem denn sonst.“

„Aber wie kommt sie auf dich, auch wenn ihr Kollegen seit?“

„Ich fange besser mal von vorne an. Lizzy hat mich vorgestern über dich ausgefragt. Sie ist darauf gekommen, daß du und ich mal zusammen waren. Letzten Donnerstag war sie doch bei dir hier in der Werkstatt und hat etwas im Internet gesucht, richtig? Und da hat sie zufällig einen Ordner mit Bilddateien geöffnet, mit sehr eindeutigen Bilddateien. Die Bilder von unserem Urlaub in Griechenland, insbesondere die Bilder von mir am Strand im Bikini - Lizzy hat mich erkannt und dabei vermutet, daß wir beide mal ein Paar waren. Und im gleichen Ordner waren auch Bilder von meiner Tante ohne jegliche Badebekleidung dabei. Wenn meine Mutter damals dieses Detail mitbekommen hätte, dann würdest du heute nicht mehr unter den Lebenden weilen. Das hat bei Lizzy einige Fragen aufgeworfen. Von den anderen Bildern in diesem Ordner mal ganz angesehen. Pornobilder von diversen Frauen und meiner nackten Tante sowie von mir im Bikini in einem einzigen Ordner, das ist eine ganz schlechte Organisation, du Held. Lizzy wollte wissen, ob du ein kleiner Perversling bist. Da habe ich ihr die ganze traurige Legende des Jörg Brunokowsky erzählt, mit allen pikanten sowie schmutzigen Details und Geheimnissen."

Wanda konnte gelegentlich etwas anstrengend sein mit ihrem übertriebenen Hang zum Sarkasmus, aber für einen kurzen Augenblick fühlte ich einen Eisklotz im Magen. Denn so wie sie klang, hatte sie mich in die Pfanne gehauen und ich wusste nicht, wieviel schlimmes sie über mich erzählt hatte. Ich hatte bereits erwähnt, daß ich einiges auf dem Kerbholz habe, aber je nachdem wie man es erzählt, war ich entweder ein Schurke oder ein Idiot. Oder beides gleichzeitig.

„Also Jörg, ich habe ihr von unserer Beziehung erzählt sowie wie sie beendet wurde und da sie die expliziten Fotos der anderen Frauen aus dem Internet gesehen hatte, habe ich auch von deinen Vorlieben für älteren Frauen und Stöckelschuhe erzählt."

„Das glaube ich jetzt alles nicht. Bist du wahnsinnig geworden? Die hält mich doch jetzt für einen ... ach vergiss es."

„Ich habe ihr auch erzählt, daß du ein sturer Bock bist, meistens dazu ein Kindskopf sein kannst und manchmal eine zynische Art hast, die Dinge des Lebens zu betrachten."

Ich fühlte etwas eisiges den Rücken herauf kriechen und mir wurde flau im Magen. Wenn ich jemals auch nur den Hauch einer Chance bei Lizzy gehabt hätten, dann war diese Chance für alle Zeiten dahin. Wandas Blick wurde jetzt sanfter.

„Und ich habe ihr auch erzählt, daß du im Grunde deines Herzens ein anständiger Kerl bist, der für eine Frau durchs Feuer geht und für sie da ist. Der viele gute Seiten hat und die richtige Frau auf Dauer sehr glücklich machen kann."

„Und was sagt Lizzy zu dieser andern Seiten? Die Kommentare waren bestimmt bissig."

„Nun, sie wandte ein, daß du mich hintergangen und betrogen hast. Aber ich erklärte ihr, daß bei der richtigen Frau du so etwas niemals machst und ich nun mal nicht die richtige Frau war. Wir zwei waren nicht für einander bestimmt."

„Wir hatten auch schöne Zeiten."

„Richtig, das hatten wir wirklich. Ich habe ihr auch von dem Tag erzählt, als sie Tante Käthe überfahren hatten und du für mich stark warst und im Garten die Grube ausgehoben hast. Ich stand ja ziemlich neben mir, aber du warst einfach da."

„Wobei, den Hund vermisse ich heute noch. Zum Glück war sie ein Dackel, da war das Grab schnell ausgehoben."

Wanda schüttelte mitleidig den Kopf, dann erzählte sie weiter.

„Lizzy wunderte sich, ob das nicht gereicht hätte. Immerhin ist es ja ein gutes Zeichen, wenn man füreinander da ist. Ich habe ihr gesagt, daß wir als Freunde besser miteinander auskommen. Dann wollte sie noch wissen, ob du mal Kinder haben willst."

Meine Gesichtsmimik musste in diesem Augenblick spektakulär entgleist sein, denn Wanda setzte ihr süffisantes Lächeln auf

„Die ganze Welt weiß, daß du das Vorbild für Pennywise, Freddy Krüger und den Grinch bist. Wobei, wenn du Vater geworden wärst, dann würde dein Pragmatismus einsetzen und du tust dann alles, was die Situation erfordert und notwendig ist. Und Lizzy hat dabei aufmerksam zugehört. Übrigens, Hannes hat mir von eurem Gespräch erzählt. Man könnte das Gefühl bekommen, daß ihr euch für einander interessiert, sonst würden weder du noch sie Fragen stellen oder sich weitere Gedanken machen. Meiner Meinung nach würdet ihr ein schönes Paar abgeben und sie müsste sogar fünf bis sechs Jahre älter sein als du. Aber mir ist all die Jahre lang aufgefallen, daß Lizzy nur Doc Martens oder Creepers trägt, allenfalls mal Vans oder Chucks. Also nicht das du auf einmal..."

„Wanda, entweder hast du schlechten Shit geraucht, oder ich werde langsam alt. Ich steh doch jetzt als Volldepp da."

„Nein, stehst du nicht. Ich hätte eigentlich einen guten Grund, dir eins auszuwischen, aber erstens mache ich so etwas nicht und zweitens mag ich dich immer noch als Freund. Und ich mag Lizzy, deswegen habe ich ihr die Wahrheit über dich erzählt. Geh zu ihr hin, denn ich glaube nicht, daß sie mit dir nichts mehr zu tun haben will. Sie war im ersten Moment von dir enttäuscht und dachte, daß du nur ein kleiner Drecksack bist. Jetzt bist du ein sehr netter Typ, der etwas ausgefallene Wünsche hat."

„Na super, nett ist die kleine Schwester von Scheiße. Die Messe ist gelesen."

„Nein. Ist sie nicht. Du weißt genau, was ich mit nett meine. Und so hat das Lizzy auch verstanden. Glaub mir, fahr zu ihr. Wobei - die zwei Minuten kannst du laufen. Sie wohnt nur zwei Straßen weiter. Komisch, ihr seit euch noch nie vorher begegnet?"

„Jetzt wo du es sagst, ich könnte mich nicht wirklich daran erinnern, Lizzy vorher mal gesehen zu haben."

Mit einem vernehmlichen Geräusch stellte Wanda ihre Tasse auf der Werkbank ab und breitete ihren Aufbruch vor.

„Also nutze deine Chance. Und so nebenbei, ich finde es sehr schmeichelhaft, daß du noch die Bikini Bilder von mir behalten hast. Ciao, il mio eroe."

04 - Blue Heaven

Nachdem Wanda wieder weg war, ließ ich mir noch einen Kaffee durch. Dabei dachte ich noch über das Gespräch nach. Lizzy kannte nun sehr viele Dinge über mich, während ich über sie so gut wie gar nichts wusste. Etwas hatte ich letzten Sonntag erfahren, wenn es auch nicht sonderlich viel war. Hannes Wagner war ein guter Freund geworden, seit wir uns in den Anfangstagen meiner Zeit in Oberwald einmal gegenseitig übelst verprügelt hatten. Der Grund war zu banal, als um ihn zu erwähnen. Seit dem Zeitpunkt wurden wir Freunde und mindestens einmal die Woche trafen wir uns in einer Kneipe, die üblicherweise von den Kanadiern frequentiert wurde. Wir verstanden uns mit den Jungs aus Übersee ganz gut, schauten öfters Eishockey und konnten uns später am Abend in Ruhe über die Dinge des Lebens unterhalten. Hannes führte einen Hausmeisterservice und hatte viele Kunden im Landkreis. So war er schon seit langem der Haustechniker vom Chessboard und kannte viele der Stammgäste. Ich erzählte ihm von der Begegnung mit Lizzy. Hannes kannte sie, wusste aber auch nur, daß sie oft da war, viele Freunde und Bekannte dort hatte, sich gerne einen Flirt erlaubte, aber in den letzten vier Jahren ist sie nur mit einem Typen länger gegangen. Ansonsten blieb sie solo.

„Weißt du Jörg, sie ist hübsch, humorvoll, hat meiner Meinung nach echt was auf dem Kasten und ist nicht eingebildet. Du kannst mit ihr flirten, aber auf mehr lässt sie sich nicht ein. Siehst du die Frau mit den roten Locken? Das ist Rita, eine enge Freundin von Lizzy. Die erzählte mal, daß Lizzy früher einige sehr schlechte Erfahrungen gemacht hatte, zudem sehr romantisch veranlagt ist und kaum Gefallen an einem One-Night- Stand hat. Aber sie ist schon eine heiße Maus. Ich denke, wenn du ihr Herz erobern kannst, dann hast du die Frau fürs Leben."

„Ok, aber warum dann dieser Stimmungswandel? Was habe ich falsch gemacht?"

Hannes nahm einen Schluck von seinem Weizenbier und starrte kurz auf den Fernseher über der Bar und sah dem erfolglosen Spielzug der Offence der Detroit Lions zu, die vergeblich versuchten, mit einem Laufspiel die Defence der Dallas Cowboys zu überwinden. Dann schaute er wieder zu mir.

„Ich glaube, das wird sich klären. Ich werde mich mal umhorchen."

„Was hast du vor?"

„Laß dich überraschen. Vertrauen sie mir, ich weiß was ich tue."

*   *   *

Mein Blick ging zu dem Karton in der Ecke. Dort lagen noch zwei der Rückspiegel, die Lizzys Lambretta bei dem Unfall verloren hatte. Die Spiegel waren Lizzy wohl sehr wichtig, denn die beiden Exemplare waren auf der Rückseite stark zerkratzt und dennoch hatte Lizzy sie montiert. Zudem hatte jemand recht unbeholfen einen Union Jack und ein Mod Target auf das Chrom gemalt. Sie mussten Lizzy persönlich viel bedeuten oder es waren originale Spiegel für eine Lambretta aus den 60er, die nur schwer aufzutreiben waren. Ich betrachtete die Malereien eine Weile, dann kam mir die zündende Idee. Das Verchromen würde zu lange dauern, aber ich könnte die Motive neu auftragen. Zuerst wurde die Oberfläche abgeschliffen und anschließend poliert. Danach folgte die Lackierarbeit mit der Sprühpistole. Beide Spiegel erhielten ein neues Motiv, bei dem der Union

Jack fließend in das Mod Target überging. Mit zwei Schichten Klarlack vollendete ich das Werk. Morgen früh sollte der Lack dann richtig trocken sein.

*   *   *

Am nächsten Tag machte ich mich auf den Weg, um Lizzy zu besuchen. Wenn ich zu mir ehrlich war, hatte ich ein flaues Gefühl im Magen, als ich bei dem Zweifamilienhaus an der Haustür klingelte. Der Türsummer war zu hören und ich betrat das Haus. Ich ging das helle Treppenhaus hoch in den ersten Stock. Lizzy stand im Türrahmen und schaute mich mit milder Neugier an, dann drehte sie sich um und ging in die Wohnung zurück. Daß sie die Tür offen ließ, wertete ich als Einladung, einzutreten. Sie stand am Ende des Flurs gegen die Wand angelehnt, das rechte Bein vor dem linken gekreuzt. Sie wirkte ruhig, aber ihr Gesichtsausdruck zeigte Neugierde und Anspannung. Für mich war es ein heißer Anblick, auch wenn sie mit einem weißen Tanktop und einer grauen Flanellhose nichts erotisches trug. Sie war barfuß und so konnte ich ihre rot lackierten Zehennägel sehen. Der linke Oberarm war bis zur Schulter im Maori Stil tätowiert und auf dem rechten Bizeps prangten die Worte ‚Boots & Braces' umrahmt von einem Lorbeerkranz. Mir fiel auf, daß sie auch ohne Schminke ein sehr hübsches Gesicht hatte. An der einen Flurwand hingen Bilder der Logos von Plattenlabel wie 2 Tone Records, Trojan Records, Captain Oi oder Grover an der weiß verputzte Flurwand, die als Gesamtwerk ein Schachbrett ergaben. Auf der anderen Seite waren diverse gerahmte Fotos aufgehängt.

„Servus Lizzy, du hast deine beiden Rückspiegel bei mir in der Werkstatt vergessen und ich wollte sie dir zurückgeben."

Ich ging den Flur runter, bis ich direkt vor ihr stand und reichte ihr die Spiegel. Lizzy schaute sie zunächst eher achtlos an, dann stutzte sie und warf einen zweiten Blick darauf. Ihre Augen wurden für einen kurzen Augenblick vor Staunen zu regelrechten Kulleraugen, als sie die neue Lackierung sah.

„Was in drei Teufels Namen ist das denn? Das sieht perfekt aus, wie ein Kunstwerk. Hast du das gemacht?"

„Schuldig im Sinne der Anklage. Ich finde, dein Magic Carpet verdient die Spiegel, um wieder gut auszusehen."

Lizzy dreht sich nach rechts weg und ging in die Küche.

„Du bist doch wahnsinnig, dafür hast du doch Stunden gebraucht. Wow! Dafür hast du dir nicht nur einen Kaffee, sondern eine gratis Kanufahrt auf dem Dorfweiher dazu verdient."

Sie deutete auf den kleinen Küchentisch aus braunem, poliertem Holz. Bevor ich mich auf den Küchenstuhl setzte, fiel mein Blick auf eines der Fotos, die an der Wand hingen. Es war eine ältere Aufnahme von Lizzy mit einer anderen Frau, vor einem Gebäude im Art Deco Stil. Bei der anderen Frau tippte ich auf eine Freundin, denn sie schienen im gleichen Alter zu sein, waren im gleichen Modestil gekleidet und spätestens der Haarschnitt erklärte alles. Beide trugen einen Chelsea-Cut, dazu Fred Perry Polohemden, Minirock und die klassischen Doc Martens. Beide sahen wie die Bilderbuch Skinheadgirls aus. Auch das Gebäude erkannte ich sofort, denn es war das Clarendon Hotel in Hammersmith aus den 30er Jahren, das von 1982 bis 1988 das Epizentrum der Psychobilly Szene war. Im Ballsaal im Erdgeschoss war der Klub Foot, der legendäre Veranstaltungsort und Konzertsaal par excellence. Dort fanden viele Gigs der bekannten Psycho-Bands statt. Wie gerne hätte ich die Pharaones, Frenzy, Torment, The Frantic Flintstones oder Batmobile auf der Bühne gesehen. Und sie war dort, doch ich hatte damals keine Chance, nach London zu reisen, und 1988 war das Gebäude abgerissen worden. Für einen Augenblick war ich neidisch, bis ich mich an den Tisch setzte.

„Du warst im Klub Foot?"

„Nö, wir haben nur das Foto vorne am Eingang gemacht. Das war einfach nur Sightseeing, so wie ein Foto vom Vatikan, wenn man in Rom zu Besuch ist, aber ohne die religiöse Verklärung, die ihr Psychos zur Schau tragt."

„Was ja auch kein Wunder ist, denn es war unser Taj Mahal, unser Budokan und unser Uluru. Wir hatten zumindest, im Gegensatz zu den Skins, eine sixtinische Kapelle."

Lizzy lächelte mich an und deutete auf die beiden Rückspiegel, die vor ihr auf dem Holztisch lagen.

„Warum hast du dir diese Mühe gemacht? Ich bin ganz baff."

„Ich wollte dir eine Freude machen. Mehr nicht."

Der Blick von ihr ging mir durch und durch, als ihre Augen für mehre Sekunden auf mir ruhten. Er hatte sowohl prüfendes als auch etwas Liebevolles an sich, aber so richtig konnte ich es nicht erfassen. Das Lächeln konnte man in diesem Augenblick eher erahnen als sehen. Sie stand auf und füllte zwei Tassen mit Kaffee auf, wobei mir hier auffiel, daß Lizzy es vermied, mir ihre rechte Gesichtshälfte zu zeigen. Aber für einen Augenblick war sie nachlässig und ich sah die vier oder fünf, nicht sonderlich tiefen, kleinen

Narben, die mich an Aknenarben erinnerten. Mein Blick sah wohl fragend aus.

„Ist was?"

„Woher hast du diese...?"

Ich deutete auf meine rechte Wange.

Der Blick wurde richtig finster und die Antwort erfolgte mit einem barschen Unterton, der mich von weiteren Fragen abhalten sollte.

„Das war ein Unfall."

„Sorry, ich wollte dir nicht zu nahe treten."

„Schon gut. Das kannst du ja nicht wissen. Ich rede nur sehr ungern darüber, ok."

Ihre Mimik wurde versöhnlicher und sie schob mir, als Friedensangebot, die Dose mit der Trockenmilch zu. Ich nahm zwei Teelöffel voll und rührte um. Lizzys Gesicht bekam wieder einen spöttischen Ausdruck.

„Hast du, als Preuße, denn gar keine Angst, sich in die Höhle einer waschechten Einheimischen aufzuhalten?"

„Warum sollte ich Angst haben, denn nächstes Jahr feiert ihr ebenfalls zum Jahrtausendwechsel die zehnjährige Existenz von Wasserklosetts im Ort. Trefft ihr euch immer noch zum gemeinschaftlichen Spülen, um dieses Wunder zu bestaunen? Außerdem, ich bin kein Preuße, sondern Westfale, verdorri nochmal."

„Alles, was nördlich von Hof liegt, ist Preußen. Das sollte man einem Dummbatz wie dir schon mal erklärt haben. Oder verstehst du uns nicht?"

„Daß ihr in deutscher Heimatkunde immer gefehlt habt, ist ja nichts neues. Natürlich kann ich euch verstehen, denn seit drei Jahren kann ich die Untertitel weglassen. Auch wenn deine Artikulation mehr nach vogonischer Dichtkunst klingt."

„Ein Schachtaffe, der mehr als nur die Bildzeitung lesen kann. Ich bin beeindruckt. Ab welchem Leseniveau muß ich dir dann vorlesen?"

„Jetzt hast du mir es aber gegeben. Möchtest du mir nicht etwas vom Wolpertinger erzählen oder wie man Gemseneier am besten zum Abendessen zubereitet."

„Du Hirsch, wir sind hier in der Oberpfalz, nicht in Oberbayern und da nennen wir das Vieh Rammeschucksn. Aber ich merke schon, du bist ein Gescheiterle, dem man nichts vormachen kann."

Ich kratzte mir mit Zeige- und Mittelfinger symbolisch etwas Dreck von der Brust und schnippte ihn in ihre Richtung zurück. Mit einem Lächeln schüttelte sie den Kopf. Sie deutete mit der Hand auf die Spiegel.

„Wenn du magst, könnten wir später zusammen die Spiegel am Magic Carpet montieren."

„Klar, sehr gerne. Aber nur wenn du mir noch einen Kaffee einschenkst."

„Auch wenn ich es bei dir nur ungern zugebe, aber den hast du dir auch verdient. Ich bin immer noch ganz begeistert.

164

Diese Farben wirkten so brillant. Jetzt ist die Maschine perfekt."

„Nun, einen perfekten Motorroller für eine hübsche Frau."

Im gleichen Augenblick merkte ich, daß ich ihr eine Steilvorlage geliefert habe. Sie schaute mich mit einem ‚jetzt habe ich dich' Grinsen an. Mir fiel sofort ein Bild aus der Serie Calvin und Hobbes ein, auf dem Susie Derkins den am Nachbarpult sitzenden Calvin boshaft anlächelte. Das ihm Ärger ins Haus stand, sah man Calvins Mimik genau an. Mir lief es kalt den Rücken runter und mein Kopf war bestimmt eine rote Bombe. Es müsste für sie ein innerlicher Reichsparteitag sein, mich derartig ... nun ich wusste nicht, was sie damit anstellen würde oder was ich mir nun anhören konnte. Lizzy stützte die Ellenbogen auf die Tischplatte, die Finger wie eine Plattform zusammengefaltet und das Kinn aufgestützt. Sie wirkte dabei entspannt und ihr hübsches Gesicht faszinierte mich von neuem.

„Du findest mich hübsch? Da ist ja hochinteressant. Jetzt erzähl mir doch mal mehr."

„Nun, da ist doch nichts bei. Du bist attraktiv und ich habe es lediglich angemerkt, mehr nicht."

„Das glaubst du doch selber nicht. Was steckt dahinter? Offenbare mir deine rabenschwarze Seele."

„Rabenschwarze Seele? Bist du jetzt bei den Ghostbusters? Heißt dein Onkel John Sinclair?"

„Versuch nicht abzulenken."

Seit meinem dreizehnten Lebensjahr waren Mädchen nicht mehr doofe Gänse oder unbekanntes Territorium wie vor hunderten von Jahren Amerika, Australien oder die Schulbildung grüner Politiker. Sie wurden immer interessanter und wenn dann die weiblichen Attribute dazu kamen... Und ab meinem zwanzigsten Geburtstag war ich dann so selbstsicher, daß ich tatsächlich cool und charmant sein konnte. Auch wenn ich mit Koryphäen wie James Bond nicht mithalten konnte, mit meiner Art kam ich beim anderen Geschlecht doch ganz gut an. Aber bei dieser Frau fühlte ich mich gerade wieder wie mit zehn Jahren. Lizzy stand auf, um meine Tasse nachzufüllen, während ich einen Blick auf ihr Hinterteil warf. Es war unter der lockeren Jogginghose mehr eine Ahnung, aber ich hoffte, daß unter dem Stoff ein hübsches Hinterteil steckte. Doch entweder hatte sie übersinnliche Kräfte oder Augen im Hinterkopf.

„Gefällt dir mein Arsch?"

„Schwer zu sagen unter diesem Stoff."

„Du weichst mir schon wieder aus."

Das konnte ich so nicht auf mir sitzen lassen. Und mir war klar, daß Lizzy Duckmäuser auf den Tod nicht leiden konnte, also folgte ich der Maxime von Patton, Blücher, Guderian und Nimitz, daß Angriff nun mal die beste Verteidigung war. Sie hatte sich wieder zu mir herumgedreht und hielt die gefüllte Kaffeetasse in der Hand.

„Ring A Ding Ding!"

Ich versuchte den Spruch mit einem beeindruckten Erstaunen auszusprechen, während ich mit einer Hand wedelte. Sie blickte mich über die Kaffeetasse hinweg an, wobei ich nur die Augen sehen konnte. Aber sie musste lächeln, denn ihre Augen strahlten mit einer Mischung aus Stolz und Freude."

„Frank Sinatra oder Peripetschikoff?"

„Peripetschikoff! Das hättest du aber jetzt raushören müssen."

„Stimmt. Der Punkt geht an dich. Aber es spricht für deinen guten Filmgeschmack."

Sie stellte mir die frisch gefüllte Tasse hin und wie zufällig strich sie mit ihren Fingerspitzen über meinen Handrücken. Mir glitt ein wohliger Schauer über den Rücken und die nächsten Minuten meinte ich immer noch die Berührung spüren zu können.

*   *   *

Das Radio lief schon die ganze Zeit leise im Hintergrund, als ein Signalton die stündlichen Nachrichten ankündigten. Lizzy drehte das Radio lauter.

„Ich will den Wetterbericht mitbekommen, denn wenn es morgen regnet, dann fällt die Ausfahrt morgen flach."

Es war eine Meldung mittendrin, die den Lauf der Dinge erheblich veränderte.

In den frühen Morgenstunden wurden die Leichen zweier Personen im Stadtteil Gostenhof aufgefunden, die der linken Szene zugehörig waren. Es handelt um die 38-jährige Tatjana W. und den 37-jährigen Anton J., die in der Nähe eines bekannten Treffpunkts der Szene tot aufgefunden wurden. Es wird vermutet, daß die Tat einen politischen Hintergrund hat.

Lizzy hatte bei der Nennung der Namen den Kopf gedreht, wobei drehen arg untertrieben war. Er schnellte regelrecht herum. Ihr Blick wurde starr und glasig und ihr Gesicht nahm für einen Augenblick einen sehr angespannten Ausdruck an. Für einige Sekunden sagte sie keinen Ton, dann löste sich die Anspannung bei ihr wieder. Dieser lokalen Nachricht folgte unmittelbar der Wetterbericht, der trockenes Wetter ankündigte.

„Was hältst du von der Idee, morgen Vormittag die Spiegel zu montieren. Ich müsste noch einige Telefonate führen wegen der Ausfahrt morgen Nachmittag. Aber wie wäre es um halb zehn? Ich spendiere auch den Kaffee."

„Klingt nach einem Plan."

Eh ich mich versah, stand ich wieder unten auf der Straße. Mir war klar, daß etwas faul war. Seit den Nachrichten war ihr Verhalten verändert und die Geschichte mit den Telefonaten hielt ich für eine vorgeschobene Ausrede. Die Sache mit den toten Zecken schien sie zu beunruhigen. Nach einem kurzen Spaziergang stand ich wieder in meinem Hof. Auf der Motorhaube des Dodge hatte sich Schmitts Katze breitgemacht. Den Namen hat der Kater bekommen, weil er bei meinem Nachbarn Herr Schmitt residierte. Die Fellnase hatte sich zusammengerollt und hob nur für eine Augenblick ein Augenlid, um dann sein Nickerchen fortzusetzen. Entweder wird er später wieder zu meinem Nachbarn wandern, oder er würde über das an der rückwärtigen Hauswand angebrachte Holzgitter mit dem wilden Wein hochklettern, um via Terrassentür die Wohnung zu entern. Der Kater liebte zwischendurch ein Nickerchen auf meinem Sofa, einen gefüllten Napf mit Trockenfutter und stundenlanges Bauchkraulen. Zuhause bekam er das alles auch in rauen Mengen, aber wie jede

Katze war er der Meinung, daß ein Zweitwohnsitz ein absolutes Muß war. Meinem Nachbarn war es zwar manchmal peinlich, weil sein Kater sich bei mir einfach so breit machte, aber ich mochte den Burschen und für mich gingen diese Besuche absolut in Ordnung. Zum Dank lud mich Erwin Schmitt öfters mal auf ein Bier ein. Ich ging in meine Wohnung hoch, die im ersten Stock lag. Mein Opa hatte das Haus immer gut in Schuß gehalten und zwischendurch modernisiert. Dazu kam der gute Geschmack meiner Oma, die schlichte und zeitlose Möbel bevorzugte. Zusammen hatten sich die beiden ein Traumhaus eingerichtet. Da ich während meiner Zeit beim Bund ausschließlich in Kasernen gewohnt hatte, passten meine persönlichen Habseligkeiten in den Kofferraum eines Passat Kombi. In der Hinterhofwerkstatt hat mein Großvater alte Autos aus den dreißiger Jahren restauriert, also waren Platz, Werkzeug und eine Hebebühne vorhanden. Den Hubtisch hatte ich mir zugelegt, um mal an einem Motor arbeiten zu können. Bei Konkursauflösung kann man oft gute Sachen günstig bekommen und da ich ein eingerichtetes Haus geerbt hatte, konnte ich mir die eine oder andere Anschaffung leisten. Da ich nie Spaß am Kochen hatte, machte ich mir Fischstäbchen und Pommes im Backofen, die für die nächsten dreißig Minuten vor sich hin brutzelten. In der Zwischenzeit versuchte ich mir darüber klar zu werden, was es mit der Reaktion von Lizzy auf sich hatte. Meiner Meinung nach kannte Lizzy die Toten in Nürnberg. Das Punks und ein Teil der Skins sich untereinander kannten und auch gut zusammen auskamen, war nichts ungewöhnliches, denn traditionelle Skinheads sowie Oi-Skins waren ebenso wie die Punks gegen das Establishment. Als der Punk sich Ende der Siebziger kommerzialisierte und zudem viele Punks politisch nach links wanderten, wurden im Gegenzug eine ganze Reihe von Punkern zu Skinheads. Der Kult war aus den Mods, den Rude Boys und aus den Hools entstanden, als Gegenpol zu den Hippies. Und seit der Entstehung 1969 war der Kult auch unpolitisch, bis ab 1978 ein Teil der Skinhead Bewegung auf der Insel sich der National Front zuwandte. Aber in diesem Fall musste mehr dahinterstecken. Ich war mir sicher, daß es eine weitere Verbindung gab. Mit etwas Glück konnte ich eventuell in den nächsten Tagen mehr erfahren.

05 - Blue Night

Die Kanne mit dem Espresso verströmte einen belebenden Geruch, als ich am nächsten Morgen gegen acht Uhr wach wurde und mir meinen ersten Muntermacher aufsetzte. Kurz nach neun hatte ich mir Jeans und T-Shirt angezogen, meine Rangers aufpoliert und das ganze Ensemble mit einem Donkey-Jacket vervollständigt. In der Straße, in der Lizzy wohnte, gab es eine ausgesprochen seltene Besonderheit. Es war ein Tante-Emma-Laden, ein kleines Lebensmittelgeschäft, das an jeden Freitag und Samstag frischen Aufschnitt von einem Metzger mit eigener Schlachtung verkaufte. Neben den Brötchen nahm ich verschiedene Wurstsorten mit, in der Hoffnung, daß Lizzy keine Vegetarierin war. Kurz vor halb klingelte ich wieder an der Haustür. Oben nahm mich Lizzy wieder in Empfang. Ein Donkey-Jacket fand wohl Gnade vor ihren Augen, denn sie nickte anerkennend.

„Du hast dich ja richtig in Schale geworfen."

„Was tut man nicht alles für eine schöne Frau. Du hast dich ja auch passend für den heutigen gesellschaftlichen Anlaß gekleidet. So und jetzt darfst du dich wieder über mich lustig machen."

Lizzy, die Jeans, Braces, Doc Martens und ein bis zum obersten Knopf geschlossene Polohemd trug, schien meinen Humor zu mögen, denn sie gluckste kurz beim Grinsen.

„So etwas Böses tu ich doch nicht, niemals. Sind die Brötchen und der Aufschnitt von Rosi?"

„Freilich sind die von Rosi."

„Oh, der Schachtaffe kann auch Fremdsprachen sprechen."

„Ich kann die Brötchen auch bei mir zuhause alleine essen."

„Oh, nun komm schon. Der Kaffee ist gerade fertig."

„Dein Glück, dann drücke ich noch mal ein Auge zu."

Das Frühstück nutzte Lizzy, mir von der geplanten Ausfahrt zu erzählen. Die Gruppe wollte eine Tour um den naheliegenden Bärenwald fahren. Die alte Forststraße führte zum Teil über den Übungsplatz und war hin und wieder für die Öffentlichkeit freigegeben, wenn kein Schießbetrieb oder Übungen durchgeführt wurden.

„Ihr seid mutiger, als ich dachte. Die Bunkerallee ist aber in einem sehr schlechten Zustand und voller Aufbrüche. Mit einem Panzer oder LKW ist das kein Problem, aber mit den kleinen Rädern der Motorroller wird das ein Stresstest für Stoßdämpfer und Bandscheiben. Seid ihr euch sicher, daß ihr die Strecke wirklich fahren wollt?"

„Mach dir mal keinen Kopf. Vertrauen sie uns, wir wissen was wir tun. Und jetzt komm mit, Hein Blöd, wir gehen runter zu meiner Garage. Du darfst mir auch den Schraubenschlüssel anreichen."

„Ja, Käpt`n."

Wir gingen zusammen die Treppe herunter und betraten die links von der Haustür liegende Garage. Neben der Lambretta stand im hinteren Bereich ein weiterer Motorroller, auch wenn dieser zum Teil zerlegt war. Es war eine Čezeta aus den 50er oder 60er Jahren, die in der Tschechei produziert worden war. Lizzy suchte auf der

Werkbank nach passendem Werkzeug, drehte sich aber unvermittelt um und schaute mich mit sehr ernsten Blick an.

„Stören dich eigentlich die Narben? Weil du mich danach gefragt hast"

Lizzy deutete grob auf ihre rechte Gesichtshälfte und machte mit dem Zeigefinger eine kreisende Bewegung. Ihr Blick wirkte tatsächlich besorgt, was ich bei ihrem selbstbewussten Naturell ungewöhnlich fand. Es steckte mit Sicherheit etwas Tieferliegendes dahinter. Eine sehr ernste und unangenehme Story, über die Lizzy nicht reden möchte, weil sie jede Menge unangenehmer Erinnerungen hochspülen würde. Für mich persönlich waren diese Narben fast gar nicht zu sehen, so wie gestern, als ich Lizzy ohne Schminke gesehen hatte. Sie wirkten so normal wie Muttermale oder Pigmentflecke und gehörten für mich einfach zu ihrer Person dazu. Und genau das sagte ich ihr. Mit einer Ergänzung - ich sagte ihr, daß sie wirklich hübsch ist. Es musste sie richtig irritiert haben, denn beim Ausrichten des Spiegels schaffte sie es, sich den linken Daumen anzuritzen. Keine dramatische Wunde, nur ein kleiner Schnitt, der aber schmerzhaft war, weil dort eine ganze Anzahl von Nervenbahnen entlangliefen. An der Wand hing auch ein Verbandskasten. Also schnitt ich einen Streifen Pflaster ab, schnitt es für ein Daumenpflaster zurecht und verarztete die Wunde. Lizzy schaute sich das Ganze mit einer Mischung aus liebevollem Amüsement und Dankbarkeit an.

„Wünschen Madame noch zur Krönung einen Streifen Leukoplast. Es korrespondiert mit ihrer Sockenfarbe und ist der Renner dieser Saison."

Die Antwort war ein schallendes Lachen.

„Bitte einen Streifen, nur leicht gespannt."

„Avec plaisir, Madame."

„Mademoiselle, bitte."

„Pardon, aber darf ich sie wiedersehen? Wie wäre es mit heute Abend?"

„Dieses Wochenende bin ich leider schon verplant, aber nächste Woche Freitag würde mir es ganz wunderbar passen. Warte mal!"

Mit diesen Worten schnappte Lizzy sich einen Edding von der Werkbank, zog mein T-Shirt hoch und malte ihre Telefonnummer auf meinen Bauch.

„Ich würde mich freuen, wenn du mich Donnerstag anrufst, damit wir den Freitag endgültig ausmachen können."

Es war für sie Zeit, sich auf dem Weg zum Treffen zu machen. Dafür schlüpfte sie, wieder ganz stilecht, in einen grünen Armeeparker, der mit einigen Aufnähern verziert war. Er war ihr viel zu groß, erfüllte aber als Schutzbekleidung, wie in den 60ern, seinen Zweck. Trotzdem konnte ich mir es nicht verkneifen, ein wenig zu lästern.

„Also wenn du dich in deinem Schlafsack verläufst, dann geh am besten dem Lichtschein nach, dann findest du den Ausgang."

Sie lächelte mir zu, ließ mit dem Kick-Starter den Motor an und fuhr zu ihrem Rollertreffen.

Ich machte mich auf den Rückweg und mit der Hilfe von zwei Spiegeln entzifferte ich die Nummer. Da ich gerade nichts zu tun hatte, schaute ich im Telefonbuch nach, ob sie dort eingetragen war. Und der Eintrag stimmte bis auf die letzte Ziffer. Das war für den Anfang doch ein gutes Zeichen.

*　　*　　*

Wenn ich ehrlich bin, dann verging die Woche für mich schleppend langsam. Ich wollte Lizzy wiedersehen, hatte aber gehofft, wir könnten schon früher miteinander telefonieren. Am Sonntagabend hatte ich es ebenso wie am Montagabend versucht, bei ihr anzurufen, aber es ging niemand ans Telefon. Sie hatte ein altes Wählscheibentelefon aus den 50er Jahren, daß keinerlei Anzeigen hatte und an dem sich auch kein Anrufbeantworter anschließen ließ. Das Einzige, was ich über den Mord herausfand, hörte ich aus den Nachrichten. Die Polizei ging von einem politischen Hintergrund aus. Mit anderen Worten, es wurde vermutet, daß es die Tat von Rechtsradikalen war. Aber wie passte Lizzy da rein? Diese Frage wurde recht bald beantwortet, denn am Donnerstag rief mich Rosi an, die Besitzerin des Tante-Emma-Ladens, und erzählte mir, daß Lizzy von der Polizei mitgenommen wurde. Als ich die Brötchen geholt hatte, habe ich Rosi erzählt, daß ich mit Lizzy frühstücken wollte. Rosi war keine Tratschtante, aber sie bekam alles aus der Nachbarschaft mit und ihr Ladengeschäft war nun mal keine fünfzig Meter von Lizzys Wohnung entfernt. Aber sie konnte sich eins und eins zusammenreimen. Ein Mann kauft Brötchen und Aufschnitt, ist guter Dinge sowie seit drei Monaten Single und erzählt, daß er mit einer Frau frühstücken will, da kann es nur verstärktes Interesse an der Dame sein. Die Festnahme von Lizzy hatte sie mitbekommen, obwohl die Polizeibeamten sehr dezent vorgegangen sind. Ich bekam wortwörtlich den Auftrag, dieses mehr als anständige

Mädchen zu beschützen oder zumindest abzuholen. Rosi selber war ausgesprochen diskret, was für eine Ladenbesitzerin in einer Kleinstadt absolut ungewöhnlich war. Aber ihre Informationen nutzte sie nur, wenn etwas Gutes dabei herauskam, oder wenn jemand in Not war. Ich überlegte mir, wie ich an nähere Informationen kam. Mein erster Gedanke war, Hannes anzurufen, damit er seine Verbindung zu den Leuten aus dem Chessboard nutzt, um an Informationen zu kommen. Mein Instinkt lag richtig, denn ich bekam diese Informationen. Hannes hatte mich angerufen, als er über Rita erfahren hatte, daß Lizzy nach Nürnberg ins Präsidium gebracht wurde. Nachdem ich den Hörer aufgelegt hatte, grübelte ich eine Weile darüber, wie das weitere Vorgehen aussehen könnte. Kurzentschlossen machte ich mich mit dem Dodge auf den Weg nach Nürnberg. Ab der Bundesanstalt für Arbeit an der Regensburger wurde der Verkehr zäher und ich kam nur langsam voran. Das Präsidium lag am Rand der Altstadt, in der Nähe des Plärrers. Ich stellte den Wagen auf dem großen Schotterparkplatz gegenüber der rückseitigen Zufahrt ab und ging zu der Pforte bei der Einfahrt. Die Polizisten hörten sich mein Anliegen an, teilten mir aber nach einigen Anrufen mit, daß die Befragung von Frau Gruber noch im Gange war. Ich sollte in der Nähe bleiben und durfte meinen Wagen sogar auf dem Parkplatz lassen. Es wurde nach einigen Stunden dunkel und immer später, bis sich in meinem Bauch ein nagendes Hungergefühl breit machte. Es dauerte keine zehn Minuten, und dann hatte ich bei einem Imbiss zwei Hamburger heruntergewürgt - es waren die schlechtesten Burger in meinem Leben. Trotzdem hatte ich noch eine Portion Pommes mitgenommen, um sie im Auto zu essen. Vorsichtshalber fragte ich bei der Pforte noch einmal nach Lizzy und die diensthabenden Beamten, die inzwischen gewechselt hatten, sagten mir, daß Frau Gruber gerade das Gebäude verlassen hatte und nicht warten wollte. Sie war die Straße in Richtung Plärrer gegangen. Fluchend eilte ich die Schlotfegergasse entlang und wollte schon durchs Fürther Tor rennen, als ich aus den Augenwinkeln in einer Seitengasse, direkt an der alten Stadtmauer eine Bewegung sah. Zwei vermummte Figuren versuchten eine dritte Person niederzuringen, die einen gedämpften Schrei von sich gab, der eindeutig weiblich war. Ich bewegte mich auf die drei Gestalten zu. Einer von ihnen bemerkte mich und wandte sich mir zu. Erst jetzt konnte ich sehen, daß er eine Stange in der Hand hielt. Ich versuchte die Distanz so weit wie möglich zu verkürzen, doch er hatte noch Zeit genug auszuholen. Um ihn abzulenken, warf ich ihm die Pommes, die noch in der Tüte waren, entgegen. Es hatte etwas von einer Schrotgarbe, nur daß diese hier ausgesprochen gesalzen war. Mein Trick funktionierte, denn er hielt ein und hob die linke Hand instinktive zur Abwehr hoch. Dadurch war ich nah genug an ihn herangekommen, um seinen Wirkungsradius mit der Distanzwaffe zu eliminieren. Es gelang mir, ihm mit dem Handballen einen Schlag von unten auf den Kiefer zu verpassen. Er taumelte zurück. Zeitgleich war der zweite Angreifer so weit abgelenkt, daß die Frau ihm mit dem Ellenbogen einen Treffer verpassen konnte. Trotz der diffusen Lichtverhältnisse erkannte ich Lizzy. Die beiden anderen ergriffen die Flucht, denn mit dieser Gegenwehr hatten sie nicht gerechnet. Lizzy schaute mich ungläubig an, wie das sprichwörtlich frisch gepimperte Eichhörnchen. Da ich mich nicht darauf verlassen konnte, daß die Angreifer auch wirklich das Weite gesucht hatten, zog ich sie am Ärmel.

„Folgen sie mir bitte, Mademoiselle. Sie hatten doch ein Taxi bestellt. Außerdem müssen sie doch zugeben, das Personal auf dieser Party ist eine katastrophale Zumutung."

„Was machst du denn hier?"

„Ich suche das Nichtschwimmerbecken, was denn sonst. Komm jetzt, mein Wagen ist beim Präsidium und ich fühle mich wesentlich wohler, wenn wir auf dem Weg in die Heimat sind. Ich wollte dich ursprünglich nur abholen.“

Sie folgte mir nun ohne zu zögern, und wir eilten beiden zum Präsidium zurück und bestiegen den Pick-Up. Um am schnellsten aus Nürnberg rauszukommen, wählte ich den Weg über den Wöhrder Talübergang und die Ausfallstraße durch Erlenstegen, bis ich vor Rückersdorf auf die Autobahn fuhr. Lizzy hatte bisher stur geschwiegen und nicht auf meine Fragen reagiert. Bei Dürrenhof hatte ich es aufgegeben und schwieg nun meinerseits. Eines der ersten Dinge, die ich beim Dodge nach dem Kauf verändert hatte, war der Einbau eines Radios mit Kassettendeck. Auf dem Mixtape hatte ich diverse Lieder von ZZ-Top zusammengestellt und bei der Autobahnzufahrt fingen die ruhigen Lieder an. Ich wagte noch einen weiteren Versuch, mit Lizzy zu reden.

„Wieso lauern dir zwei Typen in Rufweite des Präsidiums auf, die dich vertrimmen wollten? Du mußt doch zugeben, das ist so mysteriös wie eine dieser Scooby-Doo Geschichten. Sie stimmen mir doch zu, werter Holmes?“

„Du weißt gar nichts über mich. Verstehst du? GAR NICHTS!“

Sie reagierte unerwartet heftig, wie ein Vulkanausbruch. Wobei, seit unserer ersten Begegnung wunderte es mich doch nicht so sehr. Aber es gibt Situationen, da reagierte Frau Gruber ausgesprochen ungehalten auf meine humoristischen Kommentare.

„Da gebe ich dir durchaus recht, aber wenn du nicht mir redest und es mir erzählst, dann kann ich es weder verstehen noch dir helfen. Und das will ich aber."

Lizzy verfiel wieder in brütendes Schweigen, auch als wir auf die A9 wechselten. Aber kurz vor Schnaittach brach es aus ihr heraus. Es war zunächst ein leises Schluchzen, dann sah ich aus den Augenwinkeln, wie ihre Schultern zuckten und sie langsam nach vorne zusammensank.

„Diese Schweine, diese gottverdammten Schweine. Sie wollten es schon wieder tun..."

Der Rest der Worte ging in einem herzzerreißenden Weinen unter. Ich war inzwischen von der Autobahn heruntergefahren und hielt auf dem Parkplatz des Autohofs. Ich rutschte auf der Sitzbank des Dodge zu ihr hin und nahm sie in den Arm. Sie versteifte sich zunächst, dann brach ihr Widerstand zusammen und ich zog sie zu mir ran und hielt sie fest. Um sie zu beruhigen, strich ich ihr sanft über das Haar, während sie sich in meine Schulter krallte. Für eine kleine Ewigkeit weinte sie hemmungslos, bis sie sich langsam wieder beruhigte. Die ganze Zeit über versuchte ich, sie mit leisen Worten zu beruhigen. Sie schniefte, dann löste sie sich langsam aus meinen Armen.

„Bring mich bitte nach Hause. Ich erzähle dir die ganze Geschichte, aber es bringt viele schlimme Erinnerungen mit sich."

06 - Blue Past

Auf der Auffahrt zurück auf die Autobahn fing Lizzy an, eine Geschichte wieder an das Tageslicht zu bringen, die im Jahr 1983 ihren Lauf nahm.

*　　*　　*

Das alte Mehrfamilienhaus im Südwesten von Nürnberg war vor zwei Wochen von einer Mischung aus Punks, Ökos und andern Linken besetzt worden. Am Abend wollten die Punks eine Fete abhalten und gegen acht Uhr am Abend versammelte sich eine bunte Schar von Gästen. Lizzy, die zu der handvoll Gäste aus der Skinhead Szene gehörte, stand in der extrem schmuddeligen Küche, trank ein Bier aus der Flasche und versuchte den Mief zu ignorieren. Aber im restlichen Gebäude war es nicht besser und Lizzy beschloss, den Abend woanders zu verbringen, als sie den süßen Punk sah. Er wirkte schnuckelig mit den wirren Haaren, die ihm ins Gesicht fielen und sein Lächeln war verführerisch. Den restlichen Abend standen sie zusammen, unterhielten sich über Musik, Literatur oder die Schulzeit, die für Lizzy und Toni, so hieß der Punker, einige Jahre zurücklag.
Irgendwann fingen die beiden an zu knutschen und suchten sich eine ruhige Ecke in dem Haus. Es war eine Kammer im obersten Stock, wo einige Matratzen lagen, auf denen sie sich es bequem machten. Aber Lizzy störte die Umgebung und Tonis Geruch nach abgestandenem Schweiß wurde immer penetranter und was dann Lizzy endgültig die Laune verdarb, war ihr Griff in seine Hose. Sein Ding war sehr kurz und dünn und das im erregten Zustand. Sie war kein Mensch, der einfach so über andere Menschen urteilte und solche Unzulänglichkeiten negativ auslegte. Aber es war der Tropfen, der das Fass zum Überlaufen brachte, woraufhin sie ihren BH und das Polohemd wieder anzog und sich auf den Weg nach Hause machte. Sie hatte das Bedürfnis nach

einer Dusche und ihrer Zahnbürste. Gewohnheitsmäßig hatte sie sich den Taxistand gemerkt, der sechs Straßen weiter lag. Die Fahrt bis zum Bahnhof war erschwinglich. Auf dem Bürgersteig vor dem Haus blieb sie kurz stehen, um sich zu orientieren. Sie hörte, wie neben ihr sich zwei Hippies über das Ende des Kriegsrechts in Polen unterhielten. Mit zügigen Schritten ging Lizzy die leere Straße entlang, aber plötzlich hatte sie das ungute Gefühl, daß sie nicht alleine unterwegs war. Auf der anderen Straßenseite sah sie zwei dunkel gekleidete Gestalten, die in der gleichen Richtung unterwegs waren. Sie näherte sich der Straßenkreuzung, als eine weitere schwarz gekleidete Person um die Ecke ging. Es war eine Frau und Lizzy erkannte eine der Hausbesetzerinnen, die ihre dunklen Haare zu Dreadlocks geflochten hatte. Lizzy erinnerte sich noch an den Namen - Tatjana. Diese Frau stellte sich ihr nun demonstrativ in den Weg.

„Na, du Schlampe. Schon fertig mit dem Fick?"

„Ich wüsste nicht, daß dich das etwas angeht."

„Doch, es geht mich etwas an, denn Toni ist mein Erwählter."

„Sorry, das wusste ich nicht. Aber es ist eh nicht sonderlich viel passiert."

„Nicht viel passiert. Du miese Nazischlampe."

Lizzy merkte, wie ihre Wut in ihr hochkochte. Wie die meisten Skins, die dem Spirit of 69 folgten, hatte sie mit Politik nicht viel am Hut, besonders wenn es um extremistische Richtungen ging. Ein wahrer Skinhead lässt sich nun einmal weder von Linken noch von Rechten vereinnahmen.

„Ich glaube, es reicht. Du weißt nicht, wer ich bin, denn du kennst mich doch gar nicht."

„Dafür wirst du mich jetzt kennenlernen."

Mit diesen Worten zog Tatjana eine Phiole aus der Jacke, zog einen Stöpsel raus und schleuderte mit einer Handbewegung die enthaltende Flüssigkeit in die Richtung von Lizzy. Die hatte in ihrer Jugend lange Jahre im Verein Tischtennis gespielt und nahm auch sehr erfolgreich an der bayerischen Meisterschaft teil. Ihre Reflexe waren gut trainiert und sie wich zur Seite aus. Ihre Gegnerin hatte sofort nachgesetzt und verpasste ihr einen Faustschlag ins Gesicht. Lizzy ging zu Boden, während Tatjana mit ihren von der anderen Straßenseite kommenden Komplizinnen wie wild mit ihren Stiefeln mit Stahlkappen auf die am Boden liegende Frau eintraten. Lizzy versuchte mit den Armen ihren Kopf zu schützen, war aber bereits benommen. Die Komplizinnen schnappten sich jeweils eines ihrer Beine, zogen sie auseinander und fixierten die Beine auf dem Straßenpflaster. Tatjana trat mehrfach gezielt in den Unterleib und den Intimbereich von Lizzy, bevor die drei von ihr abließen und verschwanden. Eine der Spießgesellinnen kippte noch ihre Bierdose über dem Gesicht von Lizzy aus, bevor sie den anderen folgte. Ungewollt bewahrte sie Lizzy mit dieser erniedrigenden Geste vor schlimmen Verätzungen im Gesicht, denn die Flüssigkeit, die Tatjana in ihre Richtung verspritzt hatte, war Salzsäure. Trotz ihrer sehr schnellen Reaktion hatte sie einige Tröpfchen abbekommen, die aber vom Bier abgespült wurden. Einer der Anwohner hatte den Kampf vom Fenster aus gesehen, sofort die Polizei alarmiert und einen Krankenwagen gerufen. Im Nordklinikum wurde die junge Frau sofort in der Notaufnahme behandelt. Eine Stunde später lag sie auf dem OP-Tisch.

Einige Tage später besuchte sie ein Polizeibeamter am Krankenbett und nahm den Sachverhalt auf. Später stellte sich heraus, daß Tatjana Waka mehrfach vorbestraft war, unter anderem wegen Körperverletzung und weiteren Gewaltdelikten. Der Strafprozess, in dem die Angreiferin zu acht Jahren im Strafvollzug und ihre Komplizinnen zu jeweils drei Jahren wegen Beihilfe, fand ein Jahr nach dem Überfall statt. Für Lizzy war die ärztliche Diagnose von wesentlich entscheidenderer Bedeutung. Die Säureattacke hatte einige Mikronarben auf der rechten Gesichtshälfte im Kieferbereich hinterlassen, die sich mit Make-Up gut verdecken ließen. Die Stationsärztin nahm sich Zeit und erklärte Lizzy, daß die Chirurgen bei der Operation die Gebärmutter entfernen mussten. Das bedeutete für Lizzy, daß sie niemals Kinder kriegen konnte und es dauerte fast ein Jahr, bis sie sich von der Situation erholt hatte. Ihre Eltern kümmerten sich liebevoll um ihre Tochter und zusammen mit ihrem Bruder fing Lizzy an, an alten Motorrollern zu basteln. Ihr erstes Projekt war eine Vespa, die die beiden dezent frisierten. Mit der Zeit änderte Lizzy ihr Aussehen, denn aus dem doch sehr markanten Chelsea-Cut wurde ein weiblicher Haarschnitt, der ihr hübsches Gesicht zur Geltung brachte und sie wandelte sich zu einem Liebhaber der Mod-Szene. Die typische Musikrichtungen hörte sie sowieso und der Bekleidungsstil war ähnlich. Auch um ihre Zukunft machte Lizzy sich Gedanken und fing mit der Ausbildung zur Verwaltungsfachangestellten, dem eine Anstellung in der Gemeindeverwaltung folgte.

*   *   *

Inzwischen hatten wir die B 470 erreicht. Während mir Lizzy die ganze Geschichte erzählte, hatte ich meine Hand auf die ihrige gelegt. Sie fing an, mit meinen Fingern zu spielen.

Wenn die Erzählung ihr besonders an die Nieren ging, dann quetschte sie unabsichtlich meine Hand. Obwohl es teilweise richtig schmerzhaft war, wollte ich sie nicht unterbrechen. Nachdem sie fertig war, schwiegen wir für einen Augenblick, denn was sollte ich auf diese Erfahrung erwidern? Irgendwelche Plattitüden, die sie schon tausendfach gehört hatte? Warum also nicht das tun, was einem als erstes durch den Kopf geht und sinnvoll erscheint. Ich legte den Arm um sie und zog sie sanft und vorsichtig zu mir heran. Das glatte Kunstleder, mit dem die Sitzbank bespannt war, erleichterte ein wenig das Vorhaben, wobei Lizzy mir einfach von selbst entgegen rutschte.

„Jörg, du sagst ja gar nichts. Bist du so entsetzt?"

„Was soll ich dir sagen, was du nicht schon mal gehört hast? Und bei Mitleid wirst du mir sofort die Freundschaft kündigen."

„Stimmt, daß würde ich machen. Ich weiß zwar nicht, was du da gerade ausstrahlst, aber es tut gut. Außer meiner Familie, Ole, meinem Freund aus Sandkastentagen und meiner besten Freundin Rita, kennt Niemand diese Geschichte. Rita ist übrigens die von dem Foto vorm Klub Foot. Wir sind beide etwas älter geworden."

Sie dreht den Kopf und gab mir einen Kuß auf die Schulter. Es war mehr als irritierend, denn diese Geste verbinde ich bis heute mit einer langen Partnerschaft, eine vertraute Geste unter Eheleuten, etwas mit der sich eine Frau bei ihrem Mann bedankt, wenn sie feststellt, daß er das Beste ist, was ihr je passiert ist. Mit dieser Geste bedankt man sich für ewige Treue, Loyalität und Nähe. Wenn ich bis zu diesem Zeitpunkt nicht in Lizzy verliebt war, spätestens jetzt war ich es rettungslos. Mit einem sanften Ruck stoppte ich den Dodge vor ihrem Haus. Das Kitzeln im

Magen wurde immer intensiver, als wir uns beide anschauten. Diese braunen Augen brachten mich um den Verstand. Darum war ich von ihren Worten komplett verwirrt.

„Danke fürs Fahren, aber ich stehe tatsächlich mehr auf Bodybuilder, die mindestens zwei Meter groß sind. Nicht, daß du dir falsche Hoffnungen machst. Ciao."

Mit diesen Worten schlüpfte sie aus dem Auto und verschwand im Haus. So etwas erinnerte mich an die Katze Minka von meiner Tante. Die war sehr menschenscheu und die wenigsten Besucher haben diese Katze je zu Gesicht bekommen. Bei einem meiner Besuche lag Minka auf dem Sofa, ohne wie üblich sofort die Flucht zu ergreifen. Ich näherte mich ihr mit langsamen Schritten und konnte sie sogar sanft streicheln. Für eine Minute ging das auch gut. Dann merkte Minka plötzlich, daß ich nicht das Frauchen bin und legte einen Alarmstart hin. So radikal war, im Vergleich dazu, dieser unerwartete Sinneswandel von Lizzy.

Intermission

Nach dem sie ihre Wohnungstür hinter sich geschlossen hatte, warf sie ihre Jacke auf den Boden und zog ihre Schuhe aus. Mit einem Stöhnen lehnte sie sich gegen die Wohnungstür und rutschte langsam nach unten, bis ihr Po auf den Parkettboden traf. Nur langsam verschwand das Fluchtgefühl, das sie verspürte, seit sie Jörg im Auto so intensiv in die Augen geschaut hatte. Welcher Mann fährt einfach so in eine fremde Stadt und ist zur richtigen Zeit am richtigen Ort, um einer Frau, die er erst seit kurzen kennt beizustehen. Er hätte auch in der Notaufnahme enden können. Solche Dinge tut man für einen anderen nur, wenn einem dieser Mensch etwas bedeutet. Er erwartet nicht einmal Dank dafür, er tat es einfach für sie. Es stimmte zwar schon, daß sie auf große, muskulöse Männer stand und Jörg mit seinen fast 1,90 zwar groß war, aber mit dem Allerweltsgesicht und durch den Bauchansatz unscheinbar und ziemlich gewöhnlich aussah. Doch seine ganze Art, sein Lächeln, sein Humor und seine ganze Persönlichkeit machten ihn zu einem Goldschatz und etwas Besonderen. Wanda erzählte ihr, daß Jörg öfters ihre Lieblingskekse weggefuttert hatte, so daß man für ihn gierig und egoistisch halten könnte. Bei einer Bergwanderung im Hochsommer dagegen hatte er ihr jeden Tropfen Wasser überlassen, obwohl Wanda es schlicht vergessen hatte, mehr als eine Flasche Wasser einzupacken. Und Jörg konnte trinken wie ein Kamel. Ihr Vater, der in der NVA gedient hatte, sagte über Jörg, daß er bei Wasser das Trinkverhalten eines russischen Ural LKW hatte, der als Spritfresser berüchtigt war. Ihr Wohlergehen stand für Jörg an erster Stelle. Und dieses Verhalten zeigte er auch gegenüber Lizzy. Warum hatte sie nur so ein Problem, diese Taten anzunehmen. Unten im Auto hatte sie ihn für einen Augenblick gehasst, weil er sie so schwach und wehrlos erlebt hatte. Eine Art der Schwäche, die sie nie wieder jemand fremden zeigen wollte. Die zurückliegenden Ereignisse kannten nur wenige Menschen und er war der erste, der seit vielen Jahren von ihr die Geschichte erzählt bekam. Durch ihre schlechten Erfahrungen, die sie in den letzten Jahren bei ihren Beziehungskisten gemacht hatte, suchte sie bei jedem neuen Mann, für den sie sich interessierte, nach den Makeln und den dunklen Seiten, während sie selber versuchte, nur sehr wenig von sich preis zu geben. Während ihres Berichts hatte sie seine Hand gehalten und unwillkürlich seine Finger heftig gequetscht, was er in der Situation hinnahm, ohne sich zu beklagen. Selbst seine pragmatische und ruhige Reaktion zeigte viel Mitgefühl, aber kein Mitleid. Keine sinnlosen Äußerungen, aber die Art wie er sie in den Arm genommen hatte... Und die Sache mit den Spiegeln. Vor einigen Jahren hatte ein Freund von ihr seiner Frau ein

186

ähnliches Geschenk gemacht. Lizzy war ein wenig neidisch, denn ihr fehlte das, was die beiden zusammen mit ihrer Sandkastenliebe hatten, trotz der vielen Schwierigkeiten, die eine Partnerschaft mit sich bringt; die Vertrautheit und Zuneigung, die sie sich selber wünschte. Und das könnte sie alles von Jörg bekommen. Könnte er Mr. Right sein? Und sie dankte ihm das alles mit dieser rüden und dummen Reaktion. Ihre Schutzreflexe sind wieder erwacht, ohne daß sie sich dagegen wehren konnte. Und ihr Stolz hinderte sie daran, ihn einfach um Verzeihung zu bitten. Vermutlich hielt er sie für ein undankbares Miststück. Sie konnte es ihm nicht einmal verdenken, denn sie hielt sich selber für ein Miststück.

*   *   *

Vor einigen Jahren war ich mit zwei Freunden aus längst vergangenen Tagen in Amsterdam unterwegs. Wie es sich gehörte, waren wir auch in diversen Coffeeshops, hatten einige ‚lecker Pfeiffchen‘ geraucht, mehre Portionen Frikandel gegessen und dann im Stadtteil De Wallen den dort typischen Service in Anspruch genommen. Auf dem Rückweg saß ich entspannt auf der Rückbank des alten Golfs von Götz, mit dem wir auch schon angereist waren. Und ich meinte damit völlig entspannt, und zufrieden mit der Welt - unweit meines inneren Nirwana. Im Radio lief eine Cassette mit alten Motown-Songs. Marvin Gaye schallte aus den Boxen, als Fred am Radio rumspielte und den Knopf drückte, der die Laufrichtung des Tonbands änderte. Auf der anderen Seite hatte Götz einige üble RAP Songs aufgenommen, und mit erhöhter Lautstärke war nun MC Hammer zu hören. Innerhalb von Sekundenbruchteilen fühlte ich mich, als wenn ich unter einer eiskalten Dusche stand. Und genauso fühlte ich mich, als Lizzy mir von ihrer Vorliebe erzählte und dann wie von Geisterhand in dem Haus verschwand. Wie in Trance bewegte ich meinen

Dodge zurück zu meiner Behausung, wobei ich im Hof den Wagen sicherheitshalber so weit zurücksetzte, bis das Fahrzeug von der Straße aus nicht mehr zu sehen war. Oben in der Wohnung schaute ich routinemäßig, ob der Kater auf der Terrasse saß, der aber glänzte durch Abwesenheit. Ich mixte mir einen Black Russian, schaltete den Fernseher sowie den Videorecorder an und schaute mehre Folgen der Serie ‚Die Nanny', um mich abzulenken und in dieser Nacht nicht nachdenken zu müssen. Von dem Inhalt bekam ich kaum etwas mit. Zuerst konnte ich meine grauen Zellen nicht abschalten, wobei es mir nach dem fünften Black Russian doch endlich gelang, nicht mehr an Lizzy zu denken. Dafür war ich dann zu abgefüllt, um den Inhalt einer Folge zu begreifen. Gegen zwei in der Nacht bin ich dann doch auf dem Sofa eingeschlafen. Um acht Uhr am Morgen weckte mich das Klingeln meines Telefons. Trotz des Alkohols hatte ich keinen Kater, war aber müde und fühlte mich total erschöpft. Mein Chef fragte mich, ob ich am späten Nachmittag eine Kontrollfahrt auf dem Übungsplatz im Bereich Wasserkuppe machen könnte. Die Holländer wollte von Samstag auf Sonntag eine Gefechtsübung abhalten und ich sollte den Zustand der Wege erkunden, da die Regenfälle in den letzten Wochen doch recht zahlreich waren, und möglicherweise nicht alle Pfade für Kettenfahrzeuge gangbar waren. Da ich nichts für dieses Wochenende geplant hatte, sagte ich zu. Es war auf jeden Fall wesentlich besser als brütend oder betrunken in der Bude herumzusitzen. Die Frage, was da gestern passiert ist, beschäftigte mich die ganze Zeit, ohne daß es mir gelang, abzuschalten. War ich so blind oder habe ich die Zeichen nicht erkannt. Wahrscheinlich habe ich es völlig falsch verstanden. Mir ging ein Teil der Unterhaltung nicht aus dem Kopf, den ich mit Lizzy noch in der Garage hatte, bevor sie zu ihrer Ausfahrt aufbrach.

*   *   *

„Also, der Grund für meinen überstürzten Aufbruch vor ein paar Tagen war der Dateiordner, in dem ich die Bilder gefunden habe. Es waren vor allem die Fotos von Wanda, die mich irritiert hatten. Ihr wart doch ein Paar?"

„Ja, das hat Wanda dir doch selber erzählt. Wir waren ein Paar, aber ich habe die Sache sehr spektakulär torpediert."

„So könnte man es tatsächlich nennen. Aber darf ich dir eine Frage zu den Bildern auf deinem PC stellen?"

„Klar, aber bist du sicher, daß du mit einer Frage auskommst?"

„Wenn ich ehrlich bin, wären da noch ein oder zwei Fragen mehr offen. Wanda sagte, deine Vorliebe für High Heels haben wohl ein paar deiner Lehrerinnen in der Schule mit zu verantworten."

„Sagen wir mal, es gab zwei Lehrerinnen, die beide die Angewohnheit hatten, auf dem Lehrerpult zu sitzen und ihre Füße auf dem Stuhl abzustellen. Und die trugen öfters mal höhere Absätze, jedoch keine Mörderstilettos, aber sieben bis acht Zentimeter konnten es schon sein. Aber ich hatte oft eine gute Sicht und das habe ich dann genossen. Und ich habe festgestellt, daß es nicht immer zwölf Zentimeter sein müssen. Irgendwo ist es in meiner DNA verankert und einige der Erlebnisse haben es halt verstärkt."

„Zumindest hast du trotzdem gut aufgepasst. Wanda sagte auch, daß du sehr gut Englisch sprichst. Aber diese Frauen haben deinen Geschmack geprägt. Und ich hatte den Eindruck, daß Wanda dich regelrecht zu dem Thema verhört hatte als ihr zusammengekommen seid."

„Richtig, sie war ausgesprochen neugierig und wollte alles wissen, aber experimentierfreudig in der Richtung war sie dafür weniger."

„War das der Grund für deinen Seitenschritt?"

„Petra, also die Tante, hatte sich irgendwann mit Wanda auf einer Party unterhalten. Wanda hatte ganz ordentlich einen im Tee, sonst hätte sie nicht von meinen Vorlieben erzählt. Mein Faible für ältere Frauen hatte ich erwähnt, aber Wanda hatte diese Bemerkung nicht sonderlich ernst genommen. Petra und ich haben schon immer miteinander geflirtet und uns dabei auch verbal gekabbelt. Wir haben uns bei den Familientreffen oft gesehen und sie fing an, eindeutige Signale auszusenden. Und an einem Nachmittag habe ich eine Lampe in ihrer Wohnung angebracht. Dafür hat sie mir einen Kaffee serviert, in knallengen Jeans, einer roten Bluse und Pumps. Wir fingen an, uns zu küssen und dann sind wir in ihrem Bett gelandet. Und ich nehme mal an, daß du keine näheren Details hören willst."

„Ein anderes Mal, aber bitte nie zwischen den Mahlzeiten. Oder während der Mahlzeiten."

„Das war eine eindeutige Antwort. Aber wo war ich jetzt stehengeblieben? Ach ja, also die Bilder, die du gesehen hast, entstanden kurz bevor wir aufgeflogen sind. Petra war an dem Tag durch die Sonne aufgeheizt und in der Bucht am Baggersee waren wir an jenem Nachmittag alleine. Sie hatte ihre Fotokamera dabei und hatte mir zudem ein paar Tage vorher alte Bilder von einem Strandurlaub gezeigt, den sie auf Sylt verbracht hatte. Sie wünschte sich so sehr, daß wieder jemand ihren Körper auf einem Foto sehen wollte. Als ich ihr dann sagte, daß ich liebend gerne solche Fotos betrachten würde, gab es für Petra kein halten mehr. Das

Ergebnis hast du ja mit eigenen Augen gesehen. Sowohl ihre als auch die Bilder von Wanda wollte ich halt nie löschen."

„Dafür hast du ja noch einige andere Bilder gesammelt. Wieso wollt ihr Männer euch eigentlich immer solche Fotos anschauen?"

„Bei Männern läuft vieles über das Visuelle ab. Und auch ein Landei wie du sollte wissen - ‚Männer sind Schweine'."

Lizzy gab wieder dieses glucksende Lachen von sich.

„O.k., Jörg, du bist zumindest ehrlich. Aber mir ist halt aufgefallen, daß bis auf Wanda alle Frauen älteren Semesters waren. Hast du einen Mutter-Komplex?"

„Ich wüsste nicht. Ich komm mit meiner Mutter ganz gut aus, bin aber froh, daß wir einen Sicherheitsabstand von 400 Kilometer haben. Nach drei Tagen gehen wir uns regelmäßig auf den Zwirn. Aber ich könnte dir jetzt nicht erklären, wie es dazu gekommen ist. Vieleicht waren es auch die Lehrerinnen. Wobei, wenn ich so zurückdenke, da war die Tochter unserer Nachbarin. Die war damals fünf Jahre älter..."

„Oh nö, das wäre so klischeehaft. Stehst du auf große Busen?"

Die Frage war jetzt etwas merkwürdig, denn die meisten Frauen auf den Bildern waren nicht sonderlich üppig. Mir waren das Gesicht und die Beine immer wichtiger gewesen. Das Gesamtpaket war entscheidend.

„Die Oberweite habe ich immer so genommen, wie sie gekommen ist, aber im Zweifel ist alles, was nicht in die Hand passt, eh zuviel. Eine ehemalige Freundin von mir war

flach wie ein Brett, aber sie war dort sehr empfänglich für Zärtlichkeiten. Die Duddeln müssen halt zur Frau passen"

„Das klingt jetzt aber doch ein wenig nach einem männlichen Chauvi."

„Das will ich doch jetzt mal sehr hoffen. Habe ich schon erwähnt, daß du ein hübsches Gesicht hast, und daß deine lange Beine ... reizvoll sind."

„Das hast du getan. Nur mal so nebenbei, würdest du mich auch gerne so ablichten?"

„Die Idee gefällt mir ausgesprochen gut, das kann ich nicht leugnen."

„Nun, in gewisser Weise wäre ich enttäuscht gewesen, wenn du nicht den Wunsch hättest. Ich wollte es bloß von dir selber hören."

„Allerdings muß ich dazu sagen, daß ein Foto von dir der Wirklichkeit nicht gerecht wird."

*   *   *

Bei genau der Bemerkung schnitt sie sich in den Daumen und ich durfte sie verarzten. Ihre Blicke, die Gestik, auch ihr Interesse an mir - das alles war in meinen Augen Flirten wie aus dem Handbuch. Die ganze Zeit, als ich mit ihr zusammen war, war da so eine Aura, die mir das Gefühl gab, ihr ganz nah zu sein. Sollte ich mich derartig geirrt haben? Später rief ich Hannes an, der sich, wie viele Geschäftsmänner, ein Mobiltelefon für das D-Netz zugelegt hatte. Wir machten für Sonntagnachmittag ein Treffen in unserer Stammkneipe aus, um Eishockey zu schauen und ein oder zwei Bierchen zu trinken. Am Abend fuhr ich zur

Kommandantur, und fuhr mit einem Iltis raus auf den Platz. Die wichtigen Wege waren in Ordnung, also konnten die Kettenfahrzeuge sich ohne Probleme bei der Übung bewegen. In Richtung Norden lag noch das Übungsgebiet Raubkammer, daß ebenfalls für die Gefechtsübung angemeldet wurde. Hier würden vermehrt Radfahrzeuge unterwegs sein, also wollte ich den dortigen Bereich vorsichtshalber abfahren. So kam ich bis an die Nordgrenze des Geländes. Bei der Gelegenheit schaute ich auch, ob die Warnschilder am Rand noch vorhanden waren. Am Rand blieb ich mit dem VW Iltis stehen und ging zu Fuß weiter, da ich eine seltsame Häufung von Zweigen sah, die mir seltsam vorkam. Jemand hatte einen alten ausrangierten VW Transporter aus Beständen der Bundespost abgestellt. Ich notierte mir das Nürnberger Kennzeichen, und machte mir einige Notizen zu den diversen Aufklebern, die alle aus dem Milieu der Friedensbewegung und der Kernkraftgegner stammten. Über Funk gab ich die Informationen an den diensthabenden Feldjägerposten durch und bewegte mich vorsichtig zu meinem Iltis zurück. Keine fünf Minuten später hörte ich, wie ein Motor angelassen wurde und erkannte den markanten Sound eines Boxermotors. Ich hätte eine Verfolgung versuchen können, aber mir war es wichtiger festzustellen, ob die Eindringlinge etwas zerstört, sabotiert oder gestohlen hatten. Die nächsten Stunden schaute ich mich um, konnte aber nichts feststellen. Also kehrte ich zurück, stellte das Fahrzeug ab, schrieb den Bericht und fuhr zurück nach Hause. Ich machte einen Umweg bei Lizzy vorbei, sah aber kein Licht und fuhr unverrichteter Dinge weiter. Das Wochenende verbrachte ich mit Fast-Food und Bier vor dem Fernseher, abgesehen von dem Einbau einiger Spielereien im Dodge. Am Sonntag machte ich mich gegen Nachmittag zum Treffen mit Hannes auf. Das Blue Mapel lag am anderen Ende des Ortes und bei einer leicht abgeänderten Route konnte ich auch beim Southern Chessboard vorbeischauen. Das Gebäude stammte aus den

50er Jahren und wurde schon immer als Tanzcafé genutzt. Es lag auf einer Anhöhe und hatte auf der Rückseite eine riesige Panoramascheibe, die eine prächtige Aussicht auf das flach abfallende Tal bot, da unterhalb des Chessboard ein Friedhof lag, der die Aussicht nicht versperrte. Es herrschte mäßiger Betrieb, und ich konnte den Roller von Lizzy nicht sehen, also setzte ich meinen Weg fort. Dieses Hoffen auf ein unerwartetes Treffen hatte etwas Lächerliches an sich, aber ich wollte diese Frau wiedersehen, auch wenn ich mir nicht selber erklären konnte, warum ich das wollte. Sie hatte mir ihren Standpunkt klar gemacht, auch wenn mir die gemeinsamen Stunden nicht aus dem Kopf gingen. Ich parkte den Dodge zwischen mehreren anderen Pick-Ups mit kanadischen Kennzeichen und betrat die dunkle, amerikanisch wirkende Bar. Drinnen waren bestimmt zwanzig Kanadier, die meisten inzwischen gute Bekannte, die mich mit einem Nicken, einer erhobenen Hand oder wie Ken, mit einem High Five begrüßten. Ich hockte mich an meinen üblichen Platz und begrüßte Hannes, der bereits Platz genommen hatte und einige Erdnüsse zu seinem Bier knabberte. Ohne daß ich einen Ton sagen musste, stellte die Kellnerin ein Bier vor mir ab - wie immer ein Old Moose. Mein Kumpel und ich plauderten erst über ein paar belanglose Dinge, dann kamen wir auf das Thema was mir unter den Fingernägel brannte. Ich erzählte ihm die Geschichte, ließ aber die Details weg.

„Weißt du Jörg, jetzt kenne ich mehr von der Geschichte. Lizzy hatte mal erwähnt, daß sie in Nürnberg Ärger hatte und seitdem die Stadt ganz gerne meidet. Daß es so übel ablief, war mir bis jetzt nicht klar. Aber damit hat du meiner Meinung nach keinen Vertrauensbruch begangen."

Interessant war nun der Grund der Vernehmung von Lizzy. Der Tote war der Punker, mit dem Lizzy vor vielen Jahren

194

ein wenig gefummelt hatte, und Tatjana war die Frau, die Lizzy misshandelt hatte. Für die Polizei war das Motiv zunächst klar - Rache für die folgenreiche Tat. Lizzy konnte aber ein Alibi für die Tatzeit vorweisen. Sie war zu dem Zeitpunkt mit Rita, ihrer Freundin unterwegs und es gab einige Leute, die das Alibi bestätigen konnten. Daher hatte der Aufenthalt im Präsidium so lange gedauert. Die Variante, daß es ein politisch motivierter Mord war, war ebenfalls eine Sackgasse. So ziemlich die gesamte rechte Szene war bei einem Treffen im Allgäu und die Mordopfer wurden in einem Haus gefunden, das nur von Leuten aus der linken Szene bewohnt wurde. Spätestens zu dem Zeitpunkt hätte der Staatsanwalt bei Lizzy ein Problem mit seiner Argumentation bekommen. Einer der Beamten, der versuchte mit Lizzy zu flirten, erwähnte eine interne Geschichte zwischen den Autonomen, die zuerst versucht hatten, unter falscher Flagge zu segeln, um es den Neonazis unterzuschieben. Wobei die Vorgehensweise zu offensichtlich war. Der Staatsschutz hatte diese Theorie schnell begraben. Weil dieser Versuch danebenging, haben die Linken einen weiteren Versuch gestartet und eine uralte, vergessene Geschichte ans Tageslicht gebracht. Wieder einmal tauchten wie durch Zauberhand Aussagen auf, die jemanden außerhalb der Szene beschuldigten. Diesmal war es eine Rachegeschichte, in der sich ein Skinheadgirl für eine Tracht Prügel revanchiert hat. Aber Elisabeth Gruber hatte weder die Möglichkeiten, noch war sie dazu in der Lage, die Tat auszuführen. Das Haus, wo die Opfer lebten, war einfach zu stark gesichert, als daß fremde Personen einfach so hineingehen könnten. Weder ein Trupp Neonazis noch eine einzelne Frau wäre dazu in der Lage. Die Paranoia in solchen Häusern war schon immer grenzenlos. Als auch noch das Alibi bestätigt wurde, war Lizzy endgültig aus der Sache raus. Sie hatte mir alles erzählt, was sie über den Kripo-Beamten erfahren hat. Gegen neun Uhr beendeten Hannes und ich den Abend und machten uns auf dem

Heimweg. Er hatte am Nachmittag einen Spaziergang gemacht und war daher ohne Auto gekommen. Ich setzte ihn vor seinem Reihenhaus ab. Auf dem Rückweg fuhr ich durch die Innenstadt, denn am Marktplatz war eine Pizzeria, die am Sonntag bis um elf offen hatte. Dort angekommen, fiel mir der gelbe Bus sofort auf. Also hielt ich am Parkstreifen an und schaute mich um. Durch die hell erleuchtete Frontscheibe des italienischen Imbissstands sah ich drei Typen, die allesamt regelrecht nach schwarzem Block rochen. Da ich heute Abend aber keine Lust mehr hatte Detektiv zu spielen, fuhr ich unverrichteter Dinge weiter und machte mir zuhause eine Dose Ravioli auf. Eine Pizza von Gino war sicherlich zu bevorzugen, aber dieser Dosenfraß war wenigstens schnell aufgewärmt.

07 - Blue War

Der Montag zog sich diesmal hin, denn ich mußte von einer Besprechung in die nächste Konferenz, aber endlich war mein Arbeitstag beendet. Die Einkaufsliste auf meinem Beifahrersitz erinnerte mich daran, daß ich meine Vorräte aufstocken musste. Wenn man in seinem Keller viel Platz hat und die Großmutter eine großes Vorratslager angelegt hatte, dann sollte man dieses Erbe pflegen. Oma hatte massenweise Obst, Gemüse, Eintöpfe, Fleisch, Frikadellen und, weil mein Opa nun mal aus dem Pott stammte, sogar Currywurst eingekocht. Er war der festen Überzeugung, daß sie sogar Batterien, Toilettenpapier und die Eier vom Nachtgieger einmachte. Die Vermutung, daß ich meinen Sinn für Humor von meinem Opa geerbt habe, ist nicht ganz von der Hand zu weisen. Wahnsinn und andere Geisteskrankheiten überspringen immer eine Generation. Auch wenn ich meine Vorräte nicht einmachte, so hatte ich eine Vorrat an Konservendosen, Nudeln und weiterer Lebensmittel. Aber wie jeder Bürger in diesem Örtchen, versuchte ich es zwischendurch auch mit gesundem Essen, und das findet man im Supermarkt. Um meine Einkäufe sicher verstauen zu können, habe ich immer Klappkörbe in beiden Fahrzeugen verstaut. Während ich meine Sachen verstaute, sah ich wieder den ausrangierten Postbus auf dem Parkplatz. Diesmal beschloß ich zu warten, um mir die Typen etwas genauer anzuschauen. Es dauerte keine zehn Minuten, dann kamen alle drei Gestalten aus dem Markt, mit mehreren Paletten Dosenbier, die sie in den Bus einluden, um dann einzusteigen. Ich folgte ihnen mit dem Benz, dem ich heute etwas Bewegung gönnte. Denn meine inneren Alarmglocken fingen an zu klingeln, als der Bus am Haus von Lizzy vorbeifuhr. Später am Abend rief ich bei ihr an. Sie war offensichtlich froh, von mir zu hören, denn ihre Stimme klang erfreut.

„Hi Jörg. Schön, daß du dich meldest."

Ich erzählte ihr von den Beobachtungen, und Lizzy teilte die Befürchtung. Mein Vorschlag, sich für ein oder zwei Tage krank zu melden und in der Wohnung zu bleiben, lehnte Lizzy aber brüsk ab. Sie versprach mir aber, bei Einbruch der Dunkelheit nicht alleine unterwegs zu sein. Mit sehr gemischten Gefühlen legte ich den Hörer auf. Ich machte mir Sorgen um Lizzy, vermisste sie, wollte ihr helfen, und ja, ich wollte mit ihr ins Bett. Es waren viele Gedanken und Wünsche für einen einzigen Abend, also setzte ich mich mit einem Bier auf die Terrasse, kraulte Schmitts Katze und ging dann früh ins Bett.

*   *   *

In meinem Keller hatte ich ein Geheimnis, daß mir mein Opa vor einigen Jahren anvertraut hatte. Es gab dort eine versteckte Kammer, deren Eingangstür hinter einem alten Schrank versteckt war. Opa hatte die Idee vom KGB übernommen. Der ehemalige Chef des sowjetischen Geheimdienstes hatte den Zugang zu seinem Büro auch hinter einem Schrank versteckt. Die Kammer war nicht riesig, aber ich konnte Sachen unterbringen, die nicht jeder sehen, und die bei einer Durchsuchung möglichst nicht gleich gefunden werden sollten. Am besten sollten diese Sachen überhaupt nicht gefunden werden. Den Grundstock hatte Opa ebenfalls angelegt. So hatte er eine Repetierflinte im Kaliber 12/76 sowie eine doppelläufige Kutscher-Flinte eingelagert. Zudem lagerte dort jede Menge Munition, Macheten, Äxte, mehre Rollen NATO-Draht und noch einige andere nette Spielsachen, die ausnahmslos aus britischen oder kanadischen Beständen stammten. Ich hatte das Arsenal weiter ergänzt. Nun befand sich, unter anderem dort Übungsmunition, die ich zum Einsatz bringen konnte, denn auf dem Platz würden die

Munitionsüberresten nicht sonderlich auffallen, und im Zweifel könnte ich sie den Zecken unterjubeln. Und Übungsmunition wirbelt nicht ganz so viel Staub bei den Behörden auf, wie der Einsatz von Gefechtsmunition. Ich nahm ein Paket aus dem Regal, in denen sich drei Handflammpatronen DM38 befanden, die für Manöver genutzt wurden. Ich verstaute alles in einer Werkzeugtasche, die ich in der Staukiste unterbrachte, die ich fest auf der Ladefläche vom Dodge montiert hatte. Es wurde draußen dunkel und so machte ich mich auf den Weg. Ich fuhr zunächst die Gegend um Lizzys Wohnung ab, um nicht selber in einen Hinterhalt zu geraten. Den Wagen stellte ich in einer Seitenstraße ab, wo ein großer Garten endete. Lizzy könnte über den Garten hinter ihrem Haus, ohne gesehen zu werden, in diese Gasse gelangen. Zu Fuß ging ich einen Seitenweg entlang, bis ich den Posten sehen konnte, der das Haus von Lizzy beobachtete. Ich hatte richtig vermutet, daß diese Punks etwas vorhatten und das es Lizzy betraf. Also schlich ich mich zurück und ging zu der Telefonzelle, die zwei Straßen entfernt lag. Von dort aus rief ich Lizzy an.

„Lizzy, ich bin es am Apparat. Ich fürchte, nun ist es so weit. Einer dieser Armleuchter steht schräg gegenüber ,in der Hofeinfahrt vom Hühner Hugo, und beobachtet dein Haus. Meiner Meinung nach versuchen sie heute Abend, deiner habhaft zu werden."

„Ok, was soll ich tun? Ich könnte über den Garten, bei den Nachbarn vorbei, in einer Seitenstraße verschwinden."

„Du meinst in die Laubengasse?"

„Ja, da endet der Garten der Nachbarn."

„Perfekt. Da steht auch der Dodge. Ich verpasse dem Posten Eine, dann werden sie uns mit Sicherheit auf dem Übungsplatz suchen. Und dort sind wir im Vorteil."

„Jörg, du brauchst das nicht für mich tun. Ich kann alleine auf mich aufpassen."

„Sicher, das kannst du, aber bei der Geschichte hier solltest du die Kavallerie mitnehmen."

„Warum tust du das überhaupt für mich?"

„Das war jetzt die dämlichste Frage, die du stellen konntest. Ich bin nach Nürnberg auch bloß wegen dem guten Essen hingefahren."

„Du hast wirklich einen an der Murmel. Aber wäre es nicht einfacher, ich verstecke mich bei einer Freundin?"

„Damit gewinnst du nur ein wenig Zeit. Mir schwebt vor, die Bande auf dem Platz zu schlagen. Und zwar endgültig."

„Also gut, ich bin in zehn Minuten bei deinem Auto."

„Bis gleich."

Ich legte auf und trabte wieder in Richtung des Postens zurück. Ihre kurze Antwort hatte etwas Unbefriedigendes an sich, aber jetzt wurde die Sache durchgezogen, damit sie sieht, was ihr entgehen könnte. Aus der Tasche meiner Jacke holte ich eine Stahlrute raus. Lautlos schlich ich mich an die Hofeinfahrt heran, wo der Typ mit dem Rücken zu mir stand und dabei war, sich eine Zigarette anzuzünden. Ich holte vertikal aus und landete einen Treffer auf dem Oberarm. Dann trat ich ihm von hinten in seine Kniekehle und verpasste ihm mit dem Totschläger einen Schlag auf

200

den Nacken. Der Pseudo-Revolutionär lag nun benommen vor mir auf dem Boden, dabei hielt er sich wimmernd den Arm. Nur hatte ich nicht sonderlich feste zugeschlagen, weil ich ihm nicht den Arm brechen wollte. Ein flexibler Schlagstock kann erheblichen Schaden anrichten, wenn man zu fest zuschlägt. Hier würden unter Umstände Zeugen vorbeikommen, die ich nicht gebrauchen konnte. Mir fiel auf, daß der Typ schon älter war, so an die Mitte vierzig, und das erhärtete meinen Verdacht, daß die drei etwas mit den Ereignissen von 1983 zu tun hatten. In der Hoffnung, daß dieser Idiot sich noch etwas Resthirn bewahrt hatte um meinem Hinweis folgen zu können, verabschiedete ich mich mit einem kleinen Rätsel. Immerhin sollten die Typen uns zum Übungsplatz folgen können.

„Wir sehen uns in der grünen Hölle, Arschloch. Die Bunker dort sind wohnlich und behaglich."

Zum Abschied machte ich diese provozierende Geste, mit der ich, mit gespreiztem Zeige- und Mittelfinger, erst auf meine Augen zeigte, dann in seine Richtung und wieder auf meine Augen. Dann verpasste ich ihm noch einige Tritte und ließ ihn zurück. Schließlich wollte ich, daß diese Idioten vor Wut kochen. Bisher waren die Typen nicht sehr geschickt vorgegangen, und man soll ja den Gegner nicht dabei unterbrechen, einen Fehler nach dem anderen zu machen. Im Laufschritt eilte ich zum Dodge, wo Lizzy bereits auf mich wartete.

„Sag mal, Jörg, was hast du vor? Willst du mit denen Krieg spielen? Weißt du überhaupt, was daß für Typen sind?"

„Das klingt jetzt wie bei der Endrunde vom großen Preis. Du bist jetzt Wim Thoelke und ich bin einer der Kandidaten und beginne mit der Beantwortung von Frage eins."

„Verdammt, Jörg! Hör auf, den Pausenclown zu spielen. Ich bin gerade für solche Scherze nicht aufgelegt. Man zieht mich in eine Geschichte rein, von der ich keine Ahnung habe. Was auch immer für ein perfider Plan dahinter steckt - es ist eine persönliche Angelegenheit, denn sie wissen von dieser fünfzehn Jahre alten Sache. Man hat mich fast umgebracht und diese Dreckschweine verwenden es gegen mich. Und sie versuchen es wieder, mir etwas anzutun."

Lizzy wurde weder laut, noch wurde sie hysterisch. Aber ich merkte, wie aufgewühlt sie war. Nun, es war verständlich, daß ihr das an die Nieren ging. Ich zog sie zu mir ran, und zu meiner Verwunderung lehnte sie sich an mich ran und legte ihren Kopf an meine Schulter.

„Sorry, Lizzy. Ich wollte dir doch nur etwas Mut machen. Auf dem Platz sind wir im Vorteil, und ich habe noch ein paar Spielzeuge eingepackt, mit denen wir uns zur Wehr setzen können. Viele Leute bezeichnen den Bund gerne als Trachtentruppe, die den Gegner zum Lachen bringen soll. Aber ich kann dir versichern, ich habe mein Handwerk gelernt. Du bist nicht alleine."

Und wieder machte Lizzy diese Geste, als sie mich auf die Schulter küsste. Wusste sie, was sie damit bei mir auslöste?

„Es tut mir leid, Jörg. Aber wenn uralte Erinnerungen, die ich versucht habe, ganz tief zu begraben, wieder hochkommen... Ich mache das gerade noch einmal durch, und es tut weh. Aber ich bin froh, daß du bei mir bist. Also, wie lautet dein Plan."

„Wir fahren zum Übungsplatz, zum Bunker Dora. Dort kann ich den Wagen unterziehen. Diese dressierten Äffchen werden uns auf den Platz folgen, denn sie haben sich dort herumgetrieben und glauben, den Platz zu kennen. Und sie haben keine Ahnung, daß ich dort jeden Stein mit Namen kenne. Das ist unsere Chance. Mit etwas Glück schalten wir die drei einem nach dem anderen aus. Entweder kann ich sie so lange ausschalten, bis die Cops da sind, oder sie werden, wie die geprügelten Hunde, mit eingeklemmtem Schwanz zurück nach Nürnberg fliehen. Die werden richtig Dresche beziehen."

Auf dem Weg zum Platz schaute ich immer wieder in den Rückspiegel, aber sie folgten uns nicht. Das würde mir Zeit geben, den Dodge zu verstecken, sowie einige Vorbereitungen zu treffen.

*   *   *

Etwas später lag ich am Waldrand und entdeckte den VW-Bus. Das gegnerische Team hatte also meinen dezenten Hinweis verstanden und sie betraten die Szene. Die freie Fläche vor mir hatte etwas von einer Naturbühne, so wie bei den Karl May Festspielen in Elspe oder Bad Segeberg. Zwei der drei Typen gingen den Pfad in Richtung Schießbahn 11 entlang, also war beim Bus nur ein Mann. Lizzy hatte inzwischen die Zuversicht gepackt, also konnte ich mir wieder einen Scherz erlauben. Denn zuerst würde ich mich um den Herren kümmern, der im Bus sitzen geblieben war. Danach wären die anderen beiden fällig.

„Drei kleine Kinderlein, die fuhren nach Norderney. Ich hatte ein Torpedoboot, da waren es nur noch zwei."

„Glaubst du, daß es ein leichter Kampf wird?"

„Auf jeden Fall wird es ein ungleicher Kampf. Wir beiden zusammen gegen die und die sind nur zu dritt."

Über einen Pfad im Wald konnten wir uns nah genug an das Fahrzeug annähern, um den ersten Gegner aus dem Spiel zu nehmen. Ich holte die Tasche von der Ladefläche, nahm ein Plastikrohr heraus und drückte Lizzy die Tasche in die Hand. Ich erklärte ihr, was ich vorhatte, dann machten wir uns auf den Weg und eilten zusammen den Pfad entlang, als Lizzy mir zuflüsterte.

„Was soll ich tun? Hübsch aussehen und das Dummerchen spielen?"

„Du bist der Kofferträger. Auch diejenigen dienen, die Taschen durch die Gegend transportieren."

„Kannst du etwas mit dem Wort ‚Arschloch' anfangen?"

Für eine Beschimpfung hatten ihre Worte einen liebevollen Klang. Um mir über ihre Stimmung wirklich sicher sein zu können, blieb ich stehen und schaute zu ihr zurück. Lizzy blickte mich mit ihrem typischen Grinsen an, dann stupste sie mich an.

„Na los, du Held, dann zeig mir mal, was du mal gelernt hast."

Da mir in diesem Augenblick keine passende Antwort einfiel, liefen wir weiter, bis der Waldrand auftauchte. Nachdem wir die Szenerie eine Weile beobachteten hatten, war ich mir sicher, daß einer der drei Typen den Bus bewachte. Er saß hinter dem Steuer und schaute sich eher gelangweilt als aufmerksam um. Das Seitenfenster stand offen und mehr brauchte ich nicht.

*   *   *

Die Handflammpatrone war ein etwa 45 Zentimeter langes Plastikrohr, das eine Phosphorladung verschoß. Die Reichweite betrug immerhin neunzig Meter und um den Schützen nicht zu gefährden, war die Ladung erst nach acht Metern scharf. Die Übungswaffe hatte stattdessen eine Kalkladung. Abgefeuert wird die Waffe im Hüftanschlag, was wir letztes Jahr bei einer Reserveübung mit überlagerten Altbeständen trainiert haben, und ich konnte ohne Probleme auf 50 oder 60 Metern eine offene Panzerluke treffen. Das Geschoss flog durch das geöffnete Fenster und traf den Typen an der Schulter, woraufhin die Kalkladung hochging. Der ganze Innenraum war völlig mit Kalkpulver bedeckt. Wir näherten uns dem Fahrzeug an und als ich die Fahrertür öffnete, fiel mir der Typ bewußtlos entgegen. In der Tasche waren neben Kabelbindern auch Handschellen. Ich fixierte ihn an einer der Ösen im Laderaum mit den Handschellen und klebte ihm zwei Streifen Panzerband über seinen Mund. Es wird für den Burschen noch eine lustige Zeit werden, denn diese unbequeme Haltung könnte mit der Zeit sehr unangenehm werden.

08 - Blue Battle

Wir bewegten uns zurück in den Wald, um ersteinmal wieder von der Bildfläche zu verschwinden.

„Du bleibst bitte hier, ich werde mich mal umschauen."

„Jörg, sei bitte vorsichtig."

„Keine Sorge, Legenden sterben nie."

Mit dem Spruch musste ich bei ihr einen Nerv getroffen haben, denn im Mondlicht konnte ich sehen, wie ihr Blick sich verdüsterte, um sich dann in eine spöttische Variante zu verwandeln. Um zu verhindern, daß bei ihrer Antwort versehentlich romantische Gefühle entstehen, zeigte sie mir wieder die beiden v-förmig gespreizten Finger.

„Mir steht kein Witwenschleier."

„Pass auf, wo du hintrittst. Hier haben sich früher zwielichtige Karnickel herumgetrieben und viele Löcher hinterlassen. Aber keine Sorge, die Hasenpest und einige Füchse haben das Problem gelöst. Du bist sicher."

Die Antwort war ein geworfener Tannenzapfen, der mich aber verfehlte. Die Dämmerung entschuldigte den Fehlwurf.

*   *   *

Ungefähr 500 Meter entfernt sah ich die anderen beiden Typen an der Basis des Sprengplatz Delta, die sich recht unentschlossen in der Gegend umschauten. Inzwischen war die Dämmerung weit fortgeschritten was mir meine Arbeit erleichterte. Mal abgesehen davon, daß meine Augen sich schon immer gut an die Dunkelheit angepasst hatten, gefiel mir der Umstand, daß die zwei verbliebenen Gestalten wie die Schlote rauchten und ständig ihre Taschenlampen zum Einsatz brachten. Nach zehn Minuten trennte sich die zwei, denn einer der beiden wollte wohl zurück zum Bus marschieren. Ich hörte ihn laut fluchen, also wird er über eine Baumwurzel gestolpert sein. Oder der Vollidiot hat den besagten Kaninchenbau erwischt. Ohne Eile bewegte ich mich zurück zu Lizzy, da mein Weg wesentlich kürzer war. Meine Platzkenntnis erlaubte es mir, mich über die schmalen Pfade zu bewegen, während die andern nur die geteerten oder geschotterten breiten Wege nutzten. Lizzy erwartete mich und ich berichtete ihr von den Beobachtungen. Der zweite Mann hatte endlich den Bus erreicht und anhand des wild zuckenden Lichtkegels schien er ein wenig in Panik zu geraten. Vermutlich hatte er die Scheiben gereinigt, denn ich hörte, wie der Motor ansprang und das Fahrzeug dem Betonpfad folgte. Das war für uns die Gelegenheit, sich den anderen zu schnappen. Lizzy und ich marschierten zurück. Dieser Typ hatte sich eine Position in einem der Büsche neben dem Sprengplatz gesucht, war aber durch die sehr helle Zigarettenglut gut auszumachen. Wir kamen sehr nahe heran, als ich auf einen trockenen Zweig trat. Der Gegner stand auf und ich konnte erkennen, daß er sich inzwischen eine Sturmhaube übergezogen hatte. Im Mondlicht war zu sehen, daß er in unsere Richtung schaute. Ich sah noch etwas Loderndes auf uns zufliegen, packte Lizzy und zog sie beiseite. Das Bruchgeräusch einer Glasflasche bestätigte meinen Verdacht - es war eine Brandflasche, auch bekannt als Molotow-Cocktail. Die Flüssigkeit hatte sich in mehrere Pfützen verteilt und brannte auf dem Boden ab, ohne weiteren Schaden anzurichten. Die vermummte Gestalt war uns angenähert. Sie hob etwas an und ich spürte plötzlich im unteren Brustbereich einen heftigen Schmerz, als ob mir ein riesiger Schwergewichtsboxer einen Schlag verpasst hätte. Mir blieb die Luft weg und ich begriff, daß mich eine Stahlkugel getroffen hatte, die von einer Schleuder abgeschossen wurde. Diese Erkenntnis sowie die Tatsache, daß der Angreifer die nächste Kugel in der Schleuder vorbereitete, ließ meinen Adrenalinspiegel ansteigen. Trotz der unsäglichen Schmerzen stürmte ich der Person entgegen, was bei beim Gegner eine panische Reaktion auslöste. Jedenfalls schaffte er es nicht mehr, die Schleuder in Anschlag zu bringen. Mit Schwung verpasste ich ihm einen Stirnstoß auf die Nase. Es knackte hörbar und der Gegner schrie vor Schmerzen auf, während er zurücktaumelte. Von mir folgte ein Tritt gegen den Knöchel und ein Schlag auf die ungeschützte kurze Rippe. Mit einem Stöhnen ging er in die Knie und krümmte sich nach vorne zusammen. Der Tritt gegen den Kopf schaltete den Gegner endgültig aus. Eine Schmerzwelle ging durch meinen Körper, als ich mich beugte und die Sturmhaube wegzog. Lizzy war inzwischen dazu gekommen und schaute sich den Angreifer ebenfalls an.

„Keine Ahnung, wer das ist. Den habe ich noch nie gesehen."

„Ich ebenfalls nicht, also lass uns verschwinden."

Bevor ich mit Lizzy in der Dunkelheit abtauchte, trat ich dem Typen noch mehrmals in die Seite und teilte ihm dazu eine Botschaft mit.

„Gern geschehen, Genosse! Für Politkommissare gibt es kein Pardon."

Mit einem letzten Stampftritt folgte ich der Oberpfälzerin. Jemanden zu treten, der am Boden lag, war sicherlich unfair und heimtückisch. Aber dieses selbstgerechte Dreckspack sollte auch mal seine eigene Medizin kosten. Meine Mutter würde mir jetzt sagen, man soll sich mit

Worten wehren und sich nicht auf das Niveau der anderen Seite begeben. Aber egal was sie früher sagte, hier ist Gewalt eine Lösung.

*   *   *

Wir rannten die Hecke entlang, als der Bus zu hören war. Um nicht entdeckt zu werden, warfen wir uns zu Boden. Nur landete ich mit meiner lädierten Rippe auf einen Stein. Diesmal war es noch schlimmer und ich sah Feuerräder vor meinen Augen. Ich hatte Probleme, Luft zu holen und krümmte mich mit einem unterdrückten Stöhnen zusammen. Lizzy hatte weder mitbekommen, daß mich vorhin eine Stahlkugel aus der Steinschleuder getroffen hatte, noch daß ich mit der getroffenen Stelle gerade auf einem Stein gelandet war. Das Fahrzeug fuhr an uns vorbei, ohne uns weiter zu bemerken.

„Komm schon, du Dramaqueen, schlafen kannst du ein andermal."

Da ich nur mit einem Röcheln regieren konnte, merkte sie, daß etwas bei mir nicht stimmte. Vorsichtig dreht sie mich auf den Rücken, erkannte mein Atemproblem und hob mit etwas Mühe meinen Oberkörper an, damit ich besser Luft bekam. Ich lag nun, mit erhöhtem Oberkörper, angelehnt auf ihren Oberschenkeln. Es dauerte eine Minute, bis ich wieder besser Luft bekam. Ich spürte, wie Lizzy mir über das Haar strich.

„Alles wird gut, Jörg. Langsam und ruhig atmen. Ich bin bei dir, Schatz. Durch die Nase ein und durch Mund ausatmen."

Obwohl ich durch die Schmerzen für einen kurzen Augenblick nicht ganz bei Sinnen war, hörte ich trotzdem ihre Stimme und was sie zu mir sagte. Das Wort Schatz hatte eine elektrisierende Wirkung auf mich. Warum bezeichnete eine Frau einen Mann als ‚Schatz', wenn dieser Mann gar nicht ihr Typ war. War es ein Versprecher, spielt diese Frau mit mir oder hatte sie doch ernsthafte Gefühle für mich? Mit etwas Mühe erhob ich mich wieder und dreht mich zu Lizzy um. Ihr Pokerface war für mich ein Buch mit sieben Siegeln, wobei ich in der Dunkelheit ihre Augen nur schemenhaft sehen konnte. Auf die folgende Geste von ihr war ich gar nicht vorbereitet. Sie strich mit der Hand über mein Gesicht, bis sie bei meinem Hinterkopf stoppte und die Hand dort einige Sekunden liegen ließ.

„Lizzy, sei mir nicht böse, aber manchmal bist du so durchschaubar wie die Religion der Cao Dai."

„Und du hast den Charme eines Büffels. Du wirst mich eines Tages verstehen."

Das Motorengeräusch holte uns beide in die Wirklichkeit zurück. Das Fahrzeug war auf dem Rückweg. Ich war schon die ganze Zeit überrascht, daß das Fahrzeug so schnell wieder fahrbereit war. Denn immerhin war das ganze Fahrerhaus mit Kalk bestäubt worden. Mit anderen Worten, es herrschte in diesem Fahrzeug eine riesengroße Sauerei. Obwohl Lizzy sich zunächst dagegen wehrte, schickte ich sie los, den Dodge zu holen, während ich Zecke Nummer drei erledigen wollte. Denn danach wollten wir uns verdrücken, denn ich hatte keine Lust, mich mit den Behörden auseinanderzusetzen, vor allem wollte ich keine Fragen über die Zweckentfremdung von Übungsmunition beantworten. Der Bus stoppte unmittelbar vor meiner Stellung. Ich hatte eine weitere der hellblauen Übungspatronen aus der grünen Verpackung genommen und das Griffstück abgeklappt, das gleichzeitig auch den Abzug abdeckte. Der dritte Punk hatte inzwischen den Motor abgestellt und stieg aus, und durch das diffuse

210

Mondlicht konnte ich ein Gewehr in seinen Händen erkennen. Der Typ schaute sich um und dreht sich dabei von mir weg. Ich feuerte die Waffe ab und die Ladung traf ihn mit voller Wucht auf die Rippen, woraufhin der Typ wie ein gefällter Baum zu Boden ging. Das Geschoss hatte sich auf der kurzen Distanz nicht zerlegt und wirkte wie nichtlethale Munition, also wie ein großes Gummigeschoss oder die netten kleinen Bean-Bags, die selbst einen Elefanten umhauen können, ohne ihn vorher umzubringen. Sofort setzte ich nach und verpasste ihm einen Tritt ins Gesicht. Dann schaute ich mir die Szenerie genauer an. Der erste der drei Typen lag immer noch benommen und fixiert im Laderaum. Sie haben die Handschellen nicht aufbekommen. Den dritten im Bunde fesselte ich mit den Kabelbindern, dann schaute ich mir die Waffe genauer an. Es war ein Heckler & Koch G3 Sturmgewehr, das mit hoher Wahrscheinlichkeit aus Beständen der Bundeswehr stammte. Also waren diese Typen nicht nur strunzdumm, sondern dazu auch noch brandgefährlich. Man hüte sich vor den fleißigen Idioten. Also wurde es Zeit, sie aus dem Verkehr zu ziehen. Weil ich nun mal selber zu sieben Achtel ein Idiot bin, und zu einem Achtel ein Genie, bin ich dem lieben Gott dankbar, daß so dann und wann mal das letzte Achtel durchscheint. Ich habe die ganze Zeit über Handschuhe getragen, also brauchte ich kaum eigene Spuren verwischen. Bei den Handflammpatronen habe ich schon vor langer Zeit die Los-Nummern entfernt, damit die Munition nicht zurückverfolgt werden kann. So drückte ich dem Bewußtlosen die DM38 in die Hand, um die Fingerabdrücke zubekommen. Es sollte der Anschein erweckt werden, daß die drei sich gegenseitig beschossen hatten. Unsere amerikanischen Kameraden haben dafür die Bezeichnung ‚Death Through Friendly Fire' eingeführt. Einige gelockerte Stecker setzten die Elektrik des Busses ausser Gefecht, Angreifer Nummer drei erhielt noch einen Tritt in die Rippen, und ich lief zu Angreifer Nummer zwei hin. Der lag weiterhin ohne Bewusstsein auf dem Waldboden. Dem drückte ich die zweite Werferhülle in die Hand. Ich hatte mir die Mühe gemacht, die drei zu durchsuchen, und alle hatten ihre Führerscheine dabei. Ich notierte mir die ganzen Daten, denn im Zweifel konnte man die Notizen an die Behörden weitergeben. Einer von ihnen hatte ein älteres Mobiltelefon einstecken. Ich wählte den Notruf, gab den Ort an, nannte die drei Namen und legte das Gerät auf die Scheibenwischer, ohne aufzulegen. Kurz darauf hörte ich das brabbelnde Geräusch vom Dodge, der schließlich neben mir zum Stehen kam. Lizzy rutschte auf der Sitzbank rüber und und ich klemmte mich hinter das Steuer. Die Polizei wird mit ziemlicher Sicherheit vom Westen her die Stelle anfahren, da dort die Zufahrt über geteerte Wege erfolgte. Lizzy und ich nahmen den Umweg nach Süden, denn in dem verzweigten Netzwerk aus schmalen Pfaden, die nur mit geländegängigen Fahrzeugen zu bewältigen waren, würde uns die Rennleitung bestimmt nicht folgen können. Ich fuhr ohne Licht, mit einer aufgesetzten Restlichtverstärkerbrille vor den Augen. Auch wenn das grünliche Bild gewöhnungsbedürftig war, konnte ich ohne große Probleme meinen Weg finden. Das Restlicht aus der Umgebung wurde elektronisch verstärkt und zeigte dem Nutzer die Umgebung an, wobei das Einschätzen der Entfernungen am Anfang etwas schwierig war.

„Woher hast du dieses Ding?"

„Von der Kommandantur und es wird normalerweise in der Waffenkammer aufbewahrt, aber mein Chef hat mir die Erlaubnis gegeben, sie dauerhaft in Verwahrung zu nehmen. Ich muß öfters mal nachts auf den Platz für Kontrollen, und da ist die Brille unverzichtbar. Ich habe sie ganz offiziell als Dauerleihgabe. Klingt jetzt nicht mehr so ganz spektakulär."

„Was geschieht jetzt weiter."

„Nun, ich habe mit einem Mobiltelefon, daß ich einem dieser Punks abgenommen habe, die Bullerei informiert. Die werden die Burschen einsammeln und alleine wegen des Gewehrs wird der Staatsschutz unangenehme Fragen stellen. Wer weiß, welche Kreise das Ganze ziehen wird. Bei einem Verdacht auf Terrorismus wird das LKA mit dabei sein. Vieleicht auch das BKA oder der Verfassungsschutz."

*   *   *

Ohne weitere Zwischenfälle fuhren wir wieder zurück und ich stellte den Dodge wieder in der Seitengasse ab. Ich nahm einen Stoffbeutel mit, in dem ich Mülltüten und Einweghandschuhe verpackt hatte. Oben in ihrer Wohnung machten wir uns an die Vernichtung der Beweise.

„Nun, Lizzy, wir müssen die ganze Oberbekleidung und die Schuhe entsorgen. Also Jacke, Shirts, Hose und was sonst noch so anfällt. In Schwandorf geht das alles in die Verbrennungsanlage. Es mag etwas übertrieben sein, aber ich will auf Nummer sicher gehen."

„Du willst doch bloß, daß ich mich vor dir nackig mache."

„Du hast bloß Angst, daß ich deinen Lieblingsschlüpfer sehe. Entweder lila Frotteeunterwäsche oder die Rentner Kollektion von Sloggys."

Lizzy liebte Traditionen und die lebten nun mal von Wiederholungen. Was für Fingergesten galt, ist bei Wurfgeschossen die Pflicht. Diesmal war es ein Päckchen mit Papiertaschentüchern, das mich am Schädel traf.

„Ah, ja. Deine Hand-Augen-Koordination hat sich erheblich verbessert."

Mit einem spöttischen Grinsen zog Lizzy die Jacke und den Pulli, in einer sehr lasziven erotischen Weise aus, so wie es Stripperinnen in den Clubs auf der Bühne oder an der Pole Stange taten. Sie warf mir die Kleidung zu, um dann im Schlafzimmer zu verschwinden. Die Schuhe hatte sie schon an der Haustür ausgezogen.

„So, du Spanner, alles Weitere kostet extra."

Nach ein paar Minuten hatte sie sich umgezogen und ich stopfte alles in einen Müllbeutel, nachdem ich mir Gummihandschuhe übergestülpt hatte. Zuhause würde ich das gleiche mit meinen Sachen machen und den Müllbeutel zu Hannes bringen, der am frühen Morgen eine Ladung gewerblichen Müll zur Verbrennungsanlage bringen wollte, und dabei auch die Tüte mit entsorgte. Hannes würde keine Fragen stellen und schweigen, denn später würde ich ihm die ganze Geschichte erzählen. Freundschaft war für ihn auch immer eine Frage der Integrität und Loyalität. Die selbige könnte man nun bei Lizzy vermissen, denn ich bin ohne große Abschiedsworte nach Hause gefahren. Aber erstens war sie trotz allem noch immer mit der Situation und der Erinnerung beschäftigt. Und ich musste mich konzentrieren, um keine Fehler zu machen und weiter systematisch vorzugehen.

09 -Blue Talk

Manchmal können einen die Behörden doch überraschen. Ein Teil der Informationen stand in der Zeitung, und die restlichen Fakten wurden so nach und nach von den beteiligten Personen zusammengetragen. Der Kripo-Beamte, der bei der Befragung versuchte mit Lizzy zu flirten, erzählte ihr die Hintergründe. Die drei Autonomen, die davon träumten, das Schweinesystem BRD zu zerstören, waren schlicht erbärmliche Vergewaltiger. In insgesamt fünf Fällen haben sie sich an jungen Frauen vergriffen, in einem Fall sogar an einer vierzehnjährigen Sympathisantin der Hausbesetzer-Szene. Als die Gesichter und Namen über die Presse der Öffentlichkeit bekannt wurden, meldeten sich zwei der Opfer bei der Polizei. Die Cops machten ihre Arbeit und ermittelten sehr gründlich und umfassend. Sie klärten nicht nur die Missbrauchsfälle auf, sondern das LKA und der Staatsschutz hoben eine terroristische Zelle aus, die sich Ende der 70er Jahre unabhängig vom RAF-Komplex bildete, und die ebenfalls Verbindungen nach Ost-Berlin hatte. Da sie aber im Vergleich nur die zweite Garnitur waren, beschränkte sich ihr Verdienst an der Revolution auf zwei misslungene Banküberfälle, Teilnahmen an mehren Ausschreitungen bei Demonstrationen und Sabotageaktionen, die sich auf das Zerstören von Telefonzellen beschränkte. Nur, wie kamen die beiden Toten von Nürnberg mit ins Spiel? Tatjana Waka war Teil dieser Gruppierung und wurde mit der Zeit immer mehr und mehr fanatischer. Zudem frustrierte sie der fehlende Erfolg sowie die Bedeutungslosigkeit. Es entstand unter den Altkommunisten ein sehr erbitterter Machtkampf, bei dem Tatjana Waka mit ihrem Wissen über die Missbräuche der Frauen versuchte, die Führung in der Gruppe zu erhalten. Denn sie wollte wieder den bewaffneten Kampf aufnehmen, statt in den Kneipen und Cafés alten Zeiten nachzuhängen oder von der Revolution zu träumen. Da sie damit drohte, ihre Kampfgenossen ins Gefängnis zu bringen und im linken Milieu ihre Wurzeln und sozialen Kontakte zu vernichten, beschlossen Klaus Dollinger, Harald Bähr und Dieter Hof Tatjana zu beseitigen. Zusammen mit ihrem Schoßhündchen Toni Jellinke, der in ihre Pläne mit eingeweiht war. Es kursierten sehr viele abartige Gerüchte über das Sexleben der beiden. Bei der Autopsie wurden bei der männlichen Leichen Spuren gefunden, die im normalen Leben als Misshandlungen hinweisen würden. Auf jeden Fall folgte er ihren Befehlen blind, denn er war ihr nicht nur in sexuellen Dingen hörig und ergeben. Um die Beteiligung des Trios zu vertuschen, setzten sie die Gerüchteküche in Gang, um die Tat den Faschos unterzujubeln. Weil es aber zu offensichtlich und dilettantisch eingefädelt worden war, blieb ihnen nichts anderes übrig, als sich eine Alternative zu überlegen. Dieter erinnerte sich an das Skinheadgirl, das von Tatjana halb tot geschlagen wurde. Aber auch dieser Versuch, jemanden anders zu beschuldigen, schlug fehl. Harald und Dieter wollten Lizzy entführen, um dann einen Selbstmord vorzutäuschen, damit Lizzy doch weiter verdächtigt werden konnte, ohne daß sie etwas ausplaudern konnte. Mit der Zeit würden die Ermittlungen eingestellt werden und der Fahndungsdruck nachlassen. Sollten sich irgendwann die Missbrauchsopfer melden, dann würden die drei sich darum kümmern. Stattdessen mussten die drei Revolutionäre sich für die zahlreichen Delikte verantworten. Das Gericht verhängte lebenslängliche Haftstrafen mit anschließender Sicherheitsverwahrung. Die Presse hatte sich auf die Mißbrauchsfälle gestürzt und umfassend darüber berichtet, und zu meiner Freude hielten sich Unterstützung und Solidaritätsbekundungen seitens der Intellektuellen, Hausbesetzer oder sonstiger alternativen Gruppierungen sehr in Grenzen.

*　　*　　*

Am frühen Abend war im Chessboard noch wenig los. An der Bar saß Ole Baumüller. Er war ein Kollege in der Kommandantur, gehörte aber zur Abteilung, die für die Pflege der Schießbahnen zuständig war. Wir kannten uns vom Sehen, hatten aber im täglichen Dienstbetrieb eher wenig miteinander zu tun. Sein Anzug war im typischen Stil der 60er Jahre geschnitten und der Pork-Pie Hut hatte die charakteristische Banderole mit Schachbrettmuster. Ich setzte mich zu ihm, nachdem wir uns begrüßt hatten.

„Darf ich dir mal eine Frage stellen, Jörg? Es geht mir um Lizzy."

„Klar. Ich würde auch gerne mit dir über Lizzy reden. Du bist doch ein alter Freund von ihr."

„Yep, aber laß uns dort in die Nische setzen. Da können wir miteinander reden."

Die besagte Nische befand sich an der kurzen Seite der Tanzfläche und sie war nur einsehbar, wenn man unmittelbar neben ihr stand.

„Du weißt von der Geschichte, die sich vor sechzehn Jahren in Nürnberg zugetragen hat? Der Überfall auf Lizzy?"

„Sie hat mir alles erzählt, auch was die Folgen waren."

„Wenn sie dir das anvertraut, dann kannst du davon ausgehen, daß sie viel von dir hält und hohe Erwartungen in deine Loyalität setzt, denn bisher kennen ausser mir und Rita nur die Familie alle Details. Dagegen wissen die anderen nur von dem Überfall. Die Sache hat zwar Spuren bei ihr hinterlassen, aber es hat sie nicht zerbrochen. Trotzdem ist sie seit dem Tag vorsichtig geworden, was Partnerschaften betrifft. Zweimal hat sie sich auf etwas

Ernsthafteres eingelassen, aber die Typen haben sie mehrfach enttäuscht. Und Bettgeschichten wollte sie nie. Deswegen kriegt man sie nicht so einfach rum. Es ist ungefähr so, als wenn du zum jüdischen Glauben übertreten willst - der Rabbiner schickt dich dreimal weg, bevor er mit dir das erste Gespräch führt. Oder es ist wie im Schlaraffenland, wo du dich durch den Wall aus Grießbrei essen musst. Und so ist Lizzy. Sie zeigt dir schon, wenn sie dich mag, aber du kriegst von ihr einige Abfuhren, bevor sie dich annimmt. Dann treibt sie aber keine Spielchen mehr mit dir."

„Naja, warum soll es auch einfach sein? Lizzy hat was an sich, daß mich mehr als nur fasziniert. Sonst würde ich schon lange nicht mehr mitspielen. Sie ist extraklasse."

„Jörg, du bist der erste, dem ich das hier verrate. Von all den Typen, die sich für Lizzy interessiert haben, bist du der einzige, den ich an ihrer Seite sehen möchte, und vergiss nicht, auch wenn sie lange zum Kult gehörte, sehr smart ist und auch etwas von der Welt gesehen hat, ist sie auch das romantische Bauernmädel, das die wahre Liebe sucht."

Ole machte eine Pause, weil er sonst zu sehr ins Kitschige verfallen wäre.

„Ich verstehe auch so, daß Lizzy jemanden an ihrer Seite haben will, der sie so nimmt wie sie ist und zu ihr steht. Sie kostet mich Nerven, liebt es mich zu beleidigen, aber davon mal abgesehen ist sie eine wunderbare Frau. Und ich verrate dir jetzt ein dunkles Geheimnis, ich habe mich in Lizzy verliebt."

„Und das ist ein weiterer Grund, warum ich euch zwei zusammen als Paar erleben möchte. Also bis später."

218

Ole erhob sich und verließ die Nische, während ich meinen Hamburger serviert bekam, den ich kurz zuvor bestellt hatte. Es war einer diesen Riesenburger, die man unmöglich ohne Messer und Gabel essen kann, so groß war er. Und der restliche Teller quoll vor lauter Pommes über, dazu brachte die Bedienung eine kleine Schüssel mit Krautsalat. Nach einer Viertelstunde war ich fertig und bestellte mir noch einen Kaffee, als in der Nische hinter meiner Bank zwei Personen Platz nahmen. Die eine Stimme kannte ich nicht, doch diese Stimme nannte einen Namen, der mir nur zu gut bekannt war.

„Also Lizzy, was ist jetzt eigentlich zwischen dir und diesem Jörg?"

„Was soll zwischen mir und Jörg sein?"

„Also, man sieht euch beide seit einiger Zeit öfters zusammen. Er fährt nach Nürnberg, um dich aus dem Knast zu holen, hat dann mal eben so verhindert, daß dich jemand zusammenschlägt oder gar umbringt, der nach einem Unfall, an dem er nicht schuld ist, deinen Roller repariert, und bei jedem Beteiligten den Eindruck hinterlässt, daß er eine ehrliche Haut ist. Und dann die Sache auf dem Übungsplatz. Du warst mit John McClane höchstpersönlich unterwegs. Also ist er genau das, was du doch suchst, und er ist ein Mann, der dir gut tut."

Ich hörte, wie wie Lizzy mit einem vernehmlichen Pusten reagierte. Zu diesem Zeitpunkt war das Chessboard immernoch leer, so daß ich alles gut hören konnte.

„Er hat mich doch nicht aus dem Knast geholt, also bitte! Aber ... er ... ich ... Fuck, es gibt zwischen uns beiden mehr Schwingungen, als ich es wahr haben will. Aber ich weiß nicht... Jedesmal, wenn ich mich verliebe, geht es schief. Es waren zu Beginn immer super Typen, und dann viel heiße Luft und nichts dahinter."

„Na komm, er hat dir immer zur Seite gestanden und dabei auch noch seine Gesundheit riskiert. Was soll ein Mann noch mehr tun? Wenn es nur daran liegt, daß du nicht zugeben kannst, daß du dich geirrt hast, dann haue ich dir links und rechts eine runter."

Für einen Augenblick schwiegen beide Frauen, also schien Lizzy über das Gesagte nachzudenken.

„Aber du weißt, daß er sich mit seiner Ex-Freundin so einiges erlaubt hat? Er hat sie mit der eigenen Tante betrogen und hatte dann noch eine Affaire mit einer verheirateten Frau, deren Ehe er auseinandergebrachte. Und er hat die Bilder von Wanda und der Tante noch auf dem Rechner. Das ist doch nicht normal."

„Doch, ist es. Männer sind nun mal so. Und du denkst, daß Jörg das alles auf sich nimmt, nur um dich bei der ersten Gelegenheit zu betrügen?"

Für einen Augenblick war nichts weiter zu hören. Entweder Lizzy war gerade dabei, eine Maß in einem Zug auszutrinken oder sie dachte über die Worte von ihrer Freundin Rita nach. Dann setzte Rita weiter an.

‚Ach, das weißt du noch gar nicht. Ole hat sich mit Jörg unterhalten. Weißt du, als was dich Jörg bezeichnet hat?"

„Sag schon. Spann mich bitte nicht auf die Folter."

„Extraklasse."

„Wow, das gefällt mir tatsächlich."

„Dann frag ihn doch, ob ihr zusammen zum Stadtfest geht."

„Rita, da bin ich sehr eigen. Es hat hier nun mal Brauch, daß die Buben die Mädchen fragen, ob sie mit aufs Fest gehen. Und das gilt auch für einen Preußen."

Mein erster Gedanke war aufzustehen, mich vor die benachbarte Nische hinzuknien und Lizzy zu fragen, ob sie mit mir zum Fest geht. Und daß ich ein Westfale war, ein Westfale bin und immer ein Westfale sein werde. Aber es gab da einige Argumente, die gegen eine derartige spontane Aktion sprachen. Erstens war mir hier zuviel Trubel und zweitens wollte ich mich nicht vor einer Horde Skankern zum Affen machen. Aber der wichtigste Punkt war ganz einfach erklärt. Lizzy hätte sofort gewusst, daß ich sie belauscht habe, was die Wirkung zerstören würde. Mal abgesehen davon, daß es keine vertrauensbildende Maßnahme wäre. Die Zahl der Besucher nahm endlich zu, was es mir ermöglichte, mich unauffällig zu verkrümeln. Vor der Tür holte ich tief Luft und wollte mich dann auf dem Weg zum Auto machen. Nach drei Schritten war meine Flucht beendet.

„Wohin des Weges, mein kleiner Schachtaffe? Hast du dich verlaufen?"

Mir lief innerhalb von Sekundenbruchteilen der Schweiß den Rücken runter, während ich mich langsam zu Lizzy umdrehte. Die stand auf der Treppe zum Eingang und schaute mich grinsend an. Sie hatte mich am Tatort erwischt, und wenn ich Pech hatte, dann hatte sie gesehen, wie ich aus der Nische geschlichen bin.

„Hi, da bist du ja. Wie schön, ich hatte gehofft, dich hier zu treffen. Aber ich habe dich anscheinend übersehen. Dann kann ich dich ja doch fragen."

Das Grinsen wurden wieder zu diesem Honigkuchenpferdgrinsen, aber ihr Tonfall hatte einen ungewohnt lauernden Unterton. In meinem Magen fühlte ich einen Bleiklumpen, denn ich wusste nicht, ob ich von ihr entdeckten worden war oder nicht. Am besten stellte ich ihr die Frage, denn an der Reaktion würde ich schon erkennen, woran ich bin.

„Ich wollte dich fragen, ob du mit mir am Wochenende zusammen zum Stadtfest gehst?"

„So so, du willst mit mir zusammen zum Stadtfest gehen. Wie kommst du auf die Idee, daß ich zum Fest will? Und warum sollte ich mit dir hingehen?"

Diese überhebliche Art kannte ich so nicht von ihr, und sie machte mich langsam wütend. Nach allem, was ich für Lizzy getan habe, könnte sie einfach mal bloß freundlich sein.

„Nun, wir haben zusammen einiges erlebt und haben uns gut verstanden. Jedes Kind hier kennt die Sitte, daß der Mann die Frau fragen muß, ob sie mit ihm zum Fest geht. Und schließlich will jeder im Ort dabei sein. Vielleicht versuchst du es zur Abwechselung mal mit einem Bochumer, Anfang dreissig, der dich sehr gerne mag."

„So, so, du magst mich also sehr gerne?"

„Nein, verdammt. Ich mag dich nicht nur. Ich habe mich in dich verliebt und möchte mit dir zusammen auf das Fest gehen. Und ja, ich bitte dich um ein Date."

Lizzy schaute mich mit einem Pokerface an, denn das Grinsen war wie von Geisterhand verschwunden. Sie sagte für eine gefühlte Ewigkeit kein einziges Wort. Dann überraschte sie mich mit einem wunderschönen Lächeln, das wie von Zauberhand auf ihrem Gesicht erschien.

„Nun, ich werde es mir überlegen. Komm Morgen um fünf vorbei, dann werde ich dir eine ehrliche Antwort geben."

Das Stadtfest beginnt immer freitags um sechs Uhr Abend mit dem ersten Anstich, den der erste Bürgermeister, zusammen mit dem Ehren-gast erledigte. Dieses Jahr war es der Bürgermeister von Sun Peaks, eine der Partnerstädte von Oberwald. Das würde also bedeuten, daß sie beim Anstich dabei sein möchte. Wie eigentlich gefühlt jeder Oberwälder. Aber trotz des Lächelns wusste ich nicht, woran ich bei Lizzy wirklich war. Vieleicht habe ich ihre Zeichen wieder einmal falsch interpretiert und das Lächeln war teuflisch.

10 - Blue Years

Obwohl ich mit den hiesigen Bräuchen, Ritualen und Traditionen wenig am Hut hatte, weil ich nun mal aus dem Ruhrgebiet stamme, so kannte ich sie, und wenn ich mitmachte, dann tat ich es immer so, daß es nicht aufgesetzt wirkte. Zum Fest hatte ich immer eine braune Jeans und ein weißes Trachtenhemd angezogen. Es sollte zum Anlass passen, ohne daß es übertrieben wirkte. Da ich keine Ahnung hatte, woran ich bei Lizzy war, und mich möglicherweise zum Affen machte, konnte ich notfalls alleine zum Festplatz gehen und mir mit einigen Halben die Kante geben. Ich ging die zwei Straßen zu ihrer Wohnung und klingelte an der Haustür. Der Türsummer öffnete, ich drückte die Tür auf und ging hoch in den ersten Stock. Die Wohnungstür war offen und ich trat in den Flur ihrer Wohnung. Der Anblick war nicht nur einfach eine Überraschung, sondern eine Offenbarung, die mich meine eigene Adresse vergessen ließ. Lizzy stand im Gang, die Hände hinter ihrem Rücken verschränkt. Sie trug ein blaues Dirndl, mit einer kurzärmeligen Bluse in weiß, dazu eine Schürze, die sich durch einen dunkleren Blauton von dem Kleid abhob. Wenn ein Dirndl traditionell und auch gleichzeitig verführerisch aussah, dann war es dieses Kleid, in der Kombination mit dieser einmalig attraktiven Frau. Ihre Tattoos an der Schulter und am Oberarm waren verdeckt und sie sah aus wie eine moderne Frau, die ihre Tracht trug. Wenn sie sich eine Extravaganz gönnte, dann waren es die schwarzen Pumps mit den hohen Stöckelabsätzen. Selbst das Kropfband aus blauem Samt, samt dem silbernen Anhänger in Form eines Edelweißes passte zu ihrer Erscheinung. Sie blickte mich mit einem sanften Lächeln an.

„Gefalle ich dir? Nimmst du mich so mit?"

„Gefallen ist gar kein Ausdruck. Du siehst anbetungswürdig schön aus. Und du willst mit mir unter die Leute gehen? Mit dem verblödeten Preußen ohne Muskeln?"

„Es gibt da ein Detail zu sehen, das sollte deine Frage beantworten."

Zunächst stand ich vor einem Rätsel, und meine Gedanken wirbelten durch die zähe graue Masse zwischen meinen Ohren. Wenn ich geahnt hätte, was die beiden Frauen noch weiter miteinander besprachen, dann hätte ich noch einen weiteren Kaffee im Chessboard getrunken.

Intermission

Lizzy schaute Jörg hinterher und wartete, bis der Dodge davonfuhr. Sie ging zurück und setzte sich wieder zu Rita.

„Es war Jörg und er hat mich gefragt."

Rita merkte, daß ihre Freundin noch etwas mehr dazu sagen wollte, also nippte sie zunächst an ihrem Weinglas. Lizzy holte tief Luft.

„Also, wenn ich ehrlich bin, dann habe ich mich in Jörg verliebt, als er in Nürnberg wie Indiana Jones auftauchte und die Zecken vertrieben hatte. Es hat schon früher bei mir gefunkt, aber in dem Augenblick hat es schon geklickt. Nur hat es noch eine Weile gedauert, bis ich das auch begriffen habe. Ich denke, es war irgendwo auf dem Übungsplatz, als ich merkte, daß Jörg etwas abbekommen und ich mir Sorgen um ihn gemacht hatte. Aber an dem Abend in Nürnberg hatte ich einen Zusammenbruch und zum ersten Mal seit vierzehn Jahren wieder weinen müssen. Es ist alles wieder hochgekommen und er hat es mitbekommen. Ich wollte niemals schwach und verletzlich vor einem Mann

erscheinen. Also bin ich auf Abstand gegangen und habe ihm eine ziemliche Abfuhr erteilt."

„Könnte es sein, daß dieser Jörg es nicht als Schwäche sieht, sondern nur für dich da sein wollte. Ich kenne seinen Freund Hannes und der deutete bereits vor einigen Tagen an, daß Jörg für dich mehr empfindet."

„Aber kennst du nicht das Prinzip, daß das Schlimmste was eine Frau tun kann, ist in der Gegenwart eines Mannes zu weinen, und genau das habe ich getan. Vor ihm geweint."

„Au contraire! Er macht das, was ein guter Ehemann tut. Er ist einfach da und beschützt dich. So stelle ich mir eine intakte Beziehung bei euch vor. Zusammen sein, in einem Team, in dem ihr beide füreinander einsteht. Jennifer und Jonathan Hart, Starsky & Hutch, Black & Decker ... und die drei Stooges."

„Du hast wirklich recht. Ich muß auf der Stelle aufhören, ihn auf Distanz zu halten. Wenn er morgen kommt, dann werde ich ihm sagen, daß ich ihn liebe. Er hat hat es mir ja auch vorhin gestanden. Herrje, mir ist es eigentlich schon eine ganze Weile klar, aber ich blöde Pute kann es einfach nicht zugeben."

„Hast du etwas besonderes im Sinn?"

„Mein blaues Dirndl."

„Das ist traumhaft, vor allem wenn du das Kropfband dazu trägst."

„Und dazu eine weiter Extravaganz."

Rita legte den Kopf ein wenig schief und Lizzy spreizte Daumen und Zeigefinger, was Rita mit einem erstaunten Blick beantwortete.

* * *

Ich starrte sie weiter an, denn ich konnte dieses Bild immer noch nicht fassen, so sehr war ich überwältigt. Dann erkannte ich das Detail, auf das sie anspielte. Die Schleife der Schürze war so geknotet, daß sie an der rechten Hüfte saß. Meine Stimme war plötzlich belegt und sie klang bei meiner Antwort rau und kratzig.

„Die Schleife! Sie ist an der rechten Seite."

„Brillant, Holmes! Ich bin vergeben, und zwar an dich. Seit ich ein kleines Mädchen war habe ich immer versucht das zu tun, was ich für Richtig und für Sinnvoll hielt. Ich bin mit meinen Vorlieben nicht gerade das Paradebeispiel für die Mitgliedschaft im Heimat- und Trachtenverein, aber ich bin damit aufgewachsen und es ist Teil meiner DNA. Und das Ding mit uns beiden, nun ... ich will dich und habe das Gefühl, daß du der Richtige bist. Und wenn ich etwas tue, dann aus Überzeugung. Sicher, ich hatte meine Zweifel, aber ich mochte dich von Anfang an. Dein Humor, deine Hilfsbereitschaft und ... du hast so viel für mich getan, ohne etwas zu fordern oder dich zu beklagen. Selbst wenn ich dich bewusst vor den Kopf gestoßen habe, bist du immer ruhig geblieben. Wobei, als du mich in Nürnberg abgeholt hast, war ich ziemlich durch den Wind und du hast dann auch meinen Zusammenbruch erlebt. Ich habe dich in dem Augenblick dafür gehasst, da du mich so verwundbar erlebt hast. Es war mir zuwider. Unter anderen Umständen hätte ich dich so gerne geküsst, aber an dem Abend wollte ich dir nur wehtun, und deswegen habe ich dir gesagt, daß ich auf Muskelprotze abfahre. Es ist es eine alte Angewohnheit von mir, einen Mann zunächst auf Distanz zu halten, auch wenn er mir gefällt. Es gab in der Vergangenheit einige schlechte Erfahrungen mit Männern, die sich für mich interessiert hatten. Aber bei dir stimmt alles. In meinem Magen veranstaltet eine Flotte von Kolibris mehr Flugmanöver als sämtliche Teilnehmer von Operation Desert Storm. Und jetzt komm her zu mir. Der Lippenstift soll kussecht sein, aber ich sollte es vorher mit dir austesten."

Wie in Trance ging ich auf Lizzy zu, bis wir uns ganz nahe standen. Ich konnte dieses leichte, fruchtige Parfum riechen, daß auch eine erotische Note hatte. In meinem Kopf hörte ich ein Frequenzrauschen, was mir keinen klaren Gedanken ermöglichte.

„Lizzy, du hast mich in der Hand."

„Für den Augenblick. Aber ich möchte irgendwann den frechen und coolen Schachtaffen wieder an meiner Seite haben. Der Mann, der entschlossen ist und weiß, was er tut."

„Der hat gerade Urlaub. Ich bin zu sehr von dir überwältigt."

Unsere Lippen trafen sich wie von selbst und der Kuß dauerte eine gefühlte Ewigkeit.

„Bist du wirklich sicher, Lizzy?"

„Ich bin mir sicher wie noch nie in meinem Leben. Und da ich einiges bei dir gutzumachen habe, nehme ich mir dafür sehr viel Zeit. Wie wäre es mit den nächsten dreissig oder vierzig Jahren? Du hast ein Problem am Hals, nämlich mich, und wenn ich einmal so weit bin, dann wirst du mich nicht mehr so schnell los. Komm jetzt, laß uns zum Festplatz

228

gehen und dem Rest der Welt ein für alle Mal klar machen, daß ich die Liebe meines Lebens gefunden habe."

„Ich bin jetzt ein Teil deines Lebens?"

„Aber sicher. Und bin ich ein Teil deines Lebens?"

„Nichts lieber als das, Lizzy. Darf ich auch mit dir angeben?"

„Ich bitte sogar darum."

*   *   *

Wir waren so an die zwei Stunden über den Festplatz geschlendert. Da überall bekannte Gesichter aus dem Ort zu finden waren, sind wir aus dem Plaudern gar nicht mehr herausgekommen. Irgendwann nahm mich Lizzy an die Hand und wir gingen zurück zu ihrer Wohnung. Im Flur fingen wir an uns zu küssen, bis sie mich ins Wohnzimmer schob und aufs Sofa drückte. Sie war kein bengalischer Tiger und ich auch kein Pornohengst, aber es war ein intensives und liebevolles erstes Mal. Lizzy grinste mich wieder wie das besagte Honigkuchenpferd an, als sie mir gestand, daß sie schon den ganzen Abend über keinen Slip anhatte. Beim ersten Mal hatte sie sich rittlings auf mich gesetzt und es hatte ein wenig etwas von einem Quicky, auch wenn wir uns sehr viel Zeit ließen. Sie trug immer noch das Dirndl, aber der zarte Ausschnitt und ihr Gesicht waren der schönste und erotischste Anblick auf der Welt. Auf dem Weg zum Schlafzimmer hatten wir dann unsere Kleider überall verteilt, was zumindest ein Filmklischee erfüllte. Später in der Nacht war sie erschöpft zusammengesunken ‚auf mir, tief und fest eingeschlafen. Ich streichelte gedankenverloren ihren Rücken und döste selber ein. Nach einer halben Stunde wurde ich wieder wach, als Lizzy mich mit ihrem süßen Lächeln anschaute.

„Nur fürs Protokoll, Jörg, du bist das Beste, was mir je passiert ist. Die Zeit der Spielchen ist vorbei. Ich glaube, ich hätte fast den Bogen zu sehr überspannt."

„Keine Ahnung, wie lange ich das mitgemacht hätte. Aber du bist jetzt bei mir - nur das zählt. Aber eines möchte ich jetzt schon wissen. Warum hast du zum Dirndl die High Heels ausgewählt? Du hast doch nie welche getragen, zumindest was mir die Leute so erzählen."

„Das ist so nicht richtig. Ich trag sie zugegebenermaßen selten, aber ich kann damit perfekt laufen. Ein Rude Girl kann immer alles, was sie sich vornimmt vollbringen, wann immer sie es will. Und ich kann nicht nur auf hohen Absätzen laufen, ich mach es ganz einfach für dich, weil ich es möchte.

Mit einem weiteren Kuß begann daß Wunder Zweisamkeit, und ich war froh, daß die Dinge so gekommen waren. Denn das Ergebnis zählt.

*   *   *

Es war inzwischen ein dreiviertel Jahr vergangen, als Lizzy mir zu Ostern einen riesigen Osterhasen aus Schokolade schenkte.

„Ich weiß zwar nicht ob wir schon ein Jubiläum feiern können, aber es ist Ostern, da bekommst du ein extra großes Hasi. Vor einigen Monaten trug er noch einen weißen Bart und eine rote Zipfelmütze ... oooooops."

„Moment, wir sind schon länger als sechs Monate zusammen?"

„Äh, ja. Wieso?"

„Verdammt, die Sache mit uns läuft schon seit den Neunzigern."

„Du bist doch ein ausgemachter Depp. Und nur damit du es weißt - Steve Martin hat diesen Spruch besser gebracht."

„Er kann auch besser Ukulele spielen."

Lizzy konnte sich das Lachen nicht verkneifen, dann gab sie mir einen Kuß.

„Hab dich auch lieb. Dafür darfst du auch vom Osterhasi abbeißen."

*   *   *

Wir hatten auch dunkle Tage, besonders als Lizzy Probleme mit der Schilddrüse hatte. Sie wurde launisch, war oft müde und gereizt. Es dauerte fast ein dreiviertel Jahr, bis die Ärzte feststellten, was Lizzy fehlte und die Medikamente richtig eingestellt waren. Danach verwandelte sich diese Frau wieder in die Ehefrau, die man nicht alle zehn Minuten mit einem nassen Scheuerlappen erschlagen wollte. Dafür war sie ein Jahr später für mich da, als mein Vater starb und ich lange brauchte, um mit der Situation fertig zu werden. Oberflächlich gesehen kam ich gut zurecht, aber ich fiel immer wieder in ein Loch, in der mich die Trauer weiter herunter zerrte. Lizzy sagte später, das macht man nun mal in einer Ehe. Man steht füreinander ein und geht den Weg gemeinsam. Und auf diesem Weg muß man auch mal durch den Regen marschieren, aber wenn man Hand in Hand geht, übersteht eine gute Ehe alles.

*   *   *

Inzwischen sind viele Jahre ins Land gegangen und unsere Eheurkunde ist in Ehren vergilbt. Meine Frau fährt nicht mehr ganz so rasant mit dem Motorroller und dank ihrer Eitelkeit hat sie sich eine Brille mit einem auffälligen Gestell zugelegt, die sie aber aus lauter Eitelkeit nur dann trägt, wenn es nicht anders geht. Dabei wusste sie, daß sie in all den Jahren, bis zum heutigen Tag, für mich die schönste Frau der Welt war. Seit Jahren hängt ein Bild von Lizzy an der Wand, daß sie in einer sehr frivolen Pose zeigt. Sie sitzt mit gespreizten Beinen auf einem Stuhl, den Rock gelüftet und den Pulli hochgezogen, so daß der Slip und der BH zu sehen ist. Sie schaffte es immer wieder, in diesen Situationen gleichzeitig verführerisch und obszön in die Kamera zu schauen. Das Bild war in schwarz-weiß aufgenommen worden, wobei ihre Stiefel und die Lippen rot eingefärbt waren. Ich hatte damals eine Textzeile in roten Buchstaben als Überschrift einfügen lassen: „Mein Mann sagt, daß ich verrückt bin, aber er ist auch derjenige, der mich geheiratet hat." Lizzy liebte dieses Bild, weil ich eine Frau mit Mitte vierzig als Pin-Up an der Wand betrachten möchte. Aber so dann und wann scheint meine Frau den Blues zu bekommen. Sie betrachtete sich mit der Brille im Bad, wo der Spiegel am besten ausgeleuchtet war.

„Und weißt du, was das Schlimmste ist, meine Fältchen kaschiert die Brille auch nicht."

„Lizzy, ich habe im letzten Jahrtausend beschlossen, mit dir alt zu werden. Da gehören Kratzer im Lack nun mal mit dazu. Ich finde deine Krähenfüße sogar ausgesprochen sexy."

Diese Sache mit dem Kuß auf die Schulter machte sie bis heute und ihr Motiv ist Liebe, Dankbarkeit und innige Nähe.

Meistens unterstrich sie die Geste mit einem Reiben der Handfläche auf meiner Brust, so wie gerade eben.

„Gut, daß ich auf meine Oma gehört habe. Die hat immer gesagt, einen gutaussehenden Mann kannst du überall finden. Aber einen der dich zum Lachen bringt, der ist selten. Den musst du behalten. Und jetzt komm her, ich will mal wieder testen, ob mein Lippenstift kussecht ist."

„Der Test gefällt mir, auch wenn er leider an einer ganz bestimmten Stelle auch keine Spuren hinterlässt."

„Ich habe eine viel bessere Idee. Wir haben hier eine Frau, die einen Rock, aber gleich keinen Slip mehr trägt, und einen stabilen Küchentisch. Wie bringst du diese Punkte zusammen?"

„Auf jeden Fall in einer sehr unanständigen Art und Weise."

„Meine Oma hatte recht, als sie sagte: „Den Preußen musst du behalten."

„Ich bin Westfale!"

„Du sollst mir nicht immer widersprechen, Hein Blöd!"

„Ja, Käptn."

Dann küsste Lizzy mich wie all die Jahre in dieser liebevollen Art und Weise, wie sie mich schon im Jahr 1999 das erste Mal geküsst hatte.

4 - Hellish Wheels

01 - Hellish Girl

Philipp Grabowski zeigte seinen Firmenausweis bei der Empfangsdame vor, die ihn freundlich begrüßte und den Weg zum Besprechungsraum Ginster zeigte. Dort war ein Treffen mit dem Standortleiter der Zentrale vereinbart. Auf dem Weg durch die zahlreichen Gänge bog er bei der IT um die Ecke, um sich dann verwirrt umzuschauen. Er hatte sich schon wieder in diesem Bunker verlaufen. Er dreht sich um und machte einen Schritt zur Seite, als ihn etwas sehr schmerzhaft am Knöchel traf. Fluchend ging er in die Knie und sah die Ursache für den Treffer. Ihn hatte die Fußstütze eines Rollstuhls getroffen. Die Frau in dem Stuhl schaute ihn erbost an. Neben ihr stand eine Kollegin, die ebenso empört war.

„Können sie nicht aufpassen, sie Trampel. Meine Kollegin wäre fast aus ihrem Rollstuhl gefallen. Haben sie keine Augen im Kopf?"

„Tut mir leid. Ich war gerade auf der Suche nach einem Raum und habe nicht aufgepasst."

Die Frau im Rollstuhl hatte die blaue Markierung auf seinem Ausweis gesehen und daraus geschlossen, daß er aus dem Werk am Standort Aprath kam, wo die Panzerfertigung untergebracht war.

„Vergiss es Anita. Er ist von dieser Truppe aus Aprath. Da ist so ein unhöfliches Verhalten normal."

Die beiden Frauen setzten ihren Weg fort und er hörte, wie die Frau im Rollstuhl noch einen Kommentar von sich gab.

„Arschloch."

Philipp, der im allgemeinen von allen nur Phil gerufen wurde, war völlig perplex. Daß zwischen den Mitarbeitern der Konzernzentrale der Wilke Gruppe und den operativen Unternehmensteilen eine Art Kleinkrieg herrschte, war nichts neues. Aber zumindest ein höflicher Umgangston wurde in der Regel eingehalten. Während sich die Mitarbeiter der Zentrale für etwas Besonderes hielten, waren die Belegschaften in den produzierenden Standorten der festen Überzeugung, daß die Zentrale nutzlos und völlig überflüssig war. Daher war er auch nicht sonderlich begeistert, daß ihn sein Chef für zwei Monate ausgeliehen hatte. Schließlich fand er den richtigen Besprechungsraum, um sich mit dem hiesigen Standortleiter zu treffen, der einen Brandschutzexperten angefordert hatte. Es sollte ein Angehöriger der Werkfeuerwehr sein. Nur aufgrund von Urlaub und Krankheitsausfällen konnte das Werk am Standort Wuppertal Aprath kein aktives Mitglied freigeben. Aber dafür schickten sie einen Brandschutzbeauftragten. Philipp Grabowski war ein Ass auf seinem Gebiet und hatte selbst mehrere Jahre bei der Feuerwehr gedient. Aber Antonio Vetraio hatte seine Zweifel und das ließ er bei dem Treffen auch durchblicken.

„Herr Vetraio, bei ihnen liegt einiges im Argen, sonst hätten sie nicht um die Personalausleihe gebeten. Und das fällt genau in meinen Bereich. Und ich bin für diese Arbeit mehr als qualifiziert. Also soll ich jetzt die Mängel finden und Vorschläge zur Beseitigung machen? Oder sie suchen sich einen anderen Beauftragten. Dann trinke ich meinen Kaffee aus und fahre wieder an den Ort zurück, wo tatsächlich

236

gearbeitet wird. Wird bestimmt lustig, wenn sie eine Rechnung für einen externen Berater einreichen. Ich wüsste auf Anhieb zwei Abteilungen, die dann eine Menge Fragen stellen werden."

Phil bekam einen Schreibtisch in einem unbenutzten Büro und als erstes prüfte er eine Woche lang die Unterlagen. Weitere zwei Wochen verbrachte er damit, sich in der Zentrale sich alles in Ruhe anzuschauen. So konnte er eine Mängelliste erstellen. Am dringendsten war für ihn der Fall Müller. Die Mitarbeiterin aus der Steuerabteilung war laut Beschreibung der Betriebsrats gehbehindert und könnte im Brandfall nicht rechtzeitig aus dem vierten Stock entkommen. Da der Aufzug in solchen Notfällen nicht genutzt werden darf, aber zwei Treppenhäuser in der Nähe waren, hatte er eine Idee. Er bereitete einen Vortrag vor und am Montag der dritten Woche wartete er, zusammen mit dem Standortleiter und dem Betriebsratsvorsitzenden, auf Frau Müller und ein weibliches Mitglied des BR, die als Schwerbehindertenvertretung fungierte. Daß großer Ärger bevorstand, ahnte er in dem Augenblick, als die zwei Frauen den Raum betraten. Es war die Rollstuhlfahrerin und ihre Freundin Anita Rakel. Die im Rollstuhl musste demnach Pamela Müller sein. Bei der Vorstellung erfuhr er, daß ihr Name englisch ausgesprochen wurde, was er ein wenig affektiert fand. Nach der Begrüßung fing Phil mit seiner Präsentation an.

„Nun, Frau Müller, machen wir es kurz. In einem Brandfall fällt die Nutzung des Aufzugs als Fluchtweg aus, da bei einem Brand jederzeit mit Stromausfall gerechnet werden muß und ein Aufzug zu einer Todesfalle wird. Hier im Haus gibt es auch keine Aufzüge mit einer eigenen autarken Stromversorgung. Der erste Vorschlag von mir ist eine organisatorische Maßnahme. Sie könnten in ein Büro im Erdgeschoss umziehen. Nur gehe ich davon aus, daß sie nicht von ihren Kollegen in der Abteilung getrennt arbeiten möchten. Mal abgesehen davon, daß im EG die Büros alle durch andere Abteilungen belegt sind."

„Das käme für mich nicht in Frage. Es sind nicht nur Kolleginnen, sondern auch Freundinnen. Und nur weil ich im Rollstuhl sitze, lasse ich mich nicht in eine Besenkammer abschieben. Oder schlagen sie mir jetzt ernsthaft vor, daß ich ins Homeoffice gehen muß?"

„Das habe ich vermutet, daß sie diese Alternative nicht sonderlich mögen werden. Aufgrund der mehr als sensiblen Firmendaten kriegen unsere Sicherheitsbevollmächtigen beim Thema Homeoffice die Krise. Ein elektrischer Treppenlifts ist ebenso wie der Aufzug unzweckmäßig, da in beiden Fällen ein Stromausfall fatale Folgen hätte. Mal abgesehen davon ist keines der Treppenhäuser für den Einbau eines Treppenlift geeignet. Zudem ist eine Investition von 450.000 € für ein Treppenhaus eine ausgesprochen hohe Investitionssumme."

„Und wie hoch würden sie denn das Leben von Frau Müller finanziell einschätzen. Für einen Krüppel maximal 20.000 €? Geht`s noch? Ich habe selten so eine menschenverachtende Aussage gehört."

Anita Rakel war innerhalb von Sekundenbruchteilen empört und fuhr Phil lautstark an.

„Frau Rakel, so war das auch nicht gemeint, aber die Geschäftsführung wird einer solchen Investitionssumme kaum zustimmen. Lassen sie mich doch zwei Alternativen vorstellen. Eine Rettungsmatratze wäre eine Alternative, ist aber eher ein Rettungsgerät für die Feuerwehr. Wenn ich ehrlich bin, ist es eine nicht gerade besonders würdevolle Art der Rettung aus einem Gebäude. Ich wollte es der Vollständigkeit halber erwähnen."

„Jetzt wollen gerade sie mir auch noch etwas über meine Würde erzählen. Sie haben doch nicht die geringste Ahnung von meinem Leben."

Phil hatte sie bei der Präsentation die ganze Zeit angeschaut. Ihm fiel dabei auf, daß Pamela ein hübsches Gesicht hatte, mit warmen, braunen Augen, daß von Korkenzieherlocken, umrahmt wurde, auch wenn ihr Gesichtsausdruck gerade empört aussah. Er achtete die gesamte Zeit bewusst darauf, sie direkt anzusprechen, als ob die anderen Teilnehmer dieser Konferenz gar nicht anwesend waren.

„Das wollte ich damit auch nicht ausdrücken. Sondern ihnen die besten Alternativen aufzeigen, die ich für sie gefunden haben. Als vierte Lösung schlage ich die zweckmäßigste Variante vor. Es handelt sich dabei um einen sogenannten Evakuierungsstuhl. Sieht, im Prinzip, aus wie ein Gartenstuhl auf Laufschienen, es wird nur eine Begleitperson benötigt und hier in der Zentrale sind mehre Treppenhäuser als Rettungswege vorhanden und die Evakuierungsmaßnahme ist sehr flexibel. Wenn eines der

Treppenhäuser durch Rauchentwicklung ausfällt, nehmen sie das nächste Treppenhaus."

Anstelle über die diversen alternativen Rettungsmethoden zu sprechen, empörte sich Frau Rakel über die Wortwahl von Phil.

„Wo haben sie eigentlich den Umgang mit Menschen gelernt. Bei der Bundeswehr?"

„Woher wissen sie, daß ich gedient habe?"

„Da haben sie doch diese menschenverachtende Art und Weise zu reden gelernt. Sie waren bestimmt einer dieser Ausbilder, die wie dieser Soldat aus diesem amerikanischen Kriegsfilm, der immer so toll herumschreien konnte."

„Meinen sie jetzt Gunnery Sergeant Hartman oder Gunnery Sergeant Highway?"

„Mir egal, wie diese Menschenschinder heißen. Diese zynischen und kaputten Arschlöcher sind für sie bestimmt große Vorbilder. Und ich bin mir sicher, sie leiden an einer Kriegsneurose. Sie sollten mal zu einem Psychiater gehen."

Der Standortleiter ergriff Partei für die beiden Damen und ging Phil sehr direkt an. Lediglich der Vorsitzende des Betriebsrats versuchte, die Gemüter zu beruhigen. Die Besprechung endete damit, daß Antonio Vetraio Phil aufforderte, das Besprechungszimmer zu verlassen. Die Androhung von disziplinarischen Maßnahmen gab er ihm beim Rausgehen noch mit.

Drei Tage später betrat Anita mit einem ungutem Gefühl das Büro des Betriebsrates und setzte sich wie immer an ihrem Platz. Links über Eck saß der Vorsitzende und sein Blick war angespannt.

„Anita, wir haben ein Problem. Am Standort Aprath sind die beiden Bereiche Panzerbau und Lenkwaffen auf dem Kriegspfad. Und zwar beide Gremien und die beiden Geschäftsleitungen. Und der dortige Standortleiter kocht vor Wut. Dieser Grabowski ist anscheinend dort am Standort mehr als nur beliebt und geschätzt. Und er versteht viel von seinem Geschäft. Die von euch vorgebrachten Verfehlungen sind doch ziemlich an den Haaren herbeigezogen. Und daß er Pamela vor zwei Wochen absichtlich angerempelt hat, halten die Kollegen in Aprath für kompletten Nonsens. Der Leiter des Sondermaschinenbaus ist seit Jahren an Parkinson erkrankt und Grabowski hat zusammen mit dem Kollegen von der Arbeitssicherheit einige Maßnahmen getroffen, damit er seine Arbeit noch einige Jahre machen kann. In Aprath nennen sie ihn Red Adair und auch wenn seine Sprüche etwas schnodderig waren, so waren meiner Meinung nach seine Lösungsvorschläge für Pamela gut durchdacht und sachlich fundiert. Eure Version der Geschichte wird schlicht angezweifelt. Nun, ich habe mich für euch ziemlich exponiert und versucht, die Sache zu klären. Wenn das aber noch weiter hochkocht, dann könnt ihr beide davon ausgehen, daß diese Angelegenheit oben beim Aufsichtsrat auf dem Tisch landet."

„Naja, ich finde, es war frech, was dieser Grabowski in der Sitzung von sich gegeben hat. Und dann ist er auch noch so dreist, sich woanders auszuheulen."

„Es war weder frech noch unhöflich. Er hat lediglich eine persönliche Note hinzugefügt und er hat Pamela immer direkt angesprochen. Ich versuche die beiden Gremien weiter zu beruhigen und ihr entschuldigt euch bei ihm. Wie wir die Geschäftsführer besänftigen - da habe ich noch keine vernünftige Idee. Übrigens, Grabowski hat selbst keinen Ton gesagt, aber die Forderung nach einer Abmahnung hat innerhalb von einer Stunde Aprath erreicht. Ich würde jetzt im Anschluss noch gerne mit Pamela sprechen. Wenn ihr bei eurer Fassung bleibt, dann haben wir eine sehr hässliche Geschichte am Hals. Also wäre es besser, wenn wir diese Angelegenheit gleich aus der Welt schaffen."

* * *

Währenddessen saß Pamela an ihrem Schreibtisch und schaute aus dem Fenster. Seit der Konferenz ging ihr Phil nicht mehr aus dem Kopf. Sie wusste, daß sie ihm Unrecht getan hatte. Er hatte nur einen sehr guten Vorschlag gemacht und ihr die anderen Alternativen erklärt. Mit einer persönlichen Note, aber er hatte direkt mit ihr gesprochen. Sie hatte es schon mehrfach erlebt, daß über sie gesprochen wurde und nicht mit ihr. Und Pamela war aufgefallen, daß er in ihre Augen geschaut hatte. Nicht dieses unangenehme Anstarren, sondern als würde ihm gefallen, was er sah. Und als ob er versuchen würde, ihr Wesen zu erfassen. Und dann kam noch das Telefonat mit

242

ihrer Kollegin Renate dazu, die am Standort Aprath arbeitete.

„Sag mal, was treibt ihr da eigentlich so den ganzen Tag in Bullshit Castle. Euer Standortleiter hat da ein richtiges Fass aufgemacht. Körperlicher Angriff, Beleidigung, Mitarbeiter leidet unter psychologischen Störungen. Hier wetzen die Kollegen schon die Messer. Dir ist schon klar, daß wir hier keine besonders hohe Meinung von euch Zentralisten haben. Phil ist hier sehr beliebt und geachtet. Und wie kommt ihr auf diesen Scheiß mit Stressneurosen? Phil ist vollkommen normal, er hat halt diesen typischen Ruhrpott Charme. Ich kenne eine Ex-Freundin von ihm und die sagte mir, daß er keinesfalls unter Post Traumatic Stress Disorder leidet. Er hat sich im Einsatz einige Granatsplitter im Rücken eingefangen, aber geistig tickt er ganz normal."

„Das habe ich schon von anderen Kollegen gehört. Es tut mir auch leid und ich möchte es gerne wieder gut machen."

„Du kannst ja mal versuchen, mit ihm zu reden. Aber eines sage ich dir gleich, wenn er dabei nicht versucht, dich dabei zum Lachen zu bringen, dann fängst du ihn nicht mehr ein. Dabei ist er ein echt patenter Kerl und keine schlechte Partie. Aber ihr solltet keine Zeit verlieren. Hier kocht die Volksseele"

Nachdenklich legte Pamela wenig später auf und grübelte noch weiter. Auf jeden Fall spürte sie ein Flattern im Bauch. Und das Erste was sie machen würde, ist ihn um Verzeihung zu bitten.

02 - Hellish Mission

Zwei Tage später. Phil wusste nicht, was er davon halten sollte. Er saß auf den Treppenstufen am Seiteneingang der Laurentius Kirche und schaute auf den Kirchenvorplatz. In der SMS stand nur Laurentius 19:00. Wer auch immer etwas von ihm wollte, er hatte noch zehn Minuten Zeit, um zu erscheinen. Nachdem Frau Rakel und Frau Müller sich bei ihm entschuldigt hatten und ihm die Personalabteilung bestätigte hatte, daß keinerlei Maßnahmen gegen ihn vollzogen wurden, wurde er Zeuge der Hinrichtung des Jahres. Antonio Vetraio wurde vom Personalvorstand mit sehr deutlichen und scharfen Worten zurechtgewiesen. Frau Dr. Rebenprecht war mehr als ungehalten, denn seit zwei Jahren versuchte sie das schlechte Verhältnis zwischen der Zentrale und den operativen Bereichen zu kitten. Aktionen wie die von Antonio Vetraio torpedierten ihr Programm zur verbesserten Zusammenarbeit. Und so machte sie ihn in Anwesenheit der beiden Geschäftsführer vom Standort Aprath regelrecht zur Sau, was Phil mit einem boshaften Lächeln beobachtete. Später wurde Phil auch noch zum Betriebsrat gebeten, der ebenfalls versuchte, die Wogen zu glätten. Und jetzt diese geheimnisvolle Aktion. So langsam ging ihm das unnütze Volk aus der Zentrale auf die Nerven. Denn wer sonst sollte mit derartig blödsinnigen Methoden arbeiten. Wie früher in Afghanistan nutzte er die Zeit und beobachtete das Umfeld. Der Vorwurf, daß er überlastet sei und unter Kriegsneurosen leidet, hatte ihn am meisten geärgert. Nach dem Einsatz hatte Phil sogar einige Termine beim Psychiater verbracht, der hatte ihm aber völlig normale Reaktionen bescheinigt. Daß er seine

Umgebung bewusst wahrnahm, hatte Phil sich seit der Grundausbildung angewöhnt. Also blickte er sich immer wieder um, denn vor allem wollte er wissen, ob ihn jemand beobachtete. Dann sah er den Grund für das Treffen auf sich zukommen. Pamela rollte in ihrem Rollstuhl über den Platz, neben sich Anita, die wieder in Richtung Finanzamt zurückging. Phil registrierte wieder die langen Locken, die auf den Schultern des schwarzen Lederblazers fielen. Die rote Bluse war ein Stück aufgeknöpft und dazu trug sie eine schwarze Stoffhose. Sie sah bezaubernd aus und wirkte wie eine unerreichbare Kostbarkeit auf ihn. Als Pamela näher kam, stand er auf und stellte sich gerade hin, mit vor der Brust verschränkten Armen.

* * *

Pamela und Anita hatten sich schon vor dem Laurentiusplatz verabschiedet. Anita ging noch zum Rand mit, bevor sie sich trennten.

„Also viel Glück. Ich bin mit Udo im Celona. Wir können binnen Minuten da sein."

„Danke. Aber wenn ich Sorge hätte, daß er Probleme macht, dann würde ich mich nicht mit ihm treffen. Aber im Notfall brauch ich deine Schulter zum Ausweinen. Da vorne sitzt er, also ich rufe dich an."

Der Rollstuhl hoppelte leicht über das Pflaster. Sie sah wie er aufstand und die Arme verschränkte. Sein Blick war abweisend. Einen Meter vor ihm brachte sie ihr Gefährt zum Stehen.

„Hey, schön daß du gekommen bist. Ich möchte mit dir reden. Es gibt da eine Sache, die du wissen solltest."

„Was wird das? Ein weiterer Arschlochtest?"

„Bitte, ich habe dir schon gesagt, daß es mir Leid tut. Und das ist ehrlich gemeint. Ich habe einen großen Fehler gemacht. Phil, ich möchte, daß du weißt, daß ich mich in dich verliebt habe."

„Ja nee, is klar. Du verliebt dich in mich nach der ganzen Geschichte. Das glaubt dir doch kein Aas. Und selbst wenn ich darauf eingehen würde, hätte ich doch morgen als erstes eine Belästigungsklage auf dem Tisch liegen. Für wie blöd hältst du mich eigentlich?"

„Ich habe wohl paranoid vergessen. Jetzt pass mal auf. Ich kenne viele deiner Kollegen in Aprath. Als die hörten, daß du kaum gelächelt hast seit du in der Zentrale bist, konnten sie es nicht glauben. Jeder sagt über dich, daß du nett, cool, hilfsbereit, humorvoll und ein Ass im Bereich Brandschutz bist. Das du jedem dieses Thema nahe bringst und jeden von deinen Ideen ehrlich überzeugen kannst. Ach, ist dir aufgefallen, daß du mich das erste Mal duzt?"

Sein Gesichtsausdruck zeigte für einen Augenblick Überraschung, dann kehrten dieser kalte Blick wieder zurück.

„Ist daß ein Wunder? Vom ersten Augenblick an werde ich angegangen. Man droht mir eine Abmahnung an, weil ich sinnvolle Vorschläge mache. Geht euch nun der Arsch auf

Grundeis, weil mein Standortleiter bei den Eigentümern einen riesen Wirbel veranstaltet?"

„Es ist doch alles geklärt. Sogar der Betriebsrat hat zugegeben, daß sie falsch reagiert haben. Anscheinend hast du den Spitznamen Red Adair nicht umsonst bekommen. Du hast bestimmt mehr Auszeichnungen als ein General."

„Willst du mir erklären, wie meine Zeit beim Bund ausgesehen hat? Ich habe es so langsam satt, mir von Leuten, die nicht die geringste Ahnung haben, mein Leben erklären zu lassen."

„Herrje, bitte kannst du nicht die letzten Tage vergessen. Ich will dir nicht dein Leben erklären."

„Aber nur wie ich mit Leuten wie ... dir umzugehen habe."

Pamela merkte, daß er auf Streit aus war und sie mit seiner abfälligen Art provozieren wollte. Aber sie blieb ruhig, denn seine Wut war sicher berechtigt und vielleicht war er ein wenig selbstgerecht, aber sie wollte ihn und dazu musste sie mit ihm reden und er ihr auch zuhören.

„Bei mir hast du alles richtig gemacht. Ich war bei dem Gespräch noch angefressen, weil ich ... keine Ahnung, was in mir vorging. Ich war im Unrecht, fühlte mich ertappt und Anita ist zum Angriff übergegangen, Sie wollte mich beschützen und hat es übertrieben. Und da hätte ich eingreifen müssen. Das will ich wieder gut machen. Eben weil ich dann gemerkt habe, was alles in dir steckt. So habe ich mich in dich verliebt."

„Nun, machen wir es kurz und bündig, ich erzähle dir etwas über mich, daß mich auf deiner Liste der Arschlöcher unangefochten und für alle Zeiten die Nummer eins werden lässt. Wenn du mal mit meinen früheren Freundinnen gesprochen hättest, dann wüsstest du jetzt, daß ich auf Frauen stehe, die High Heels tragen und damit unanständige Sachen machen. Also nicht eine deiner Paradedisziplinen."

Pamela war überrascht, weil er ihr etwas sehr Persönliches über sich erzählte und er damit auf diese Art und Weise versuchte, sie auf Distanz zu halten.

„Du würdest von mir verlangen, daß ich Stöckelschuhen trage und dich damit aufgeile?"

„Also habe ich jetzt Platz eins erreicht? Tschacka! Sind wir jetzt fertig? Kann ich jetzt endlich verschwinden?"

Sie schaute ihn mit einem sanften Gesichtsausdruck an.

„Komm bitte zu mir runter. Du darfst dich mit deinen Unterarmen auf meine Beine lehnen. Denn das erlaube ich nicht jedem. Für mich ist die Geste mit Nähe, Zuneigung und Intimität verbunden. Wie eine innige Umarmung. Bitte, mach es einfach für mich."

Phil ging tatsächlich in Hocke, sie rollte näher heran und er stützte sich mit seinen Unterarmen auf ihren Oberschenkeln ab. Sie spürte es durch den Stoff auf der Haut, wenn auch nur leicht.

„Wenn ich normal behandelt werden möchte, heißt das auch, daß ich eine Frau bin, die Sex haben will. Mit viel Zärtlichkeiten, schmutzige Taten und Gedanken. Wenn ein Mann Wünsche hat, dann will ich sie erfahren. Und wenn er mir meine Wünsche erfüllt, dann will ich auch seine erfüllen. Sicher, es gibt auch bei mir Grenzen, aber High Heels oder Footjobs sind absolut okay für mich. Ich trage eigentlich sehr gerne Schuhe mit hohen Absätzen, aber ich bin inzwischen ein wenig bequem geworden. Zugegeben, wenn du meine Beine anbetest, würde mir das sehr gefallen. Aber dann würde ich mich in Stiefeln sicherer fühlen. Zumindest am Anfang."

„Wer sagt denn, daß ich das will? Wie kommst du auf die Idee, daß aus uns was wird?"

Pamela schnippte mit dem Mittelfinger gegen sein Ohrläppchen. Sie hatte sich diesen Trick von der durchgeknallten Fee abgeschaut, die in dem Film „Die Geister, die ich rief... " den Geist der gegenwärtigen Weihnacht spielte. Es tat wohl weh, denn Phil knurrte verärgert.

„Sei nicht so böse zu mir. Mein Bauchgefühl sagt das und deine Blicke sprechen Bände. Findest du mich denn nicht hübsch?"

Sie merkte, daß ihm die Antwort schwerfiel. Er war noch misstrauisch und befürchtete, daß sie ihn hintergehen könnte. Sie ärgerte sich immer noch über ihre eigene Dummheit und das überhebliche Verhalten von ihr die letzten Tage.

„Ja, sicher bist du hübsch."

„Nicht so lustlos. Das kannst du doch besser. Habe ich nicht auch ein Recht auf Sex, Glück und einen netten Mann?"

„Nett ist doch die kleine Schwester von Sch..."

Sie legte ihm den Finger auf den Mund..

„Du weißt ganz genau, wie ich es meine. Hör auf, dich weiter dagegen zu wehren. Ich bin eine hübsche Traumfrau - für dich. Und ich weiß, daß du mich willst. Deine Blicke haben viel über dich erzählt. Ich brauche keinen Mann, um nicht einsam zu sein. Sondern ich will einen Mann, mit dem ich zusammen sein möchte. Der mich auch beschützen kann, wenn es notwendig ist. Der für mich da ist. Und der von mir erwarten darf, daß er sich an meine starke Schulter anlehnen kann. Füreinander da sein, das funktioniert immer in zwei Richtungen."

Phil wollte darauf antworten, denn hinter seiner Stirn arbeitete es ganz gewaltig. Er setzte an, brachte kein Wort heraus. Also sprach sie weiter.

„Meine Beine sind nicht so schön, aber da ich sie trainiere, haben sie immer noch ihre Form behalten. Ich kann sie ein wenig bewegen und fühle auch die Berührung. So wie jetzt den Druck deiner Arme. Nein, bleib so hocken. Es tu nicht weh und ich ahne es mehr, als daß ich es richtig spüre. Aber ich brauche ein wenig Zeit, also lass mir die Stiefel oder Nylonstrümpfe, um mich ein wenig ... bis ich mich sicherer fühle. Aber ich will von dir begehrt werden. Und ich will dir helfen, mit mir umzugehen. Ich vertrage viele Treffer und wenn es von dir kommt, weiß ich es richtig zu nehmen."

„So ganz neu ist die Situation für mich nicht."

Er klopfte auf den Rahmen des Rollstuhls.

„Eine Ex-Freundin von mir hatte eine verkrüppelte Hand. Vor ihrer Geburt hatte sich die Nabelschnur um das linke Handgelenk gewickelt und die Blutzirkulation unterbrochen. Die Hand konnte nicht richtig wachsen. Man konnte die einzelnen Finger erkennen, aber sie waren nur im Ansatz ausgeprägt."

„Und warst du aus Mitleid mit ihr zusammen oder wolltest du dich selber als der tolle Typ darstellen, der mit einer behinderten Frau ausgeht? Oder einfach nur mit so einer Frau ins Bett, um es als erlebt abzuhaken?"

Phil wollte spontan das Gespräch abbrechen, aber er merkte, daß sie nur versuchte, ihn bewusst zu provozieren, um eine ehrliche Antwort oder Reaktion zu erhalten. Er versuchte sich seine kalte Wut über ihr früheres Verhalten zu erhalten, doch sein Widerstand wurde immer kleiner. Dabei hätte er sie so gerne geküsst. Alleine schon der Duft des Parfums brachte ihn um den Verstand. Er musste sich sehr konzentrieren, denn ihre Stimme und der Duft wirbelten seine Gedanken durcheinander wie der Herbstwind das Laub. In seinem Kopf herrschte so viel Klarheit, wie bei dem typischen Frequenzrauschen im Fernseher. Er hoffte, daß wenigstens das Testbild noch auftauchte und ihn vor einer Dummheit rettete. So sagte er ihr die Wahrheit.

„Es waren ihre Augen sowie ihr Gesicht, die mich zuerst faszinierten und ihr Humor. Es war ihr ganzes Wesen, daß mich angezogen hat. Dazu hatte Susanne ein bezauberndes Lächeln."

„Hast du ihre Behinderung registriert?"

„Naja, am Anfang schon. Sie trat dann einfach in den Hintergrund. Wenn wir essen waren, dann war es die Art und Weise, wie sie die Gabel mit dem Arm an der Brust fixierte. Und sie hat die Hand in bestimmten ... Situationen etwas verschämt versteckt und es dauerte eine Weile, ihr das abzugewöhnen. Ihre Hand war ein Teil von ihr, aber nichts, für daß sie sich schämen sollte. Es scheiterte schließlich daran, daß sie nach Mallorca auswandern wollte und ich nicht."

„Dir ist aber schon klar, daß du dir gerade jede Menge Brownie Points verdient hast. Ich habe meine Fragen bewusst provozierend gestellt und du hast sie mir trotzdem ehrlich beantwortet. Du gehst die ganze Zeit wie selbstverständlich auf mich ein. Jedes Wort von dir bestätigt mein neues Bild von dir, und nur für das Protokoll: Du bist schon eine ganze Weile von der Arschlochliste runter."

Pamela nahm seine Hand und verschlang ihre Finger mit seinen Fingern. Phil schaute sie immer noch ernst an, auch wenn sein Gesichtsausdruck inzwischen an Härte verloren hatte.

„Du hast etwas getan, was in meiner früheren Welt als Verrat angesehen wird. Eine Welt, die du mir erklären wolltest. Wer nicht dabei war, hat kein Recht, darüber zu urteilen. Vor allem, wenn derjenige Bund mit „T" schreibt und die Einsätze nur aus dem Fernseher kennt. "

„Also der Stachel sitzt wirklich tief. Gib mir die Gelegenheit, diese Sache aus der Welt zu schaffen und dir zu zeigen, daß ich kein Miststück bin."

„Es wird eine ganze Weile dauern. Aber wenn ich auch nur den leisesten Verdacht habe, daß du Spielchen mit mir spielst, dann bin ich raus aus der Nummer und du wirst ein richtiges Problem mit mir bekommen."

Sie schnippte ihm noch einmal gegen sein Ohr. Wieder spürte Phil für einen Augenblick den Schmerz und rieb sich das Ohrläppchen.

„Du sollst doch nicht so böse zu mir sein! Ich werde mit dir keine üblen Spielchen treiben."

Phil schaute sie an und setzte dabei ein freches Grinsen auf, was Pamela mit Erleichterung aufnahm.

„Ich kenne den Film, aus dem du diese Unsitte her hast, also kriegst du von mir niemals einen Toaster in die Finger. Kommen wir nun zu etwas völlig anderem. Sex im Stehen ist eher suboptimal, richtig?"

„Wenn man sich erst an deinen Humor gewöhnt hat, dann kannst du richtig witzig sein. Ich habe übrigens eine ganz besondere Fantasie, die ich mit dir erleben möchte. Denn für einige Sekunden kann ich stehen, und dann reizt mich eine ganz spezielle Spielart. Und die fällt ein wenig aus dem Rahmen. Hat der Verurteilte noch letzte Worte?"

„Ja, die hat er. Du hast mir von der allerersten Sekunde an gefallen. Vielleicht hat mich die ganze Sache deswegen so sehr getroffen."

„Also wusstest du von Anfang an, was für dich gut ist."

Sie griff mit der freien Hand in seinen Nacken und zog ihn sanft zu sich heran. Ihre Lippen berührten sich und er küsste sie. Es dauerte eine Weile, bis sie sich wieder anschauten.

„Und was fühlst du?"

„Neben dem Bauchkribbeln? Meine Beine sind eingeschlafen."

Pamela musste herzlich lachen, denn dieser Spruch kam knochentrocken rüber.

„Du bringst mich zum Lachen. Mit jeder Sekunde kommt immer mehr der Mann zum Vorschein, den ich inzwischen in dir sehe. Was hältst du davon? Wir fahren zu mir und ich werde dir einige wichtige Dinge aus meinem Leben zeigen und erklären, damit du weißt, worauf du dich bei mir einlässt."

Eine halbe Stunde später waren sie in der Beek und Pamela hielt vor einem mit Schiefer verkleideten Bungalow. Phil half ihr auszusteigen.

„Sag mal, wieso hast du dich nie nach Aprath versetzen lassen? Das liegt doch gleich nebenan."

„Ich habe in der Zentrale angefangen und wenn man sich einmal daran gewöhnt hat, dann bleibt man auch dabei. Außerdem, dort in Aprath arbeiten so komische Menschen."

„Vorsicht. Du läufst noch auf Bewährung."

„Du kriegst einen Kaffee und darfst mich küssen. Kommen wir beide so ins Geschäft?"

Pamela öffnete die Haustür und Phil schob sie über die Türschwelle. Sie wechselte den Rollstuhl.

„Der hier ist wendiger und außerdem will ich mir nicht den Straßendreck ins Haus holen. Da bin ich etwas eigen."

Er schaute sich in der Küche um, während sie in der Küche einen Kaffee aufsetzte. Die Arbeitsplatten waren niedriger angebracht und teilweise fehlten die Unterbauschränke, damit Pamela besser an die Spüle oder die Herdplatten herankam. Da alle Räume in dem Haus sehr groß waren, war entsprechender Platz vorhanden. Die Bewegungsflächen waren breit und vieles war in Griffhöhe angebracht.

„Ich kann dich beruhigen, die Arbeitsplatten sind höhenverstellbar und ein Teil der Oberschränke ebenso. Glücklicherweise habe ich das Haus von meinen Großeltern geerbt und habe sehr viel Platz. Aber ich habe dabei drauf geachtet, daß auch jemand anders hier mit wohnen könnte."

Er setzte sich an den Küchentisch und sie stellte zwei großen Tassen Kaffee hin. Sie erklärte ihm die Unterschiede, die es allein bei gehbehinderten Menschen gibt.

„Also ich habe volle Kontrolle über meinen Darm, nur bei meiner Blase funktioniert das nicht immer. Es gibt manchmal Situationen, wo es halt durchläuft. Wie bei einem Wackelkontakt."

„Ok, gut zu wissen. Hast du schon mal Probleme damit gehabt?"

„Meistens sind es glücklicherweise nur einige Tropfen. Aber einmal habe ich mich auf einer Feier richtig eingepullert, daß war ziemlich peinlich."

Sie zögerte einen Augenblick, weil sie ihn eine sehr intime Sache erzählte. Dabei schaute sie ihn in die Augen.

„Es hat mich aber auch erregt. Also ... sexuell. Und seitdem habe ich manchmal den Wunsch, mir in die Hose zu machen."

Seine Reaktion war ein Lächeln.

„Nun, ein wenig ausgefallen, aber nichts Verwerfliches. Und daß dieses Malheur auf der Party mehr in dir ausgelöst hat, ist nachvollziehbar und nichts Ungewöhnliches. Diese sexuelle Erregung durch Scham kommt öfters vor, als man denkt. "

„Ungewöhnlich genug. Ich liebe Geschlechtsverkehr, auch wenn ich so nicht direkt zum Orgasmus komme. Aber ich mag diese Intimität, wobei du bitte keine wilden rein und raus Nummern versuchst. Setz dafür meine Fantasie in Gang. Allerdings, es gibt da doch eine Sache, die ich sehr mag und die ein wenig aus dem Rahmen fällt. Weiß Du was CFNM bedeutet?"

„Ja sicher. Clothed Female Naked Man."

„Nun, mir gefällt es bekleidet zu sein, während der Mann dabei nackt ist und ich ihn anschaue. Wenn ich ihn anfasse oder er es sich selber macht. Es ist sicherlich dieses Machtgefühl, vor allem wenn ich dabei stehe. Für eine kurze Zeit geht es und wenn ich mich anlehnen kann oder auf einer Kante sitze, dann geht das sogar für ein paar Minuten. Aber es ist die Situation, die mich so richtig anmacht. Das ich für einen Mann eine Königin bin, die anbetungswürdig ist. Wenn ich ehrlich bin, du bist der erste Mann, dem ich das erzähle. Ansonsten habe ich nur Anita davon erzählt."

„Wer weiß, es könnte ja sein, daß mir diese Spielart besser gefällt als du glaubst. Für mich entwickelst du dich zu einer Pornoqueen."

„In meiner Fantasie läuft gerade eine versaute Vorstellung ab. Mit einem neuen Detail. Wenn ich hohe Absätze trage, dann sind wir beide optisch auf Augenhöhe. Und deine Bezeichnung Pornoqueen gefällt mir. Aber bitte verwende ihn nur im ganz kleinen Kreis."

„Nun, ich wollte ihn auch nur verwenden, wenn wir beide alleine sind. Und auf Augenhöhe sind wir schon."

„Stimmt, das sollten wir sein, aber dieses Bild macht mich nun mal richtig an. Und doch möchte ich zuerst mit dir ganz klassisch das Kopfkissen teilen."

Phil musste breit Grinsen bei dieser Umschreibung, worauf Pamela fortfuhr.

„Ich weiß, Shogun lief mal wieder vor einiger Zeit im Fernsehen."

„Ich versuch mir gerade vorzustellen, wie du in einem Kimono aussiehst."

„Morgen früh zum Frühstück kann ich es dir vorführen. Wenn du überhaupt so lange bleiben willst?"

„Ich hatte schon die Befürchtung, daß du mich heute Nacht um zwei einfach vor die Tür setzt."

Phil stand auf, beugte sich zu ihr runter und küsste sie. Pamela legte den Kopf in den Nacken und schaute zu ihm hoch.

„Übrigens, mein Hengst. Die umgekehrte Variante gefällt mir ebenfalls. Es gibt hier im Raum eine Frau, die mit dir zusammen ihren Exhibitionismus ausleben will. Ich finde es geil, wenn du mich anschaust, während ich nackt bin und dabei sehr schmutzige Dinge mit meinem Körper anstelle. Vieleicht möchte ich einfach nur verletzlich erscheinen, was ich im gewissen Sinne ja auch bin.."

„Wenn du dabei hohe Stiefel trägst, dann bin ich im Paradies."

„Wo warst du die letzten 15 Jahre? Ich hätte mir den einen oder anderen Liebeskummer erspart."

„Das nächste Mal schaue ich früher nach unten. Das ist eh besser für meine Schienenbeine. Diese Fußrasten sind doch ausgesprochen schmerzhaft. Aber wenn du auch von mir etwas Schmutziges hören möchtest - du bist nicht nur eine sehr attraktive Frau, sondern auch noch richtig sexy. Und ich würde dich sehr gerne ins Bett kriegen. Ich kann dich ja zu deinem Bett tragen."

„Fahr mich hin. Das mit dem Tragen kannst du dir für die Hochzeitsnacht aufheben."

„Du weißt aber schon, daß für den Sarkasmus ich zuständig bin?"

„Komm noch mal zu mir runter."

Pamela schnippte ihm zum dritten Mal gegen sein Ohr.

„Du sollst doch lieb zu mir sein. Aber wenn du mich küsst, dann sei dir verziehen."

„Dann küss ich dich jetzt besser. Sonst sieht nachher mein Ohr aus, als hätte Mike Tyson darauf herumgekaut."

Im Schlafzimmer setzte sich Pamela vom Rollstuhl auf ihr Bett um und Phil schaute zu ihr runter. Sie drapierte ihre Beine über kreuz und machte dann eine elegante Präsentationsbewegung mit ihrer Hand. Phil legte sich neben sie und mit einem Kuß begann die Nacht. Sie hatte ihre Bluse aufgeknöpft und fühlte, wie er den Verschluß des BH vorne mit einem Handgriff öffnete. Mit geschlossenen Augen und einem wolligen Stöhne reagierte sie auf seine Berührungen.

03 - Hellish Visit

Der Aufzug fuhr bis in den dritten Stock hoch, wo Pamela mit ihrem neuen Rollstuhl ausstieg. Das Verwaltungsgebäude in Aprath war ein grässlicher Containerbau, der lediglich zweckmäßig war. Sie schaute sich um, um sich zu orientieren, denn sie hatte einen Überraschungsbesuch in Phils Büro geplant. Zufällig war sie neben dem Eingang der Teeküche stehengeblieben und hörte ein Gespräch. Und eine der Stimmen war die von Phil.

„Stimmt das nun, was die hier so erzählen? Das du mit dieser Pamela zusammen bist. Das Miststück, das dich in die Pfanne hauen wollte?"

„In die Pfanne hauen wollte mich der Standortleiter von Bullshit Castle. Und die Nummer ist gründlich schief gelaufen. Und das die meisten hier in Bezug auf Pamela ...nun ein wenig voreingenommen sind, ist normal. Die finden die Gründe, warum wir zusammen sind, so einleuchtend wie die Religion der Cao Dai. Einer von uns hat damit angefangen, dann ließ sich das ganze nicht mehr stoppen. Und dann läuft das halt mit Blut, Schweiß und Tränen sowie Herzrasen, Kribbeln im Bauch und der ganze Pi-Pa-Po. Mit anderen Worten, Pamela und ich sind ineinander verliebt. Und ich bin glücklich mit ihr. Wenn man sie mal näher kennt, dann will man sie nicht mehr aus seinem Leben lassen."

„Meinst du, daß hält auf Dauer?"

„Keine Ahnung. Wir sind jetzt sechs Wochen zusammen. Aber frag mich das in zwanzig Jahre noch einmal. Dann werden Pamela und ich mehr erzählen können. Bring aber Blumen mit, wenn du zufällig unseren Hochzeitstag erwischt."

Pamela rollte in die Nische neben dem Kopiergerät, sodaß der Kollege von Phil sie nicht sehen konnte, als er die Teeküche verließ. Sie rollte dann hinein, wo Phil an der hinteren Wand gelehnt seinen Kaffee trank. Er schaute Pamela verdutzt an, als sie mit einem grimmigen Grinsen auf ihn zufuhr.

„Also Pi-Pa-Po, einer hat damit angefangen und so verständlich wie eine obskure asiatische Religion. Du bist sowas von tot."

„Äh, Du ...äh solltest doch ...ähm meine Ausdrucksweise inzwischen ...äh kennen. Und der Rest ...war ...doch recht ...äh positiv."

Sie hatte ihn völlig aus dem Konzept gebracht und musste nun lachen, denn mit ihrem spontanen Auftritt hatte sie ihn reingelegt. Sie konnte sehr überzeugend sein

„Ich habe alles mitbekommen und ich weiß, daß es dir sehr ernst mit uns ist. Hast du gerade Zeit?"

„Ich müsste noch einige Unterlagen einschließen, dann könnte wir auch los. Heute ist ein ruhiger Tag. Wir könnten zu dir fahren."

„Wir in der Zentrale können es uns nicht leisten, den ganzen Tag beim Kaffee zu schwatzen. Und kurz nach dem Mittagessen Feierabend zu machen."

„Ich könnte dich auch in den Feuerlöschteich schubsen. Unsere Enten beißen heute besonders gut. Und nebenbei, es ist halb vier."

„Hab dich auch lieb. Und jetzt zeig mir mal dein Büro. Angeblich sitzt Ihr doch auf alten Holzstühlen und Apfelsinenkisten."

„Du wirst gelb vor Neid, wenn du unsere moderne Büroausstattung siehst."

Sie betrachtete das zweckmäßig eingerichtete Büro mit Schreibtisch, zwei Aktenschränken und diversen Plänen des Firmengeländes an den Wänden, während Phil einige Akten zusammenlegte und in einem der beiden Stahlschränke einschloss.

„Also hier kommen keine romantischen Gefühle auf. Kein wunder, daß alle euch für fleissig halten."

„Das liegt auch daran, weil wir im Gegensatz zu euch auch fleissig sind und sinnvolle Sachen tun."

04 - Hellish Mob

Sie hatte vor längerer Zeit versucht, Phil zur Aufgabe zu zwingen. Pamela hatte ihr einmal bei einem Mädelsabend von seinen Vorlieben erzählt, als sie nach vier Aperol mehr als nur einen im Tee hatte. Anita hatte die Idee, ihn mit ein paar Freundinnen zu „roasten" und ihn schließlich dazu zu bringen, sich von Pamela zu trennen. Zusammen mit Silke, Petra und Tina lud Anita Phil zu einem Treffen im Salon de Thé ein, wo die vier ihn sich vornehmen wollten. Sie hatten sich dabei so am Tisch platziert, daß es fast so wie ein Tribunal wirkte. Ohne eine Begrüßung oder eine Vorrede eröffnete sie das Gespräch.

„Ok, dann erkläre uns doch mal, warum du Pamela zwingst, ständig High Heels zu tragen. Man könnte fast meinen, du erpresst sie damit."

„Wer behauptet etwas von zwingen und vor allem ständig? Und was soll der Scheiß mit der Erpressung?"

Man konnte Phil ansehen, daß er wütend wurde. Vor allem Anita und Tina versuchte jeden miesen Trick, ihn zu provozieren. Silke hielt sich zurück und stellte ihre Fragen mit Interesse, ohne ihn dabei zu beleidigen.

„Also Pamela akzeptiert deine Vorliebe?"

Phil klang jetzt wirklich genervt.

„Ja, wir haben darüber gesprochen und Pamela hat gesagt, daß es in Ordnung für sie ist."

„Ist dir vielleicht mal in den Sinn gekommen, daß sie daß nur macht, weil sie mit dir zusammen sein möchte und Angst hat, daß du sie später mal satt hast und sie verlässt?"

„Meinst du nicht, daß Pamela alt genug ist, um selber zu entscheiden, mit wem sie zusammen sein will? Oder was sie im Bett so anstellen möchte? Oder das wir zusammen sind, weil wir uns beide lieben. Und wieso ist Pamela nicht mit dabei? Sie könnte diese Fragen selber beantworten."

Jetzt schaltete sich Silke ein, die bisher sich noch nicht beteiligt hatte.

„Es reicht jetzt! Phil ist mit Pamela nun ein halbes Jahr zusammen und beide sind glücklich miteinander. Hat Pamela jemals etwas von einer Erpressung oder Zwang gesagt, als sie uns im Vertrauen von ihrem Zusammenleben mit Phil erzählte. Und uns würde sie es erzählen, wenn er es von ihr erzwingen würde. Es geht uns nichts an, was die zwei im Bett treiben. Und ich gebe Phil recht. Pamela ist alt genug, ihre eigenen Entscheidungen zu treffen."

Anita antwortete drauf mit einem sarkastischen Unterton.

„Und sie kann sie die tollsten Männer aussuchen. Nur hat sie sich aber jemanden wie Phil beschieden. Manchmal hat sie einen schlechten Geschmack, was Männer betrifft. Oooooops."

Anita, Tina und Petra lachten dabei ziemlich dreckig und schauten ihn triumphierend an, während Silke deutlich anzusehen war, daß sie mit der Art und Weise, wie sie mit Phil umgingen, nicht mehr fair fand. Ihn mal auf den Zahn fühlen war soweit in Ordnung. Aber dazu hätte sich auch eine alleine mit ihm unterhalten können. Anita hatte von Anfang an ein Problem mit ihm und am liebsten wäre es ihr, wenn er aus dem Leben von Pamela verschwinden würde. Nur was sie hier hinter dem Rücken von Pamela machten, war ein Verrat an der Freundschaft zu ihr. Zudem konnte die Situation leicht umschlagen. Phil würde darüber schweigen. Aber ihn jetzt so derartig runterlaufen zu lassen würde Pamela auf jeden Fall mitbekommen.

„Du bist das beste, was Pamela je passieren konnte. Phil, es tut mit leid, was hier zu dir gesagt wurde. Du hast bewiesen, daß es dir ernst ist und du zu ihr stehst. Und ihr seit doch einfach nur neidisch, weil Phil mehr für Pamela tut als eure Männer für euch."

05 - Hellish Centerfold

Ein Jahr später in einem Fotostudio im Luisenviertel in Elberfeld.

„Du willst das wirklich machen?"

Tanja Heitmann, eine professionelle Fotografin und langjährige Freundin von Pamela, hob einen ihrer Fotoapparate demonstrativ in die Höhe.

„Sicher. Mal abgesehen davon, daß ich schon einige Selfies gemacht habe, hat mein Freund mich schon mehrfach nackt fotografiert. Du sollst mich professioneller in Szene setzen. Nicht nur erotisch, sondern auch mit Bildern, die eindeutig nicht jugendfrei sind."

„Willst du auf dem Rollstuhl sitzen oder lieber auf einen Stuhl oder Hocker? Wir machen zusätzlich einige Bilder von dir, wenn du sexy bekleidet bist, dann wirken die Aktbilder im Vergleich dazu noch mehr. Ich könnte dich in einer Pose fotografieren, zunächst bekleidet und dann völlig nackt in der gleichen Posen. Wenn du dann die Bilder miteinander vergleichst, wirkt das richtig geil. Dafür, daß du mir immer die Steuer machst, nehmen wir uns sehr viel Zeit für die Sezession."

„Ich dachte, zum Teil auf meinem Stuhl, zum Teil auf einem Hocker und vielleicht noch einige im Liegen. Wie wäre es mit meiner Lederjeans und einer Bluse? Und ich möchte, daß du meine Beine mit den Heels in Szene setzt."

„Ja sicher, da kann ich was machen. Nimm deine olivfarbene Bluse und die braunen Pumps. Wenn du die Bluse nach und nach öffnest, wirst du phantastisch aussehen. Und ich sorge dafür, daß deine Beine mörderisch gut aussehen werden. Ich werde mich zurückhalten müssen, dich nicht zu vernaschen."

„Vor einem Jahr hätte ich eventuell einer Frau auch mal eine Chance gegeben, aber Phil und ich sind vor einer Woche zusammengezogen. Und die Bilder möchte ich ihm zum Einzug schenken."

„Pamela, dann werde ich meine beste Arbeit abliefern. Neben dir werden Königinnen, Feen und Cindy Crawford blaß aussehen. Du wirst sexy und rattenscharf auf den Bildern rüberkommen."

Drei Stunden lang machte Tanja Bilder von Pamela in verschiedenen Posen und Szenerien. Bekleidet und unbekleidet, mal mehr erotisch und dann wieder pornografisch. Das schönste Bild machte Tanja jedoch ganz am Anfang, als Pamela in der Teeküche sich eine Kaffeetasse aus dem Regal nehmen wollte. Sie hatte sich im Stehen an die Anrichte angelehnt und stützte sich mit einer Hand auf. Ihr Po kam in der Lederhose sehr gut zur Geltung und als sie einen Abzug in schwarz-weiß machte, hatten diese fünf Bilder eine geradezu magische Wirkung. Der Rollstuhl war einige Zentimeter nach hinten gerollt und war nicht auf den Bildern zu sehen. Tanja hatte ihn dann wieder in Position geschoben, denn Pamela konnte sich nicht länger auf den Beinen halten. Pamela selber war von den Bildern überwältigt. Eines davon wurde auf einen

Keilrahmen gedruckt und hing seitdem im Schlafzimmer an der Wand gegenüber dem Bett. Phil hatte ihr oft genug gesagt, daß ihr Po wirklich hübsch war. Als Zugabe für Pamela und Phil fertigte Tanja mit einer Nacktaufnahme eine Titelbild im Stil des Playboy Magazin an. Aus einem alten Heft entfernte sie den Umschlag und die Fotoserie des Playmate des Monats und ersetzte die Blätter durch Seiten mit Bilder von Pamela. Tanja war schon lange ein wenig in Pamela verschossen und der Anblick dieser Bilder würde ihr am heutigen Abend helfen, ein wenig alleine zu entspannen. Und Phil wird an diesem Magazin seine helle Freude haben. Immerhin gab er seit einem Jahr liebevoll auf ihre Freundin acht.

06 - Hellish Party

Drei Jahre später im Garten eines Reihenhaus, das an der Birkenhöhe lag.

Die Party war im vollen Gange und im Garten sowie auf der Terrasse tummelten sich zahlreiche Gäste, die den vierzigsten Geburtstag von Anita feierten. Sie holte noch Wasser aus dem Keller und stelle die Flaschen auf den Beistelltisch zu den anderen Getränken neben dem kalten Buffet. Dabei hörte sie einen merkwürdigen Dialog zwischen Pamela und Philipp.

„Phil, wir haben einen Broken Arrow."

„Small, Medium, Large?"

„Large."

Worauf Phil seinen Blazer auszog und über ihrem Schoß ausbreitete. Ein Paar, daß neben ihnen stand, schaute neugierig zu den zwei.

„Schatz, es ist doch etwas kühl. Soll ich dir die Decke holen?"

„Es wäre besser, ich ziehe eine Hose an. Kannst du mich mal zum Auto rüberschieben?"

„Tout de suite, Madame."

Anita wusste nun als langjährige Freundin, was los war. Pamela hatte ein Blasenproblem und diesmal ist wohl etwas mehr ausgelaufen. Auch wenn Anita am Anfang so ihre Zweifel hatte, was Phil betraf, aber seit vier Jahren war er für Pamela da. Ihre Freundin war glücklich und bisher sah es nicht so aus, als die beiden etwas trennen könnte. Sie duldete Phil mehr, als daß sie ihn wirklich mochte. Trotzdem hatte sie mit Phil einen unausgesprochenen Waffenstillstand vereinbart. In gewisser Weise stand sie mit ihrer Meinung alleine da, denn der restliche Freundeskreis verstand sich mit Phil ausgezeichnet.

Anita schaute den beiden nach, als Phil sie zurück zu ihrem Auto schob, damit sie ihre Kleid tauschen konnte. Seit Pamela mit ihm zusammen war, trug sie fast immer Schuhe mit hohen Absätze. Es störte Anita, da sie immer noch der Meinung war, daß Phil es quasi von ihr erpresste. Selbst Silke konnte sie nicht überzeugen. Die hatte sich mit Phil gleich am Anfang angefreundet und in einem ruhigen Gespräch von ihm alles erfahren, was er beim Roasting nicht erzählen wollte.

Er holte aus dem Kofferraum zwei Handtücher, die er auf die Rückbank legt und reichte ihr eine Box mit feuchten Tüchern, nachdem Pamela Platz genommen hatte. Danach wischte er mit einem Desinfektionstuch die Sitzfläche von Rollstuhl ab und stellte ihn ab. Das Reinigungstuch warf er in einen Müllbeutel. Als er sich vor sie stellte, schaute Pamela zu ihm hoch.

„Warum tust du das alles?"

„Was meinst du? Ich habe nur schnell die Sitzfläche abgewischt."

„Das du mein Pippi aufwischt. Oder das du mir immer genau dann hilfst, wenn ich Dich brauche. Das du dir immer Gedanken machst, wo wir mit dem Rollstuhl entlangfahren können und daß es Orte gibt, die wir nie zusammen besuchen können."

„Wir sind vor vier Jahren einen gemeinsamen Pakt eingegangen. Und ich habe diesbezüglich die entsprechenden AGBs gelesen. Ich verweise auf den § 23 Absatz 2, Satz 4 und § 47 Absatz 5, Satz 3 bis 4."

„Aber wieso tust du das alles für mich?"

„Ach so, sag das doch gleich. Steht in der Präambel § 1. „Du wirst diese Frau niemals verstehen. Du musst sie nur lieb haben." Ich denke, daß ist die wichtigste Stelle im ganzen Vertragswerk."

„Sag doch wenigstens ein einziges mal, daß ich für dich ein Klotz am Bein bin. Daß du nur Last mit mir hast. Kein Mensch ist ständig so edelmütig."

„Naja, letzte Woche habe ich mir beim Zusammenklappen von deinen Feuerstuhl die Fingerkuppe eingezwickt."

Pamela liefen die Tränen im Gesicht runter und Phil merkte, daß er mit seiner subtilen Schnoddrigkeit nicht weiterkam.

„Wir sind seit vier Jahren zusammen und es waren meine schönsten vier Jahre. Das es etwas mehr Aufwand bedeutet als bei anderen Paaren, bringt die Sache nun mal mit sich. Wenn du mir nichts bedeuten würdest, dann wäre ich nicht hier. Und deine Liebe ist jede Mühe wert."

Er lächelte Pamela an und fuhr fort.

„Und mit dir kriegt man immer einen guten Parkplatz."

Sie konnte ihre Antwort nur mit leiser Stimme hauchen.

„Komm her, du Blödmann. Halt mich fest und lass mich nie wieder los. Ich habe furchtbare Angst vor den Tag, an dem du gehen könntest."

„Vergiss es. ABG § 7, Absatz 1. Gefangene müssen entlassen werden."

„Ich liebe dich."

„Ich liebe dich auch. Es gibt es keinen Grund für Tränen. Bud Spencer und Terence Hill, die Supernasen, Jennifer und Jonathan Hart, die Blues Brothers, Black und Decker, Simon und Simon sowie die Marx Brothers waren durch nichts zu trennen und haben dabei auch nicht geflennt."

„Die Marx Brothers waren zu dritt."

„Meistens zu viert. Aber kein Mensch mag Klugscheißer."

Obwohl ihre Tränen noch nicht versiegt waren, musste sie wieder lächeln.

Dann wurde ihr bewusst, daß sie inzwischen untenrum nackt war. Sie reinigte ihren Schritt und als Pamela wieder aufschaute, sah sie wie Phil vor ihr kniete. Er hielt eine kleine Schmuckschatulle in der Hand, die er aufklappte. Ein goldener Ring steckte in dieser Schatulle.

„Pamela Müller, willst du mich heiraten?"

Mit offenen Mund starrte Pamela ihren Freund an und brachte für einige Sekunden kein Wort heraus. Mit einer Hand wischte sie sich die Tränen weg. Mit einem zärtlichen Lächeln konnte sie endlich antworten.

„Ja. Ich will. Ich werde dich heiraten."

Phil nahm den Ring aus der Schachtel und steckte ihn bei Pamela auf den Ringfinger. Sie strahlte über das ganze Gesicht.

„Aber Phil, eines musst du mir übrigens noch erklären. Wie soll ich dem Rest der Welt erzählen, daß ich beim Heiratsantrag halbnackt war?"

„Nun, da Linda de Mol nicht zur Verfügung stand, musste ich mir etwas besonderes ausdenken. Eigentlich wollte ich auf der Party vor unseren Freunden um deine Hand anhalten, aber es war eine ganz spontane Idee. Du kannst das Detail weglassen, daß ich dich mit herunter gelassener Hose erwischt habe."

„Kannst du etwas mit dem Begriff Drecksack anfangen?"

„Jetzt klingst du vulgär."

„Küss mich ganz einfach. Und ich wäre dir sehr verbunden, wenn du mir meinen Slip reichen würdest. Ich wollte zurück auf die Feier, aber meinen Hang zum Exhibitionismus, den du so richtig kultiviert hast, wollte ich im Kreise unserer Freunde nicht vorführen. Wobei ich bis heute mit diesem

Kollateralschaden sehr gut leben kann, denn immerhin macht mich das zu deiner ganz persönlichen Sexgöttin und mir bereitet es sehr viel Vergnügen. Abgesehen davon - es würde diese besondere Neuigkeit dabei völlig verblassen lassen."

Pamela hob ihre Hand und wackelte mit dem Ringfinger, bevor sie fortfuhr.

„Aber heute Nacht darfst du alles mit mir anstellen, was dir gefällt. Als zukünftige Ehefrau wird es mir erst recht ein Vergnügen sein."

„Jetzt klingst du auf eine wunderbare Art vulgär. Gewöhne dir das niemals ab."

„Wozu? Anders kann ich dich ja nicht in Schach halten. Den letzten Rest meines Anstands hast du ja im Laufe der letzten vier Jahre regelrecht in der Luft zerfetzt. Zum Glück.

Glossar

Cuda	Plymouth Barracuda
GTX	Plymouth Belvedere/Roadrunner/Satellite Baureihe
Neue Gedichte	Buch von Rainer Maria Rilke
Loddel, Luden	Zuhälter
Psychobilly	Punk Rock mit Rock`n Roll gemischt
Oi	Abart des Punk Rock
New York Hardcore	Abart des Punk Rock
Grind Core	Abart des Speed Metal
Creepers	Turnschuhe mit dicker Sohle
Budokan	Zentrum des japanischen Kampfsport
Uluru	Roter Monolith / Heiligtum der australischen Ureinwohner
Peripetschikoff	sowjetischer Funktionär aus dem Film 1-2-3
Braces	Hosenträger
Donkey-Jacket	englische Arbeiterjacke aus Wollfilz
Frikandel	frittierte Fleischrolle
NATO-Draht	Stacheldrahtrollen
Death Through Friendly Fire	Beschuß durch eigene Truppen
Cao Dai	Religion - Mischung aus Buddhismus und Katholizismus

G . U . F U ß

will return with

The Heels & The Guns Part IV